ディスカヴァー文庫

# 沖の権左

志坂 圭

Discover

目次

権左　5
勝山の十五　11
背徳の村　85
苦悩と野心　133
いざ、海原　323

# 権左

天明三年（一七八三年）八月。このころ一月ほどクジラの姿が見られず、不漁の焦りもあったに違いない。そこへ現れた巨鯨が権左であった。

当時、安房勝山（千葉県房総半島）に辰五郎という者が頭領を務める鯨組があった。突き取りでは難しいマッコウクジラに標的を定め、辰五郎は勝負をかけて出漁の号令をかけた。危険は承知であったが、当時の切迫した状況ではそれに反対する者は、だれひとりなかった。

鯨影発見とともに辰五郎の檄が飛んだ。

「大物じゃ。ぬかるな」

水主は渾身の力で櫓を漕ぎ、権左へと針路を取った。一丸となった鯨組の勢いはすさまじく、瞬く間に二十艘の突船が権左を取り囲んだ。まずは一番刃刺でもある辰五郎が縄の結びつけられた早銛を放つ。縄には浮子が結び付けられていて、それがクジラの泳ぎを鈍らせる。後続の船に乗る刃刺らも次々に早銛を放つ。泳ぎが鈍ったところで重い萬銛が打ち込まれる。

漁は順調に進んでいるかのように見えた。

萬銛も次々と投げられる。萬銛は狙いを過たず、権左の背中、横腹に突き刺さり、その様はさしずめ針山であった。辺りの海は権左の噴き出す血に染まり、血臭にむせ返るほどであった。血臭に気を荒立てた衆は辰五郎の口から発せられる次の指示を、はやる気持ちを抑えつつ待っていた。

やがて権左の動きが止まった。もはや虫の息かと思われた。「マッコウも大したことはない。ツチクジラとなんら変わらん」と辰五郎組の者たちは思った。

辰五郎の命により鼻切の手筈を整えることとなった。鼻切とは、クジラに引導を渡す儀式のようなもので、頭頂部に二つある噴気孔の壁を貫通させることをいう。牛の鼻に穴を開けて輪を通すことと同じで、その貫通させた穴に縄を通してクジラに逃げられないことを知らしめる意味があるとされる。しかし、この行為のときが最も危険とされ、掉尾の一撃を食らう瞬間でもある。それゆえ、刃刺にとってこれを行うのは最も名誉なことであり褒美も期待でき、出世の足掛かりとなる。

辰五郎の合図とともに鼻切包丁をくわえた刃刺たちが我先にと海へ飛び込み、権左まで泳ぎ、血と脂に塗れながらその身体によじ登る。最初に登った者が鼻切の役を手にすることとなる。

このとき鼻切をつかんだのが彦六であった。

彦六は包丁を振り回し、湧きあがる興奮を抑えきれず思わず雄叫びを上げそうになったが、ここは冷静に権左の様子を見極めねばならぬと腹に力を入れた。

息を呑むと、ここぞとばかりに、彦六は動きを止めた権左に向かって鼻切包丁を構えた。噴気孔からはわずかに生臭い息も感じられたが心地よくもあった。

「もう少しの辛抱じゃ。わしが楽にしたる」

絶命すると沈むクジラもあり、この作業は手早く正確に進める必要があるが、マッコウクジラは死んでも沈まないため彦六は心なしか余裕を感じていた。

呼吸を計り、鼻切包丁を突き刺そうとしたとき、権左が狙いすましたかのように掉尾を食らわした。銀杏の葉を思わせる巨大な尾を振り上げて海を叩いたのである。

大きな波と飛沫が湧き起こり、取り囲んでいた六艘の突船は呆気なく転覆し、漁師たちは、風が花弁を散らすかのごとく海へと放り出された。権左は、駄目押しするかのように身を捩ると浮子ごと海へと潜り込んだ。

彦六は権左が巻き起こす渦に揉まれ、海水をしこたま飲み、天地の区別もできず、暗澹たる海中へと引きずり込まれ、転覆した船とともにさらに揉まれた。

どれほどたったか、彦六が気づいたときには仲間の船に引き揚げられていた。右足が妙な具合に捩れ、痺れて動かなかった。己の未熟さと不運を嘆き、悔しさと情けなさに咽び泣くこととなった。

このときの漁で五人の水主が命を落とし、刃刺、艫押しの二人が行方不明となった。彦六はこのときの怪我で右足が利かなくなり、勇漁取の一線から退くこととなった。

権左は人間相手にひと芝居打ったに違いない。取られる振りをし、虫の息であるかのように装い、掉尾を食らわしたに違いない。漁師に対する恨みか、それとも驕り高ぶる人間への警告か。皆はそう思った。

控えていた持双船（クジラを運ぶ船）の乗組員の話によれば、潜った権左は一町（約百十メートル）ほど先へ浮上すると勝ちどきを上げるかのように二度三度と潮を噴き、なにごともなかったかのように泳ぎ去ったという。

彦六は鼻切をする前のことで、咎められることはなかったが、漁に失敗し、七人の仲間を失くしたことにより、頭領辰五郎は村を追われることとなった。家族も村八分となり、離散し、その後の消息は不明となった。

その後、権左は二度近海に現れ、そのたびに我こそと挑んだ頭領は、すべて返り討ちとなり、多数の仲間を失うこととなった。

これにより掟が追加された。

──権左に銛打つことならず──

三十九ある掟の最後の一条であった。

# 勝山の十五

# 磯から

弾け立つ白波を眼下する岩場に巣立ちしたばかりの若いトビが一羽、時を待っていた。既に巣立ちを終えたもう一羽のトビが上空から、いまだ飛び立てぬトビを見下ろし、旋回し、小馬鹿にするように「早よ来い。早よ飛べ」と鳴き立てる。

岩場のトビは聞こえぬのか、素知らぬ顔で羽繕いをし、終えると一陣の風を待ち、吹くであろう風上へと眼を向ける。風の予兆を察してか、漆黒の爪が岩をつかんだ。

既に成鳥と変わらぬ強靭さを備える足ではあるが心なしか震えていた。

眼瞼をかっと開いたかと思うと、一拍おいてトビは岩を蹴った。

風切り音をわずかに鳴らして宙へ躍り出ると両翼を精いっぱいに広げ二度三度と羽ばたいた。

揺らぎながらも風を捉え、ふわりと一段上昇する。

両翼は風を受けて撓った。

大空への自立を喜び、眺望に感奮し、その心情を表すかのようにひと鳴きしたトビは下界へと眼を向けた。その眼の先に二つの人影があった。

岩場からほど近い砂浜に人の声が響いていた。大人びた声ではあるが未熟さを残す屈託のない声であった。褌と擦り切れた袖なし半纏に身を包むふたり。ひとりは吾一。もうひとりは幸吉。ともに数えで十五である。

「吾一は相変わらず下手じゃのう。わしのようによう狙って投げろ」

「おまえなんぞに教わりとうない。わしはわしのやり方で投げるだけじゃ」

「いつもそれじゃ。トビも笑っとる。大口開けて笑っておる」

幸吉は腰を屈めると、これでもかと何度も膝を叩いた。人を小馬鹿にする小技をあれやこれやと心得ているのが幸吉である。

しかし、そのようなことにいちいち動じない強さか、はたまた鈍いのか、吾一は眩しそうに空を見上げた。

「あのトビ、わしを馬鹿にしとるか？　この銛で仕留めたろうか」

「やめておけ。天に唾を吐くようなものじゃ」

吾一は幸吉より二寸（約六センチ）ほど背があり胸板も厚く、濃い眉と締まった目元からなる精悍な顔立ちは芯の強さを奏でている。

一方、幸吉は華奢な体軀をしており、ぎょろりとした大きな目で、時に媚びるように見るが、うらはらに癪に障ることを平然とぶつける。若さゆえか未熟さゆえか、ともに褐色の四肢はしなやかさと危うさを秘めていた。

二人が投げるのは鯨漁に使われる銛で身の丈ほどもある。木の棒の先に返しのついた黒鉄の銛先が結わえつけられていて、縄を結わえられるように輪が設けられている。

「わしの銛は仕留めるための萬銛じゃ、おまえの早銛よりずっと重いんじゃ」

「仕留めるゆうても当たらにゃ話にならんじゃろ」

いつでもどこでも理屈を捏ねるのが得意な幸吉である。

五間（約九メートル）ほど離れたところに砂が盛り上げられていて、朽ちた戸板が立てられている。戸板の真ん中あたりには墨で丸印が書かれている。幸吉が投げた早銛は丸印の内側を射貫いているが、吾一の投げた萬銛は手前の砂に突き刺さっていた。手前をカニがなにごとかと足早に横切ってゆく。はよ行けとばかりに海風が後を押す。

「わしはカニを狙ったんじゃ」と吾一は見え透いた嘘を吐く。「いいか、早銛なんぞ、いくら刺してもクジラには痛くも痒くもないんじゃ。とどめを刺すのはわしの萬銛じゃ」

「なに言うておる。早銛が当たらにゃ、萬銛も当たらんじゃろ。しかもとどめを刺すのは銛じゃのうて剣じゃ」

「細かな能書きなど聞きとうないわ」

早銛に結わえられた浮子でクジラの動きを鈍らせ、その後、萬銛で動きを止め、剣で仕留めるのが突き取り漁の手順とされる。

捕鯨。古くは勇魚取といい、二千年以上の歴史があると言われるが、起源は定かではない。初期は比較的小さなクジラ、イルカを取る、または流れクジラ、寄りクジラと呼ばれる弱って入り江に迷いこんだクジラを取る原始的な捕鯨であったとされている。

元亀年間（一五七〇～）に三河国の師崎で組織的な突き取り捕鯨法が編み出され、その後、各地へと広がったとされる。安房郡保田村勝山の鯨漁も文禄年間（一五九二～）に尾張地方から伝わったとされる。この地方でも、すでに二百年以上の歴史がある。

起こりは、地元の大名主、初代醍醐新兵衛が大組、新組、岩井袋組の三つの鯨組を組織し、その後、代々総元締を世襲した。このころも七代目新兵衛が勝山組、岩井袋組の二つの鯨組を統括していた。

初期の捕鯨はもっぱら「突き取り」である。突き取りとは文字が示すとおり、銛で突いて取る捕鯨法である。やがて丈夫な漁網の開発により網でゆく手を遮り、追い込んでから銛で仕留める網取り捕鯨法の方が効率よいとのことで一般的となったが、勝山では地域の海流や地形、出没するクジラの種類などの理由から一貫して刃刺による突き取り捕鯨が続けられていた。「網で引っ掛けて取るなんぞ男の漁でないわ。そんな漁はメダカ取るのと同じじゃ」とここらの鯨組衆は言い放つ。ここらの鯨漁師は突船で追いかけ、突き取る漁こそが勇魚取であり、これこそが勝山漁師の心意気であると自負していた。

しかし、心意気だけではなんともしがたく、鯨漁が隆盛すればクジラの数が減ることは必定である。全国で七十もの鯨組が組織されていたため乱獲に陥り、クジラの数は激減し、どこの鯨組においても不漁に喘いでいた。勝山のクジラ捕獲数も最盛期の半分となっていた。

「見とれ、幸吉」

吾一は銛を握ると苦し紛れに大げさな構えから投げてみせた。銛はどうにか的までは届いたが、勢いがなく、突き刺さることなく跳ね返された。

「銛の先を研いでおれば突き刺さったはずじゃ。惜しいわ」

「そんな投げ方は駄目じゃ。船の上は狭いんじゃ、船の上でそんな投げ方はできんじゃろ」

幸吉が聞き分けのない吾一に半ば呆れ顔で首を振った。

そのとき、悔しがる吾一の後ろからしゃがれた笑い声が投げられた。前歯の一本を残してほとんどの歯が抜けているせいで笑い声に覇気がないが、だれだかすぐにわかる。彦六である。

「幸吉の言うとおりじゃ。話にならん」

彦六は齢七十に近いが、現場でしか培えぬ赤銅色の肌に浮き出た筋骨は、あたかも甲冑のようであり、あたかも古びた草鞋のようであった。肩の上には十貫（約四十キロ）はあろうかと思われる山のような縄の束を軽々と担ぐ。

「彦六爺ぃは口を出さんでくれ。わしら二人の勝負じゃ」

吾一が、二対一では分が悪いとばかりに目を剥いた。一対一なら何事にも勝つ自信がある。口で勝てぬなら今までもそうしてきたように力ずくで勝ちをもぎ取るまでである。

今は作事場において鯨漁に関わる作事（船や道具の修理、準備）を生業とするのが彦六であるが、三十年前まではれっきとした刃刺として突船を率いていた。

「駄目じゃろ。わしの方がうまかろう」

幸吉が後押しを受けたとばかりに威勢を強めた。

「おまえも駄目じゃ。そんな小便銛じゃクジラに当たっても刺さらんわ。若い者がこのありさまじゃ、この村もおしまいじゃ」と彦六は口をへの字に曲げて大仰に首を振った。

「どこが駄目なんじゃ。言うてくれんとわからん」

二人は喧嘩相手に絡むように口を揃えて突っかかった。

「わしが手本を見せたる。目をかっぽじって、よう見ておれ」

「かっぽじるのは耳じゃ」

幸吉が奥歯まで見えるような大口を開けて笑った。

「いいから見とれ」

彦六は肩に担いでいた縄の束を砂の上へ落とすと、足を引きずって吾一から萬銛を受け取った。彦六は右足が不自由で、歩くときには壊れた水車のようなビッコを引く。砂浜を彦六が歩くと、その足跡で先にいることがわかる。

「この萬銛はどうした？」

「親父の使い古した銛じゃ。稽古用に譲ってもらったんじゃ」

「銛先がすり減って漁には使えんが、よう鍛えられたええ銛じゃ。稽古用とはいえおまえのような若造にはもったいない無いわ」

「はよ投げて見せ」

彦六は空を見上げ、手首と肩を回しながら的から六間（約十メートル）ほど離れ、足元にうごめくカニと虫を追い払うと足元の砂を均した。手のひらにペッと唾を吐いて銛の握り具合を確かめると口元に力を込めた。彦六の歪んだ口から前歯が一本飛び出す。吾一と幸吉は肩を揺すりながら、こみ上げる笑いを押し殺す。

そんな様子は一向にかまわず彦六は上体を弓なりにすると、七十の齢間近とは思えぬ速さで腕を振り下ろした。

放たれた萬銛は風切り音とともに一本の陰影となって的を捉え、貫き、背後の砂地へと突き刺さった。吾一と幸吉はその速さと確かさに驚嘆し、声が固まったかのように喉に詰まった。

「どうじゃ、こんなもんじゃ。作事場の片輪爺ぃでもこれくらい投げるんじゃ。おまえらの親父さんはこんなもんじゃねえぞ。おまえらが刃刺になるには二十年かかるわ」

鯨組の中でも限られた者しかなれぬ出世者が刃刺である。

「二十年も待っておられん。どうすればそのように投げられるんじゃ。教えてくれ。わしも早く一人前の刃刺になりたいんじゃ」と吾一。

「簡単に投げられるもんじゃねえが、しいて言えば身体で投げるんじゃ。おまえらは腕だけで投げておる。それじゃあ半分の力も出ん。加えて毎日の稽古じゃ。そうすりゃ、身体ができる。じゃが、それだけでは刃刺にはなれん。場数を踏まなきゃ一人前にはなれん」

「そんなことわかっておる。じゃが、親父は船に乗せてくれんのじゃ。わしは今までに五回、幸吉は三回じゃ。親父は十三のときにはもう一人前の水主じゃったとゆうとった」

水主とは突船の漕ぎ手のこと。水主で経験を積み、鯨漁のいろはを学び、船の舵取りをする艫押し、銛を投げる刃刺へと昇格するのが慣例であった。

「もっと早くから仕込まれ、それくらいの齢で一人前になった。いやいや一人前じゃねえがな。そう思ってただけじゃがな……わしらのころは飯炊きからやらされたもんじゃ。しかたなかろう。近年は不漁続きじゃ。おまえらのような未熟者は足手まといになるだけじゃ。ただでさえ人手は足りておるでな」

勝山の最盛期には突組（漁師）、出刃組（鯨の解体をする者）、作事衆、合わせて六百人からの鯨組であった。ときには旅刃刺、旅水主という地方の人手を雇い入れるほどであったが、衰退した今では三百人を切るほどとなり、職に溢れた者は職を求めて村を出ていくありさまで、残る三百の者たちの生活もままならぬ始末である。

「じゃったら、いつまでたっても一人前にはなれんじゃねえか。このままこの砂浜で年食ってよぼよぼになってしもうたらどうするんじゃ」

「それならそれでええじゃろ。そこまで無事に生きられたら本望じゃ」

「わしはいやじゃな。そんな生き方なら死んだほうがましじゃ」

吾一は腹立ち紛れに砂を蹴った。

「わしに当たるんじゃねえよ。的に当てろ」

彦六は迷惑そうな皺顔を一層深く潰した。

「もし、おまえらが船に乗れるようになったとしても、刃刺になるころには一頭のクジラも取れんようになるかもしれんな」

「えり好みしてるから取るクジラがいなくなるんじゃ。ツチクジラじゃのうて、もっとでかいのを狙えばいいんじゃ。わしがナガスクジラを仕留めたる。突き取りでナガスを仕留めた者は勝山にはおらんと聞いとる」

「クジラは潮を噴くが、吾一はホラを吹くんじゃな。しかもナガスなみの大ボラじや」

　幸吉と彦六は喉の奥まで見えるような大口を開けると砂浜一帯に響くほどの声で笑った。

　吾一の拳骨が幸吉の脳天に振り下ろされ、鈍い音を響かせると幸吉の笑い声だけが途切れた。

「なんでわしのお頭にゲンコじゃ？」

「笑いすぎじゃ。ちょっとは遠慮せんか」

　しかし突如、彦六の顔つきが一変し、歯抜けの口からとは思えないような強い口調が迸った。

「クジラを甘く見るな。クジラは賢いぞ。甘く見ると命を落とす。己だけならまだええが、仲間の命をも失うことになる」

「クジラ、クジラいっても、たかが魚じゃねえか。魚ごときに怯むことないわ」

「馬鹿たれ。そういって死んでいった者がごまんとおる。おまえのようなやつが一番危ないわ。これだけは覚えておけ。クジラは魚じゃねえ。なんじゃ言われてもようわからんが。あれは人の生まれ変わりじゃ。わしの爺さんがよう言っておった。海で死んだものがクジラに生まれ変わるんじゃと。それまで取ったクジラへの罪滅ぼしに、今度は取られる側に廻るんじゃと」

「そんなの嘘じゃ」

吾一は目を剝いて反駁した。人間がクジラに生まれ変わるなど信じられるわけがない。人間はいつまでも人間じゃと思っている。じゃあ、クジラが人間に生まれ変わることもあるのか？　だれがクジラじゃ？　そんな馬鹿なことはなかろうと思った。

「寺子屋ではそんなことも教わるか？」

「わしは聞いておらんがの」と幸吉は口を尖らせてかぶりを振った。

「間違いねえ。だから連中はわしらのことをよう知っておる。クジラを取るようになったらようわかる。特に用心しなきゃならんのは権左じゃ。権左は、いつも同じ時季に同じ海へやってくる。盆に死者の魂が帰ってくるようにな。権左は化物じゃ。何人もの漁師の魂が化身した大化物じゃ。魅入られんように気をしっかりもたんといかん。迂闊に近寄れば魅入られてしまうぞ」

つぶやくように言った彦六の言葉は吾一の胸の奥深くに突き刺さり、突き刺さった言葉がいつまでも胸に響いて疼いた。その疼きの底では相手に不足なしと言い放つ吾一の本心もあった。

## 鯨見台から

村の真ん中あたりにツンと突き出た岬があり、そこに大黒山と呼ばれるこんもりした小山があり、その天辺に鯨見台があった。

昼飯を食った吾一は家の裏手にある吉幡神社へ回り、拝殿で、おざなりにパシパシと柏手を打ち、引きちぎらんばかりに鈴をじゃらんじゃらんと鳴らし、「貸しといてくれ、わしがクジラを取った暁にはまとめて返す」と供え物の餅を一つ失敬して口へ押し込む。飯だけでは腹が満たされないので毎度のことである。既に一頭や二頭のクジラでは返せぬほどの借りができていた。

脚力にモノを言わせ、勢いをつけて一気に大黒山へと駆け上がる。荒い息で鯨見台へ着いたときには、もう既に幸吉は来ていた。来て、大の字になって猪のような鼾を掻いて寝ていた。

「こいつは暇さえあれば寝ておる。こいつの方が大物かもしれん」

やっかみ半分、吾一は大の字の幸吉を飛び越えるときらめく大海原を眺めた。果てしなく広がる空と海を水平線がくっきりと分けていた。「やっぱり海は丸いんじゃな」と吾一の口から溢れるように言葉が洩れた。

むっくりと身を起こし、口元に垂れた涎を啜りながら「丸いって、なにがじゃ？ ふぐりか？ はみ出ておったか？」と幸吉が股間をまさぐると褌を締めなおした。

「見てみろ。海の端が弓なりになっとる。知っておったか？ 水の粒も丸いから、きっと海もそのせいで丸いんじゃ」

気づいたのは自分だけじゃとばかりに吾一は得意げに顔を綻ばせた。

「海が丸いんじゃのうて、海の器が丸いんじゃ。この世が丸いんじゃ」と幸吉はなにを今さらという顔をして見せる。

「おまえの言うことは、ようわからん。好きなだけ寝てろ。ふぐり出して寝ておると蚊に食われるぞ」

「どうりで痒いと思ったわ」幸吉は股間を搔き毟った。「寺子屋で見たことあるぞ。陣内先生も言っておった。この世を象った置物も見たことがあるぞ。地球儀というんじゃ。ぐるぐる回るんじゃ。吾一どんは遊び呆けとるから学が身に付かんのじゃ」

「大きなお世話じゃ。地べたがぐるぐる回ってどうするんじゃ。目が回るわ。ばあちゃんがゆうておった」

「ばあちゃんがなんてゆうておったんじゃ？」

「回るのは世間じゃと。それと金も回るとな」

「それはまんざら間違いではないかもしれんが、陣内先生の言うことは天下の法則じゃ」

「陣内なんて若造じゃ、話にならん」

「若造じゃろうが先生じゃ」

「先生がどうした？　三十半ばじゃろ。ばあちゃんは八十八と八月(やつき)で死んだ。押っ死(ち)ぬ二月(ふたつき)前にゆうておった。ばあちゃんの方がずっと年上じゃ」

「じゃが、吾一のばあちゃん、死ぬ一年ほど前には呆(ぼ)けておったろ。犬の糞(くそ)を食らったり、忠八(ちゅうはち)んとこの墓を掘り返して爺さんと喧嘩しておった。ウチのお父(とう)が止めに入ったがの。わしはその話聞いて縮み上がったわ」

「些細(ささい)なことじゃ。年食った者の言うことは正しいんじゃ。わしらを慮(おもんぱか)ってのことじゃ」

「学に年は関係ないと思うがの。悪いこと言わんからたまには寺子屋へ顔を出せよ。役に立つことも多いがの」

「この年で、ガキと一緒に手習いするのはごめんじゃ。学はなくてもクジラは突ける。クジラさえ突ければ生きていける。余計な学があると余計なこと考えてしまうじゃろ。無ければ余計なこと考えんでええ」

「やれやれ、ガキが相手なら力ずくで言い聞かせることもできようが、吾一相手ではできそうにないわ」とつぶやき、失笑する。あえて身を危険にさらす必要もないかと、幸吉は再びごろりと横になった。

聞こえてか聞こえずか、そんな幸吉を尻目に吾一は海と対峙（たいじ）した。

吾一はここからの眺めが好きだった。いつまで見ていても飽きることがないし、なんだか海を支配したような気分にさえなる。すべてのクジラが自分の手の中を泳いでいるような気さえしてくるから不思議であった。海が丸であろうと四角であろうとどうでもいいことで、その上に生きる者には関係のないことだと思った。

「権左というのは、そんなに途轍（とてつ）もねえ化物か？　噂に聞いたことはあるが……」

吾一は突然、思い出したように聞いた。吾一の視界の海に巨大なクジラが姿を現した。権左は潮を噴（ふ）くと大きな口を開けて吾一へ迫った。

「わしも聞いたことがある。なんでも頭の先から尾まで十五間（約二十七メートル）はあろうかと思われる、しかも真っ黒なマッコウらしい。頭の上にはフジツボが山のように付いていてそれで船に穴を開けたり、ひっくり返したりするそうじゃ」と幸吉は言いながら股間を掻いた。

並のマッコウクジラであれば体長は八間（約十五メートル）ほどであるが、目撃した者によると権左は十間（約十八メートル）を超えるクジラであったそうで、それに尾鰭が付いて話はどんどん膨らみ、既に権左は化物と化している。

しかも、この近海で権左が最後に目撃されたのはもう三十年以上も前のことである。

「権左を打ちてえ」

吾一が力任せに叫んだ。いまだクジラを打つということも、己の力さえもわからぬ吾一であるが、茫漠とした志を得た瞬間であった。

「打ったらいかん。掟は守らんといかん」

幸吉は寝転がったまま諫めた。幸吉はなにかと説教じみたことをいう。吾一より少々、見聞が広いせいもあり、それが吾一の気持ちを逆撫でる。その思いを思わず拳骨に込めるのである。

「いつも同じ時季に同じ所へやってくるんなら、そこを狙えばええじゃろ。簡単じゃ」

吾一は独り言のようにつぶやいた。

　六月とは思えないような乾いた潮風が吹き、吾一の胸元を擽った。吾一は目を細めながら視線は遥か彼方へと注いでいたが、突如、カッと目を見開いた。

「起きろ、幸吉。見ろ。あそこじゃ、今、なにかが噴き上がった。権左かもしれん」

　指さす先に心躍らせるなにかが見えた。急激に身体の奥底から湧き上がるなにかが胸の鼓動を高鳴らせた。血が逆流して脳天へと上り詰めた。同時に全身の毛が逆立ち、手足が震えた。

　幸吉がコメツキムシのように跳ね起き駆け寄ると、鯨見台から落ちそうなほどに身を乗り出した。

「どこじゃ？　なにが見えたんじゃ？」

「浮島の向こうじゃ」

　大黒山から見て左手に、押し出されたような小さな島がある。それが浮島と呼ばれる。

「どこじゃ、光っててわからん」

　吾一はきらめく海を指さすが幸吉にはわからなかった。目を細め、しばらく見ていると、ふわりと水飛沫が上がった。

「クジラじゃ」

幸吉も興奮して唾を飛ばした。

このような時期にこのあたりに入りこむクジラは珍しい。村の突船は回遊するクジラを求めて朝早くから外海まで出払っている。村に残るのは女子供と出刃組衆、作事衆だけである。

「わしらで取ったる」

吾一は、大人たちを見返す絶好の機会と息巻いた。ここで不漁続きの大人たちを出し抜けば、突船に乗せてもらえるはず。親父だって自分を一端の男と認めてくれるはずじゃと思った。

「わしらってだれのことじゃ？」と幸吉は首を伸ばした。

「おまえも入っておる。吾一組じゃ」

「勘弁してくれ」

「ならん。この機会を逃せば、一生、刃刺にはなれんぞ。それでもええのか？」

「わしゃそれでもええんじゃがな。のほほんとでも生きていければ本望じゃ」

「なにを眠たいこと言っておるんじゃ。褌を締めなおせ」

吾一は迷惑そうな顔を張り付けた幸吉の襟首をつかむと突き放し、突如転げ落ちるように大黒山を駆け下りた。膝は笑うが死ぬ気で走った。幸吉は乗らぬ気を抑えて息急き切って追いかけた。砂浜まで出たときにはもう足は動かぬほどであったが二人は気力だけで走った。

港の砂浜を一段上がったところに構える大きな建物が納屋場で、その横に申しわけ程度に建てられた小屋が作事場であった。作事場の煙突からは黒い煙が棚引いていた。

吾一は作事場まで戻ると、熱気こもる中へと駆け込んだ。そこにいたのは案の定、彦六と数人の見習い衆だけであった。彦六は玄翁（大型の金槌）を振りおろし、銛の修理に汗を流していた。叩くたびに金属音が作事場に響き、真っ赤に焼けた鉄から火花が飛び散った。

「爺ぃ、船を出してくれ。浮島の向こうじゃ」

吾一は玄翁が発する金属音に負けぬよう作事場に響き渡るほどの声でがなり立てた。

だが、彦六は耳を貸さず、赤く焼けた鉄を見つめ、玄翁を振り下ろした。吾一の声が聞こえておらぬわけではないがあえて聞こえぬ振りをした。

「爺ぃ、聞こえんか」

彦六は困った表情を浮かべるとおもむろに玄翁を置き、ゆっくりと吾一へ視線を移した。吾一が、言い出したら聞かぬ性格であることは赤子のころから知っている。

「見てわからんか、仕事中じゃ。おまえらの遊びになぞ付き合っておれん」

「そんな仕事なぞ、いつでもできるじゃろ。今しかできんことは今せいと彦六爺ぃは言っておったはずじゃ」

「わしはいつそんなええこと言ったかの？　とんと覚えがないがの」

彦六は小首を傾げた。彦六の頭の中にはそんな言葉のかけらも見当たらない。吾一の言葉にうまく乗せられつつあることを感じていた。しかし、なんとなく愉快であった。なにかとんでもないことを見せてくれるかもしれんという期待もあった。

「クジラじゃ。そこにいるんじゃ。浮島の横じゃ」

吾一は目を剝くと、すぐそこにいるかのように指をさした。

「おまえは馬鹿か？　この時期にそんなところをうろついとるクジラなんぞおらん。夢でも見たんじゃろ」

彦六は説き伏せるように落ち着いた口調で言うと再び玄翁を手に取り振り上げた。振り上げながら、さて、次はどう出るかと吾一の気配を窺った。

「おるんじゃ。鯨見台から見たんじゃ。どこにでも能天気な奴はおる。はよせい」

「そんなところにおるクジラなら、今さら追っても無駄じゃ。とうに遙か彼方じゃ」

呆れたように言い、玄翁を振り下ろした。再び八方へと火花が散った。

「行ってみねえとわかんねえだろ。クソ爺ぃ」

平素から熱くなりやすい吾一であるが、その鬼気迫る気迫に動かされた彦六は玄翁を壁に立て掛けた。そして、苦笑いを零すと腰に下げた手拭いを取り、滴る汗を拭った。

「泣く子と吾一には勝てんようじゃ。火の始末頼む」

## 初陣

突船が一艘、磯に浮かべてあった。船底からの浸水のため修理を依頼されていたものである。あたかも準備されていたかのような誂え向きの突船であった。

「あの船じゃ。好都合じゃ。吾一丸じゃ」

「勝手なこと言うんじゃねえ」と彦六。だが言って聞く吾一でもない。「わしゃ知らんぞ。後でどんなお咎めを受けようが、わしゃ知らんぞ」

「お咎めならわしが体で受けてやるわ」

海へ出て行って駄目なら諦めもつこうというものである。

突船に手当たりしだいに銛と縄を積み、彦六が舵を取ると、吾一と幸吉が櫓を漕いだ。

「幸吉、しっかり漕げ」と吾一の声。二人の手には少々太い櫓を、抱えるようにして前後に動かした。櫓を漕ぐ音がぎこちなく響いた。

「吾一もしっかり漕がんか」と彦六。吾一も同じようなものであった。小さな船であるが、六人で漕ぐのが普段の姿である。それを未熟な二人で漕ぐわけだから所詮、無理がある。気ばかり焦り、一向に速度が上がらない。

「左に曲がっておるぞ。幸吉、しっかり漕がんか。これじゃぐるぐる回るばかりじゃ」

彦六は他人事のように笑って見ている。

「爺ぃもちゃんと舵をとらんか」

「そうか、舵はわしか」

幸い波は穏やかである。

船が真っ直ぐに進みはじめると吾一が叫んだ。

「こっちの方角じゃ。もう少しじゃ」

鯨見台から見るのと、実際に漕ぎ出してみるのとでは大違いで、今自分がいる場所さえ判然としない。

潮噴きを見たのはこのあたりだったか、それとももう一町（約百十メートル）ほども先か？　吾一は迷っていた。どこじゃ？　どこじゃ？　焦りばかりが迸る。

「ほんとうにクジラかのう」と彦六が吾一を横目で見て訝った。「流木がそう見えることもあるぞ」

そう言われると途端に吾一も自信がなくなる。流木が波に揉まれて水飛沫を上げただけかも知れない。吾一は短気な気質からか見当違いも多く、周囲の者を振り回すこともしばしばである。幸吉も、流木を見誤っただけかもしれんと己の目に疑念を抱き始めたとき、目の前に黒い巨体がふわりと浮上し、白い潮を噴き上げた。突船に乗る三人はまともに生臭い潮を被ることとなった。

「見ろ、やっぱりクジラじゃ。わしの目に狂いはないわ」

たちまち吾一の意気は再起し、既に捕らえたかのように活気づいた。

「ほお、確かにクジラじゃ。コビレゴンドウじゃ。まだ子供じゃが」

体長は二間（約三・六メートル）ほど。成鯨になっても体長三間弱（約五メートル）にしかならない小型のハクジラであるが、勇魚取の獲物であることに違いはない。捕らえて持ち帰れば手柄であることは間違いない。

「流れクジラじゃな」

吾一らが鯨見台で見たときから船がここにたどり着くまでの間、ほとんど移動していないことや、泳ぎに精彩がないことなどからなんらかの理由で弱っているとみられる。波に煽られ、ゆらゆらと漂うばかりでときおり潮を噴くが虫の息である。クジラの体が傾いたときその理由がわかった。腹に大きな傷が開き、そこから腸が飛び出し、揺らめいていた。

「どうやらサカマタ（シャチ）にやられたんじゃな」

コビレゴンドウは群れで行動するが、シャチに襲われることがしばしばあり、そのときに群れからはぐれた泳ぎの未熟な子クジラが餌食になることが多い。このクジラは襲われ命からがら逃げ果せたものの、大傷を受けて死を待ちながら漂うのみとなったようである。

「吾一、おまえが見つけたんじゃや。引導を渡してやれ」

できるだけ苦しませず死なせてやることも刃刺の役目である。

だが、どうしていいやら皆目わからない。吾一はあたふたするばかり。闇雲に突進するばかりで、そこからの行動が伴わない若さゆえの未熟さが露わになった。なんでもできるつもりでいたが、いざとなると体が言うことを聞かない。己とはこの程度のものであったかと、吾一の顔は恥ずかしいほどに紅潮した。

「引導を渡す前にやらねばならんことがある。幸吉、ぼーっとしてねえで鼻を切って縄を通せ。このクジラは死ぬと沈むぞ」

「鼻を切るってどうするんじゃ？」と幸吉もどうしていいかわからず戸惑うばかり。

「そんなことも知らんのか。刃刺の倅が聞いて呆れるわ。頭の上にある二つの穴が鼻の穴じゃ。それくらいはわかるじゃろ。その二つの穴の壁を横に貫くんじゃ。早くやれ」

幸吉は鼻切包丁を手にするとクジラへと飛び移った。

ぬるぬると滑る初めての感触にぞくりとしながらも足元に踏ん張りを利かせ、おっかなびっくり、言われたとおりに幸吉は噴気孔を貫いた。

「ち、血が出たぞ」

「生きていればあたりまえじゃ。そんなことで怯むな」と彦六。

「怯んでなんかいねえぞ」

幸吉の精いっぱいに強がった声は聴き取れぬほどに震えていた。

血が噴出した一瞬、クジラはビクンと身を震わせたがそれ以上に暴れる様子はなかった。

「上出来じゃ。次は縄をかけろ。もう逃げる気力はないはずじゃ。縄をかけたら吾一、剣で腹を抉れ。すれば水が肺を押し潰して死ぬはずじゃ。早くせい。早くしねぇと祟るぞ」

吾一は剣を握ると船の舳先へと立った。六尺の柄に一尺の剣先が付けられた止めの剣である。持ち慣れぬ剣を不器用に持ちながら吾一は揺れる舳先を押さえるように両足を踏ん張った。

しかし、いざ獲物を目の前にすると、足が震えた。恥ずかしいほどに震えた。足だけでなく手も腕も、心臓の鼓動とともに視界までも震えた。大人たちと鯨漁に出たことはあっても、銛を打つことも、剣を振ることもなかった。戸板相手とは勝手がちがう。命を頂くことの重さを初めて知った。

「なにぐずぐずしとるんじゃ。クジラが苦しがっておるぞ。傷と目の間を狙え」

吾一の喉は渇き、心臓が高鳴った。歯を食いしばると力任せにクジラの腹に剣を差し込み、舵を切るように引き抜いた。弾けるように血が泡とともに噴き出し、海を赤く染めた。

吾一の腹の中からもなにかがこみ上げてきて噴き出しそうになったが、それを抑えて必死に飲み込んだ。吾一は肩で大きく息をしていた。

「よしもういい。ちゃんと見とれ。往生際じゃ」と彦六が言う。

コビレゴンドウは身を小さく揺らし、カッと目を見開いた。口を大きく開け、なにかに食らいつこうとしているかのようであった。

大きく身を捩ると、鳴き声とも絶叫ともつかぬ咆哮を上げ、最後の潮を噴き、やがて動かなくなった。光を失った小さな目は吾一を見ていた。吾一は瞳に映った己の姿を見ていた。

「わしを恨むか」

吾一は船の舳先でへたり込み、幸吉は船縁に捕まって引きつった顔でその様子を見ていた。

吾一は最後に見た、なにかを訴えかけるようなあの目を生涯忘れないと思った。

彦六は手を合わせると念仏を三回唱えた。吾一と幸吉もそれに倣って念仏を唱えた。

二人の呼吸がいくぶん落ち着いたころ、ようやく出刃組衆が持双船で駆けつけてきた。鯨見台から様子を窺っていた者が気を利かせて船を出したのである。沈む寸前のところであった。一艘の小型の突船だけではクジラと一緒に海中へと引きずり込まれていたかもしれなかった。

「沈んだらどうするつもりだったんじゃ」と出刃組の一人に聞かれたとき彦六は「沈みそうになったら縄を切って捨てるまでじゃ。それでもなにもせんよりはええじゃろ。若い者に経験させたかっただけじゃ」と磊落（らいらく）に言った。

捕獲したクジラは持双船によって浜まで曳航（えいこう）され、浜辺に据えられた轆轤（ろくろ）で引き揚げられる。轆轤は、一尺（約三十センチ）角ほどもある角材の四方に取っ手が設けられた牽引機（けんいんき）で、クジラが曳航されると角材に縄を巻き、数人で取っ手を押して回し、つながれたクジラを海岸まで引き揚げるのである。

「手の空いてるものは手伝ってくれ、女子供でもええ。獲物は小物だでな」

女子供がかき集められると、がやがやと轆轤が回され、クジラは解体場まで引き揚げられた。

「久しぶりじゃな。もう腹の虫が鳴いておる」とだれかが言った。

「クジラじゃクジラじゃ」と子供たちが囃（はや）し立てた。

出刃組の若い衆が五人ばかり呼ばれて包丁を研（と）いでいるところへ突組の船団が帰港した。

「なんじゃこのコビレゴンドウは？」

回遊クジラを追いかけていた突組衆が漁から戻ってきたのである。この日も収穫はなく、力ない帰港であった。そこで目にしたクジラだけに驚きは尋常でなかった。たとえコビレゴンドウの子供であってもクジラである。

「わしが見つけたんじゃ。引導を渡したのもわしじゃ」

吾一は前へ出ると、勝山突組頭領で一番刃刺でもある父の重吉に正面切って興奮気味に言った。

「わしが鼻を切った」と続いて幸吉が、乗り気でなかったことが嘘のように息巻いた。

面喰らったように重吉が彦六の顔に尋ねた。

「クジラが出たというんで、出すぎたこととは思ったんじゃが、二人があまりにも真剣だったんで、都合よく船も出してあったんで、わしが出したんじゃが……」

彦六はすまなそうな顔で答えた。作事衆は鯨漁には手を出さないのが掟であった。

「そんな細かいことはええんじゃ。これで、わしもこれで一端の刃刺じゃ」と吾一は得意げに胸を張った。

「馬鹿たれ、調子づくんじゃねえ。じゃが、コビレとはいえ、よう仕留めたもんじゃ」

「なに、傷ついた流れクジラじゃ。大方、サカマタにでもやられたんじゃ。放っておいても浜に流れ着いたわ」と彦六。

「爺（じじ）ぃは余計なこと言わんでええ。引っこんどれ」

ガツンと吾一のお頭（つむ）に重吉の拳骨が落ち、吾一の顔は苦痛に歪んだ。

「世話になっておいてその言い草があるか。一人ではなにもできん小便たれのくせに」

頭領であり一番刃刺である重吉の拳骨は途轍（とてつ）もなくでかくて固い。刃刺衆の中でもひときわ体格がよく筋骨が鮮明に浮き出、幾度となく修羅場（しゅらば）を潜（くぐ）り抜けてきたことを思わせる面構えも威圧感十分であった。頭がクラリとして、目の前が涙で滲（にじ）んだ。もう一発食らったら死ぬと吾一は思った。

「すまんのう、こんな馬鹿倅（せがれ）が世話かけて」

「なんのことはない。年寄りが若いもんの面倒見るのはあたりまえのことじゃ。わしらもそうやって一人前になったで」

出刃組が招集されて、クジラの解体が始まった。小型のクジラで、しかも子クジラということもあり、解体は呆気（あっけ）ないものであった。一体を頭と胴、尾の三つに切り分け、皮を剥（は）ぎ、肉を削（そ）ぐ。納屋（なや）では火が焚（た）かれて油が搾られる。肉は鯨組の皆に分けられ、樽（たる）に詰められた油と骨は総元締の醍醐新兵衛に届けられる。血や内臓は業者が買い取っていく。その体は余すところなく利用され、捨てるところなど一切（いっ）ない。一時（とき）(二時間)もするとクジラの姿は跡形（あとかた）もなく消えていた。

夢ではなかったじゃろうなと思っていると、吾一には尾の肉が届けられた。クジラにとって尾は命であるためか、そこが最も美味とされ、一番に突いた刃刺には尾の肉が届けられるのが慣（なら）わしとなっていた。

クジラ一頭で七浦潤（うるお）うと言われるほどクジラがもたらす利益は大きい。クジラが取れた夜は祝いの宴（うたげ）が催（もよ）される。

いさなとる 安房の浜辺は魚偏（うおへん）に京という字の都なるらん

大田蜀山人（しょくさんじん）の詠んだ狂歌である。クジラを取れば、村は京の都のようににぎわうという意味を込めたものである。

今宵（こよい）はささやかな宴であったが、吾一にとっては忘れられない一夜となった。クジラ料理と酒が振る舞われ、踊る者と歌う者が入り乱れた。その隅で焼け石に水とでも言いたげに浮かない顔なのは重吉であった。不漁であることに違いはなかった。

吾一は皆から振る舞われる酒を飲んだ。飲みなれない酒であった。大人たちも吾一に酒を飲ませるとどうなるものかと面白半分に飲ませた。当初はうまい酒を飲んでいたつもりであったが、飲み方を知らないせいか、調子に乗って、注がれる酒をすべて飲み干した。全てを合わせると二合ほども飲んだだろうか。やがて、辛い酒となった。何度も吐きそうになったが堪えて飲み込んだ。せっかくの祝い酒を吐いては罰があたるような気がした。

酔いも大台に達し、眠気が襲い始めたこともあり、宴会の騒ぎを背中で聞きながら這う這うの体で納屋を出て家まで戻ると、吾一はそのまま布団へと転がりこんだ。隣では妹のトミ、ミツ、弟の与吉が既に寝息を立てていた。眠く、目を閉じるが心臓は躍り、呼吸は乱れ続ける。熱く息苦しいばかり。収まる気配はない。こみ上げる吐き気に堪らず厨(台所)までふらふらと行き、水を一杯飲み、様子を見、再び布団へと戻ると、しばらくして眠りに落ちた。

夢の中にコビレゴンドウが現れた。吾一の手には剣が握られていた。「吾一、なにをぐずぐずしておる。はよ抉れ」吾一は歯を食いしばるとコビレゴンドウの腹に突き刺し、一気に切り裂いた。剣は肺に達し、ヒューと息が漏れ、泡とともに血が噴き出す。鳴り響くクジラの絶叫は夢の中で何度も繰り返されこだました。

夜中に目が覚めた。全身が汗で濡れていた。褌が纏わりつき股間を締め付けていた。宴は終わり、静寂と闇が安房勝山の漁村を支配していた。

酔いは覚めたが気分は最悪であった。胸のあたりに熱い潮が渦巻き、酸っぱいなにかが時折、思い出したかのように腹の底からこみ上げる。コビレゴンドウの祟りかもしれぬと思ったが、それなら鯨組などあるわけがないと己を治めた。隣で寝る妹弟を跨ぎ、厠へと走ったが途中、躓いて土間ですっ転び、その拍子に腹の中のものをすべてぶちまけた。堪えていたことが馬鹿みたいに思えた。最初から吐けるものは吐いたほうが良策であると学んだ。クジラを捕れば旨い酒が飲めるとばかり思っていた。すっきりしたが、クジラ一頭取るたびにこんな思いをせねばならんのかと行く末を案じた。

波に揉まれる夢から覚めると朝であった。昨日までの爽やかな朝とは程遠い、腹の中身が溶けて煮詰まっているような気分であった。しかも頭は石でも詰められたかのように重く痛い。足を踏み出すたびにびんびんと頭の中が揺れる。酒は二度と飲まぬと一旦は決めたが、そうも行くまいとも思った。

厠で出すものを出し、塩水をたらふく飲み、囲炉裏端に用意されていた握り飯と沢庵を口へ押し込んだ。もうこの時刻になると突船も出港し、母親らも磯へ出ていた。ひとり取り残されて、なにをしたらいいのかわからぬ有様に情けなくなってくる。妹弟たちは村のどこかで遊んでいるらしく、どこからともなく声だけが響いていた。吾一の五つ下がトミ、その二つ下がミツ、その三つ下が与吉である。妹二人は母親ゆずりか、やたらと気が強く手に負えぬところがあるが、一番下の与吉はだれに似たのか泣き虫で困る。妹弟たちは年が離れているせいか吾一にはあまり寄りつこうとはせず、近所の子供たちと磯や山を駆け回ることが多かった。

吾一は、いつものように磯で魚でも突こうと手製の銛を持って家を出ることにした。お天道さまは既に頭上へと昇ろうとしているころであった。

半町（約五十メートル）ほど行ったところで幸吉はどうしているかと気になって、幸吉の家を覗こうとしたとき、不意に戸が開いて思いもかけぬ者が顔を出した。吾一は腰が抜けるかと思うほど驚き、その場で立ちすくんだ。

「なにをそんなにびっくりしておる。相変わらず気が小さいのう」

カヨであった。幸吉の姉で吾一より一つ年上である。

「おまえか。びっくりなぞしてねえぞ。ちょっと躓いただけじゃ」

カヨは新米の海女である。カヨに限らず、このあたりの女は十五、六になるとほとんどが海女として近くの海へ潜り、漁をする。

　カヨは髪に手拭を巻き、絣の着物だけを纏う。妙な色気を感じ、吾一は思わずカヨの胸元へと視線を移した。襟元から見えるふくよかな白い肌が眩しかった。新米のせいかまだ日焼けも浅く、赤子のような肌は吾一の目を釘付けにした。

「どこ見ておるんじゃ。ちちが珍しいか？　そんなに見たけりゃ、磯へ行きゃええじゃろ。みんなちちを放り出して潜っておるぞ。おまえんとこのかあちゃんも……」

「馬鹿たれ、そんなもん見たくないわ。特におまえのようなヒラメちちはどこにあるのかようわからんでのお。裏か表かもわからんわ」

　母親のちちと他の女のちちが、ちちはちちでもちちがちがうことに気がつかないのがこの年ごろの女なのだと小娘の浅はかさを見た気がしたが、それと知った上でのカヨのからかいであることに吾一は気づいていなかった。

「だれがヒラメちちじゃ」カヨは手にした磯ノミを振り上げたが、なにかを思い出したように手を止め、相好を崩した。「吾一はでかいちちが好きらしいのお」

「馬鹿たれ、わしは女子になぞ興味はないわ。わしが興味があるのはクジラだけじゃ」

「ほんとうにクジラだけか？　じゃが、風呂場にクジラは泳いでおらんぞ」

「あたりまえじゃ。そんなところにおれば苦労はせん。そんなところにおれば、だれがわざわざ海まで船漕いで行くか」

「そう言うが、おまえ、海女小屋の風呂を覗いておったそうじゃな。幸吉が白状したぞ」

幸吉はどこへでもついてきて、いっしょに悪さをするくせに、口がやたらと軽い。悪さをするといつも幸吉の口から露見する。己の身を守るためには平気で人を売る男である。それを善しとする男である。果たして男と言えようか。

「知らんぞ、わしは知らん。幸吉が嘘を言っておるんじゃ」

「幸吉は、嘘は言わん。言うのはおまえじゃ」

幸吉のお頭に拳骨を四つ五つ落とさねば腹の虫が治まらなくなった。

「幸吉はどこじゃ？」

「もう朝早く、銛を持って出て行ったわ。磯で魚を突いておるころじゃろ」

「そうか……幸吉は吐いたか？　頭が痛いと言うておったか？」

「ケロッとしとったわ。あいつは妙に酒が強いからな。親父ゆずりじゃ」

「わしの親父も強いがの。変じゃの」

なぜか吾一は酒に弱い。自分は親父のほんとうの倅ではないかもしれんと思った。

かあちゃんは親父が漁へ出ているときに出刃組のだれかと乳繰(ちちく)り合ったんじゃなかろうかと疑ってみた。だれじゃろうかといくつかの顔を思い浮かべてみたが、これといって思い当たる者はいなかった。ひょっとすると村の外の者かもしれんぞ……。

「もうええわ。おまえもはよ磯へ行かんか。獲物がなくなるぞ」

「そうじゃ、こんなところで馬鹿の相手してる場合ではないわ。食いっぱぐれちまうでな」

カヨは磯桶(いそおけ)にスカリと呼ばれる獲物を入れる網と、掻き取るための磯ノミを入れて頭に載せると、そそくさと磯へ向かった。

吾一は、カヨに無性に腹が立ったが、言い返せない自分には、それ以上に腹が立った。

女って、なんでああなんじゃ？　おっかあも同じじゃ。女は口から生まれて来るというのはほんとうなんじゃろうな。男は尻から生まれてくるから尻が好きなんじゃろうか？

去り際、カヨは「昨日の肉はうまかったぞ」と口元にえくぼを作って笑った。

保田村(ほたむら)勝山は房総半島の内側に位置している。江戸湾の入り口であり、浦賀(うらが)水道という交通・軍事の要所でもあり、漁業資源の豊富な漁場でもある。この地を治めるのは一万二千石の酒井（さかい）家で、寛文（かんぶん）八年（一六六八年）、小浜（おばま）藩主であった酒井忠直（ただなお）が甥の忠国（ただくに）に一万石を分け与え安房（あわ）勝山藩を立てたことから酒井家による統治が始まった。現在は七代目酒井忠嗣（ただつぐ）が藩主を務める。

保田村は周囲を小高い山々に取り囲まれ、浜近くのわずかな平地に小さな家々が密集している。海から眺めると、その様子はあたかもクジラに付くフジツボのようじゃと吾一は海へ出るたび思って眺めていた。山の方に向かうとわずかばかりであるが田畑があり、農作物もささやかながら収穫される。

村は三段の階段状の地形を経て砂浜へ続く。一段下りたところに出刃組、作事組の小屋が設置され、さらにもう一段下りたところの砂浜に轆轤（ろくろ）が二基据えられている。大黒山から海へ向かう先に傾城島（けいせいじま）と呼ばれるぽっかりと穴のあいた岩礁（がんしょう）があり、女子供の絶好の漁場となっている。潜れない幸吉はその付近の磯で雑魚を突いているはずである。

なんと言ってやろうかと歩を進めながら考えていたが、磯で魚を突く幸吉を見つけるや否や、背後から気配を殺して近づき、いきなり拳骨を四つ食らわせた。五つのつもりだったが、最後の一つは躱（かわ）された。やはり、いつも通り言葉より手が先に出た。

「なんじゃ、いきなり？　いつもゲンコ食らわすが、わしのお頭は吾一の木魚じゃないんじゃ」

「おまえはどうしてそんなに口が軽いんじゃ。口が軽い男は刃刺にはなれんぞ」

「そんなこと聞いたことないわ。……なんの話じゃ？」

幸吉はいきなり剣突くを食らわされて呆気にとられた。こんなときには幸吉の勘の働きはことのほか鈍く、吾一はいささか安堵する。

カヨから聞いた風呂覗きの話をしたところ、「そのことか。わしが喋ったんじゃのうて、姉ちゃんがわしに喋らせたんじゃ」と幸吉は気まずそうに項を掻いた。

「同じことじゃ」と吾一は最後の一発を食らわした。己も拳を鍛えねばならんと思った。幸吉のお頭は日増しに硬くなっているような気がした。拳に激痛が走った。

「姉ちゃん、怖いんじゃ。わしの弱みをいくつも握っておる。逆らったら、告げ口されて、わし、父ちゃんに殺されるかもしれん。姉ちゃんも怖いが、父ちゃんはもっと怖いわ」

「殺されりゃいいんじゃ。どっちみち、おまえは長生きできん」

磯には引き潮によって魚や貝、カニが取り残されるが、その数は知れている。女たちは先の漁場まで行き、潜ってアワビ、サザエ、ウニを取り、それを売って日銭を稼ぐが、鯨漁にも出られぬ、海へも潜れぬ男は哀れである。吾一はその憂さを晴らすように幸吉に当たり散らすのが常であった。

「なにを取ったんじゃ？　見せろ」と吾一は魚籠の中を覗き込んだ。

「ボラ二匹、ウミタナゴ一匹、イソガニ五匹、イソスジエビ二匹……じゃ」

「シケとるな。こんなんじゃ腹の足しにもならんぞ」

「なにもせんよりはマシじゃ。この年で穀潰しなんて言われとうないからな」

「わしが穀潰しとでも言いたいんか？」

「そんなこと言っておらんじゃろ。そう言われるのが嫌じゃとゆうておるんじゃ」と幸吉は拳骨を警戒してか両手で頭を隠した。

「ええわ。またクジラを取ったる。今度は一人で取ったる。わしは鯨見台でクジラ探しじゃ」

「勝手にせい。そうそうクジラが流れて来るわけなかろう。そういうのを二匹目のドジョウを狙うっていうんじゃ」

「ドジョウじゃのうてクジラじゃ。クジラとドジョウの区別もつかんのか」

幸吉は哀れむように口を尖らせると肩を上げた。

吾一は背伸びをして手を翳して沖を見、表情を一変させた。

「クジラじゃ。また流れてきおったぞ。二匹目のクジラじゃ。ついておるぞ。支度せい」

「どこじゃ」と幸吉も精いっぱいに背伸びをする。

「あそこじゃ。浮島の東じゃ」

「わからんわ。どこじゃ」

吾一はガツンと幸吉のお頭に拳骨を落とした。

「嘘じゃ。馬鹿たれ。本気にするんじゃねえ。そうそう流れてくるか」

## 不漁

波、風向きが整えば突組船団は日の出とともに出漁する。十五、六艘の一団で、一艘に十名ほどが乗り込む。刃刺（はざし）一、二名に八名の水主（かこ）と、舵（かじ）をとったり櫓（ろ）を押したりする艫押（ともお）しが一名乗り込む。船団には持双船（もっそうぶね）二艘が含まれる。持双船は大型で速度は出ないが、取ったクジラを曳航（えいこう）するには欠かせない船である。突船（つきふね）は、発見したクジラを追いかけるための小型で機動力に優れた船である。突船に乗る刃刺はクジラに銛（もり）

を打つ言わば鯨漁の花形である。刃刺には一番船に乗る一番刃刺から四番船に乗る四番刃刺までがおり、それ以降は一般刃刺、見習い刃刺と階級が決められている。一番が経験豊富で有能な刃刺であることは言うまでもない。ここ保田村では頭領がその役を担っていた。

刃刺は数十本の様々な種類の銛を使い分けてクジラを仕留める。または剣で腹を裂いて止めを刺す。艫押しは刃刺の指示を受けながら舵を操りつつ水主を直接統率する。

この地方の鯨組の形態は独特で、鯨漁に関わる経費は各自、醍醐新兵衛への借金となる。そのため出漁するたびに食糧、水などの経費が嵩み、不漁が続くと皆の焦りも色濃くなる。頭領の肩にはその責任が伸しかかることとなる。その重圧は並大抵ではないが、それに耐えられなければ頭領という役は務まらない。

最近になって、開かれる寄り合いの回数もめっきり多くなった。漁から戻り、疲れが癒える間もなく日暮れになると出刃組の仕事場である納屋場の片隅に設えられた板の間に、醍醐新兵衛が上座となり、勝山突組の幹部衆三十数名が雁首を揃えて向かい合うこととなるのであった。

まずは不漁の報告から始まるが、総元締の新兵衛は聞き飽きたとする顔をはっきりと表す。この光景は判を押したように毎度繰り返された。報告する重吉も苦しいばかりである。海十の重吉もさすがに声が小さくなり、額に脂汗を浮かべるばかりとなる。

醍醐新兵衛は勝山鯨組の総元締を仰せつかっているものの、鯨漁に出ることはない。商人としての色合いが強く、言葉はいたって温厚であるが、なかなかその腹の底を読むことは難しい。

現在、安房には勝山組と岩井袋組の二つの突組があるが、岩井袋組の方は、少ないながらもクジラの捕獲を成している。技術では互角と自負するが、その差はなにに起因するのか摑めず、皆ほとほと参っていた。クジラ運がないと喉まで出かかるが、それを言っても仕方のないことと弁えている。

「で、どうするんじゃ。ここでこう、にらめっこしてても埒があかん。なにか案があれば聞くが……なんでもええ、言ってみなさい」

新兵衛は煙管を舐めながら、吹かしながら燻った天井を睨んでいた。

「漁の仕方を変えたらどうじゃ？　いっそ網を使ってみたらどうじゃ」

相談役の卯之助である。全国の鯨組を旅刃刺として渡り歩き、鯨漁を知り尽くしている。数年前に保田村に落ち着き、相談役として雇われている。

一同はどよめいた。二百年以上の伝統に物申したわけだから、その発言は衝撃であった。重吉が食らいつかんばかりに言った。

「おまえさんは、ここらの海のことを知っておるんか？　わしらだって地方の鯨組が網取りしてることぐらい知っておるぞ。無知や意地で突き取りしてるわけじゃないんじゃ」

「そんなことわかっておるわ。言ってみただけじゃ。いまのままじゃいかんということじゃ。……じゃあどうする。よい案があるんか？」

「漁場を変えた方がええ。今の海じゃ駄目じゃ」

三番船の艫押しである茂吉（もきち）が言った。

「どこがええんじゃ？」と新兵衛。

「どこでもいっしょじゃ。クジラは回っとるだけじゃ。ツキがないだけじゃ。根気よう待っておればツキは回ってくる。ここで変えればまたツキを逃すことになりかねん」と三番刃刺の泰三（たいぞう）。泰三は幸吉の父親である。

「それならええんじゃがの」と嫌味のような言葉がどこからか聞こえた。

「だれじゃ。言うんなら顔を見せい」と泰三。

ざわめくのを断ち切るように次の案が投じられた。

「頭領を替えるのがええじゃろ」

四番船艫押しの峰助(みねすけ)が小さな声ながらも顔を上げてはっきりと言った。

勝山鯨組の中にもいくつかの派閥(はばつ)があり、支持する者を頭領に推(お)そうとする者たちがいる。ときには派閥同士で手柄(てがら)の取り合いや、鯨肉の配分によって取っ組み合いの喧嘩(けんか)が起こることもある。重吉もそのような中で頭領に伸し上がった一人である。

「だれがええんじゃ？」

偏見なく実力あるものが頭領であるべきと考える新兵衛は、重吉の睨(にら)みにも動じることはなかった。

重吉は若くして刃刺となり、早い出世を果たしたが、荒々しい人使いと独断で物事を進める強引なやり方から、内部の反発も強かった。弾かれた者の中に苦々しく思う者、恨みを持つ者は数多(あまた)。

「わしゃ、文五郎(ぶんごろう)どんがええと思う。腕は確かだし、人望もある」

後ろの方から声が湧いた。そうじゃそうじゃと手を打つ者がいた。文五郎は四番刃刺であるが、実力では重吉と双璧(そうへき)を成す。

他の者からは、「わしは仁平(にへい)どんがええと思う。なにより、海のことやクジラのことをだれよりもよう知っておる」との声も聞こえてきた。仁平は二番刃刺である。

新兵衛にとってはだれが頭領になろうとクジラさえ取れればよいので派閥争いにはとんと構わない。だが、今ここで組織を乱すことは避けたいという事情はあった。鯨組を組織するには毎年、運上金、海域の使用料である浦請銀、種類ごと、また、大きさごとに決められた鯨運上銀、その他、油運上銀、御用銀を納めなければならない。そして総元締の鑑札を買うのであるが、組織を乱すようなことがあれば、元締としての資質を問われかねない。お上から総元締の役を解任されては元も子もないのである。板挟みであることは今の重吉と同じであった。

悩むばかりであった。新兵衛は雁首を叩きつけては、灰を落とし、また煙草を詰めるを繰り返した。

「新兵衛どんどうするかね」

相談役の卯之助が苦悩する顔を覗き込んだ。

しばらく間をおいて渋い顔で新兵衛は答えを出した。

「今月いっぱいじゃ」

六月が終わるまで残り五日。それまで様子を見て、その後、頭領を決めなおすという案である。重吉は五日の間にクジラを、少なくとも一頭仕留めなければ頭領の座を追われることとなる。頭領を追われた者は再び鯨漁には加わることができない慣わしとなっていた。これまでの頭領は例外なく鯨組を離れている。家族ともども村を出た者もいれば、山に畑を作り百姓をはじめた者もいた。五日後には重吉と吾一を含むその家族の行く末が変わることとなる。

それをおもしろく思う者と、気の毒に思う者の気持ちが渦巻くこの夜の寄り合いはこれを決として散会した。

その日の深夜、吾一の家の居間に火の消えた囲炉裏に向かい苦慮する重吉の姿があった。勝山のこと、鯨組のこと、自分を支持する者たちのこと、家族のこと、己のこと……五日のうちに鯨を捕獲することができるのか……重吉の脳裏ではさまざまな思いが波間の泡のごとく去来した。

最後の寄り合いから、一日、二日、三日、四日と毎日、日の出とともに出航したが、いまだ注進船の報告はなかった。捕鯨を成すと最初に銛を打った刃刺の船がいち早く港へ知らせに戻ることになっている。それが注進船である。

五日目の夕刻となった。日が傾き、辺りを赤銅色の陽が照らし始めていた。出刃組の助松が仕事の合間、気晴らしに浜に出てなに気なく沖を眺めたとき、水平線の下に一つの船影があることに気づいた。

「ほお、注進船かの？　間に合ったかの？」

今日が期限であることは村中の者の知るところとなっていて、だれしもが気がかりとするところであった。

「船じゃ」との声に人々が集まってきた。女も子供も海岸に並び、夕陽に手を翳しながら沖を見つめ、船の到着を待った。いつもなら船団が帰港してもよい刻限であった。

目を凝らすと確かに船が一艘戻って来るが、捕鯨の知らせとはなにかがちがっていた。大漁旗が掲げられていない。本来であれば捕鯨を成すと色とりどりの大漁旗で船が飾られ、三里沖合でも見て取れるが、船には慌ただしい気配があるばかりで、浮かれた気分はかけらも漂ってはいなかった。

「注進船ではないぞ。なんぞあったんやろか？」

出刃組の頭領、久治が彫りの深い褐色の顔にさらに皺を寄せた。

経験を積んだ者たちは既に察していたが、ここで口に出すことは憚った。なにも知らぬ子供たちは「クジラじゃクジラじゃ。大漁じゃ」と囃し立てたが「黙れ」と久治に一喝された。

その様子に皆がはっきりと凶事を察した。

予感は的中した。二番刃刺の仁平が率いる二番船によって、勝山突組不手際の知らせが届けられたのであった。

日が落ち、闇と海の境が判然としなくなるころ、船着き場が明るく照らし出されるほどの篝火が焚かれた。

出刃組衆をはじめ、女も子供も、火の粉舞う篝火に照らされながら心配そうに沖を見つめていた。男たちが無事に戻ることだけを一心に願い、手を合わせながら待つことが今の女たちにできる唯一のことである。

しばらくして一艘、また一艘と船影が見えた。

一艘目の船は三番船であった。浜に着くと艫押しの茂吉が叫んだ。

「良太じゃ。おカネはどこじゃ。身体を温めろ。心臓がまだ動いておる。助かるかもしれねえ。一刻も無駄にするな」

肌は冷え切り、ぐったりした良太の身体は納屋場へ運ばれると妻のカネの素肌によって温められた。納屋場のすべての囲炉裏に薪がくべられ、これでもかとばかりに火が焚かれた。全身が白く血の気が失せ、唇が紫色となった良太に布団がかけられると、カネは全裸になって布団へともぐりこんだ。そして自らの身体を寄せ、生気を注ぎ入れるかのように抱きしめこすり合わせた。

「死ぬんじゃねえぞ。死んだらあかんぞ」

カネは呪文のように唱えながら良太の肌と自らの肌をこすり合わせた。

二艘目の船には豊三が乗せられていた。

「豊三はダメじゃ。助からん」

久治はその様子をひと目見て、くぐもった声で言った。もはや、蘇生は不可能であると悟った。船の中で水を吐かせて胸を押したが心臓の鼓動は既に止まっていた。漁に関わる者は、経験から、手当すれば息を吹き返すかどうかの判断は大方できた。唇の色、目の色、肛門の開き具合で判断する。豊三の身体は冷え、光を失った目を力なく開け、何日も経過した骸のようであった。豊三はまだ十九。嫁はなかった。早く嫁をもらって子供を作りたいと話していた。その冷えた亡骸に年老いた母親が泣きすがった。

港では、

「為吉はどうした？」

「佐太郎は大丈夫か？」

「栄助は？」と夫や息子の消息を案じる家族が帰還した者たちに詰め寄った。

「わからん、わからん。わしに聞かれてもわからんわ。まだ行方がわからん者が仰山いる。暗くなっても必死に捜しておるんじゃ。望みを捨てんで待ってくれ」

その後ろで吾一と母親のイトが歯を食いしばって佇(たたず)んでいた。重吉の顔が見えぬことより、頭領の身内として同じ責任を負っていることを心得ていた。今の自分になにができるか、考えるが吾一にはなにも思い浮かばなかった。なにもできぬ無力さに苛立ち、怒りさえ湧いていた。

最後の船が戻ったとき、納屋場には四つの骸が並んだ。いまだ生死を彷徨(さまよ)っているものが二名、そして行方がわからなくなった者が六名あった。その中に重吉もいた。

翌朝になるころ、生死を彷徨っていた二名が息を引き取った。そこには幸吉の父親、泰三が含まれていた。

新兵衛は、納屋場へ勝山突組の幹部を集めると落ち着きなく腕を組み、眼を閉じたまま喉を震わせて問いただした。

「なにがあったか話さんか」

「へえ……」と仁平は当時の様子を思い起こすと、たどたどしく話しはじめた。

勝山突組は日の出とともに十五艘の船団で出港し、浦賀水道から南西に一里（約四キロ）ほどの海域を航行していた。回遊するクジラの通り道であり、勝手知ったる漁場である。

快晴であった。風も波も穏やかで遥か遠くまで見渡せ、鯨さえ現れれば鯨漁には申し分のない日和であった。今日が期限であることを重吉は強く心に留めていた。頭領の座に未練があるわけではないが、このような形で座を追われることには我慢ならなかった。なんとかならぬものかと鬼のような形相で海を睨んでいた。

日が昇りきる前、四番刃刺の文五郎が前方右手になにかを見た。白波立つ中に黒い影を見つけたのである。

「クジラじゃ。寅の方角、三町（約三百三十メートル）先じゃ。目を凝らせ」

見失わぬよう、皆が一斉にその方角へと視線を送った。潮が一つ噴き上げられた。

「間違いない」

「来たか？」

重吉は息巻いた。そこにはこんもりとした黒い背が確かに浮き沈みしていた。

「しめたっ」

重吉の口から心の声が漏れた。皮一枚で首がつながったような気分であった。しかし風が吹けば首は落ちてしまうやもしれんと思った。逃してはならんと肝に銘じた。

クジラ発見の知らせは旗で後方の船に知らされる。そしてクジラの種類、進む方角なども旗の種類と掲げ方で知らされる。

「ツチか？」

潮は前方斜めに噴き上がっていた。ツチクジラならば真上に丸く噴き上がる。

「なんじゃあれは？　ツチでもセミでもないぞ。もっとでかいぞ」

「あの潮の噴き方はマッコウじゃ。マッコウクジラじゃ」と文五郎が叫んだ。しかし、その声には覇気は感じられなかった。あきらめのようなものが含まれていることを皆は感じ取った。文五郎はさらにつぶやくように言った。

「ありゃでかすぎる。突き取りでは無理じゃ」

「マッコウでも構わん。相手にとって不足なしじゃ」

重吉は舳先に仁王立ちした。でかすぎようが、それでも取るしかない。その気持ちを察する者は多い。しかし、そこには条件がひとつ加わる。

「権左なら手を出してはならんぞ。掟じゃ」と、どこからか声が飛んだ。

重吉は間髪を入れず突っぱねた。

「権左など、昔の話じゃ。もうこの世のものでないわ。亡霊にたじろぐか」

取るしかない今の重吉に怖いものなどなかった。

権左が最後に見られたのは三十年も前のことで、そのとき既に成鯨であった。クジラはその大きさ、シワ、フジツボの付き具合から年齢を推定する。おそらく当時、推定四十歳。それからさらに三十年経ている。七十年生きる鯨など聞いたことがなかった。マッコウクジラの寿命は長くとも五十年と言われていた。

「構わん。追え」

重吉の檄（げき）が飛んだ。

今の重吉に逆らえる者などいない。全身にそれほどの気迫を漲らせていた。

それに同調するかのように突船に乗る艫押しの声が一層大きくなり、水主の櫓を漕ぐ調子が速くなった。船体と櫓が狂ったように軋む。それがさらに水主たちを煽（あお）る。船が上下するたび船底が波を叩く。叩くたびに白波が上がる。調子が速くなるにつれて心臓の鼓動もいやがうえにも速くなる。

「きばれ、もう少しじゃ。目の前じゃ。うまい酒が飲めるぞ」

クジラは船団に気づいているのかいないのか、悠然と泳ぎ進む。

一番船と三番船は鯨の右手から回り込み、二番船と四番船が左手から回り込み、両側から挟む陣を作った。それぞれ船の刃刺は銛を握りしめ、いつでも投げられる体勢を整えた。鯨組一同は久々に響く胸の鼓動と湧き上がる闘志を味わい、抑え、心眼を目の前のクジラへと注いだ。

「はよせい」

重吉のみならず皆の気が逸る。マッコウクジラの泳ぐ速度はそれほど速くはない。突船は造作もなく追いつき、取り囲むはずであった。だが、その巨大クジラは目に見えぬ海流にでも乗っているかのようで、ゆったり泳ぐように見えて思いのほか速く、気ばかりが急いた。

「もう一息じゃ。きばれ」

重吉の心持ちはもはや尋常ではなかった。

しかし、皆の力が功を奏し、徐々にではあるがクジラとの距離は縮まりはじめた。重吉は鬼を思わせる形相で早銛を握ると舳先で構えた。波しぶきを頭から被ったが、気分さえよかった。一瞬の機会を逃してはならじと目前のクジラを見つめた。

それは、全長十間(約十八メートル)はあろうかという巨大なマッコウクジラであった。

取り囲み、程よい距離を計り、ここぞというとき重吉が早銛を放った。銛には縄が繋(つな)がれており、その縄には浮子(うき)が結び付けられている。その浮子の抵抗でクジラの泳ぐ速度が抑えられる。それを合図にして次々に早銛が放たれた。

クジラの泳ぐ速度が鈍ったところで、次に萬銛(よろずもり)が打たれた。一番船から四番船、それ以外の船からも次々と打たれた。

だが、クジラは数十本もの銛を受け、針山のようになりながらも、なにごともないように泳いだ。

厄介であるが、これを仕留めれば山は脱し、しばらく村が潤うことは間違いない。

陽が少し傾いたころ、銛の効果が表れ始めた。クジラは疲れを見せていた。しかし、それは突組も同じであった。水主の体力にも限度がある。その様子を見た重吉は早く仕留めねばならじと焦った。海の上の根競べでは分が悪い。

二十もの浮子を繋がれていては巨大なマッコウクジラであってもおいそれと潜ることはできぬらしく、時折、生臭い潮を噴きながら海面すれすれのところで巨体を浮き沈みさせた。その様子から相当にへばっていると重吉は確信し、勝利への道筋を立てた。

マッコウクジラは巨体であるからだけでなく、その油の量、質において高額で取引される。不漁続きの間の借金は棒引きにされるに違いないとの算段が過(よぎ)った。

既に百本近くの銛を打ち、準備してあった銛が尽きかけたとき、クジラの動きが止まった。一帯はクジラから噴き出す血と脂の臭いにむせ返るようであったが、これが漁師らの魂をさらに揺さぶるのであった。

「奴は力尽きたぞ。勝利は目前ぞ」

突船がクジラを取り囲むと、円陣を徐々に小さくする。間近に見るその巨体は圧巻であった。フジツボを纏った漆黒の巨大な体軀はかつて味わったことのないほどの圧倒的な迫力をもって漁師らを襲った。

興奮を押さえ切れぬ者たちが唸り、どよめく。さらに煽られた血気含む興奮した声に促がされ、喊声が湧き上がる。だが、それに呼応するかのようにクジラの目がじろりと刃刺らを見た。径が一尺（約三十センチ）ほどもある漆黒の目が、そうは行かぬぞとでも言いたげに挑発する。クジラが刃刺を睨むとき、刃刺らはクジラが魚ではないと感じる一瞬であるという。肝を潰す者、尻ごみする者が出て来る。しかし、そこで尻込みしていては一人前の鯨漁師とはいえぬ。

「だれじゃ鼻を切るのは？　手柄を立てい」

重吉の声が轟いた。

各船の褌姿の刃刺たちが水主たちの後押しを受け、鼻切包丁をくわえると一斉に飛び込む。流れ出たクジラの血が混じる水面に泡を立てながらクジラまで泳ぎ着くと垂れ下がる縄を頼りに、ぬめる巨鯨へと這い上がるのである。

這い上がったのは平刃刺の藤八。藤八はクジラの上で雄叫びを上げると呼吸孔である鼻の横に立ち、クジラの様子を窺った。

好機を見極め、もはや虫の息と見るや否や、藤八は鼻切包丁を構えた。

しかし、見計らったようにクジラは大きくうねり、渾身の掉尾を叩きつけた。同時に大波が巻き起こり、取り囲んでいた船の半数が煽りを食らって転覆した。海中へと吸い込まれていく者、海流にさらわれる者の叫び声で、一転、あたりは修羅場と化した。

直後から漁どころではなくなり、海へ投げ出された仲間を助けるだけで精いっぱいとなった。最後尾につけていた持双船までも駆けつけ、行方不明者を探した。クジラを見ている者はだれもなく、流れる者、浮き沈む者を懸命に捜した。

三十年前の再現であった。

陽が傾くと松明が灯され、行方不明者の捜索は続いた。陽が沈み、暗闇になり、海と空の判別ができなくなっても夜通し捜索は続けられた。

翌日も周辺海域では行方不明者の捜索が行われたが、生存する者を発見するには至らなかった。行方不明者は死者として数えられた。

この漁によって水主六人、艫押し三人、刃刺三人が死んだ。刃刺は吾一の父重吉と幸吉の父泰三、平刃刺の藤八であった。

重吉の遺体は見つからず、泰三は海面に漂っているところを引き上げられたが、翌朝息を引き取った。

煙管を燻らせながら目を閉じて話を聞いていた新兵衛は灰落としに雁首を叩きつけた。

「そのクジラは権左じゃったか？」と、新兵衛はくぐもった声で訊いた。

「そうじゃ。あれは権左じゃ。間違いねえ。左目の後ろに三日月の傷があった」と平刃刺の菊次。

「なぜ、権左を打とうとした？　打ってはならんことになっておったはずじゃ」

「重吉の頭領が沙汰を下したんじゃ」

「重吉は権左のことを知っておったんか？」

「知らぬわけがなかろう。ここの漁師で権左のことを知らぬ者などないわ」

「それでも打てと沙汰があったのか？」

「そうじゃ。取れば掟など屁でもないと思ったんじゃろ。その日が期限じゃった。重吉らしいわ」菊次は溜まりに溜まった腹の中の物を一気に吐きだすように苦々しく言った。「それでこのざまじゃ。あの時、頭領を替えておればこんなことにはならんかったじゃろ」

新兵衛にも責任があると言わんばかりの言葉であった。一端の責任を感じた新兵衛はそれを黙って受け止めた。采配を間違うと取り返しのつかぬ失態につながることは弁(わきま)えているつもりであったが、今となっては後の祭りである。悔やんでも悔やみきれぬと腹の底が煮えたぎる思いで新兵衛は煙管の吸い口を嚙みしめた。

二日後、十一人の葬儀が大黒山山麓にある法副寺にて執り行われた。六つの棺桶が先導し、勝山村を挙げての葬儀となったが、重吉の家族だけは参列を許されなかった。しかも葬儀には重吉の弔いは含まれていなかった。

「なぜ、親父の葬式はできんのじゃ？　一緒に戦った仲間じゃないのか？」

吾一は大黒山の方角を睨みつけて怒りをぶつけた。

「しかたなかろう。皆を死なせた罰じゃ。わしらも罰を受けんといかん。住職は明日に弔ってくれるというが……わしらだけじゃ」

イトは無表情のままか細く言った。

イトには重吉の死より、これからの行く末が気がかりでしかたがなかった。このようなことが過去になかったわけではない。不手際を仕出かした頭領やその家族がどのような仕打ちを受けてきたかも見てきた。イトもそれに従ってきた。頭領の役を背負うということはその罰も背負うということにほかならない。

　吾一はぶつけどころのない怒りを抱え込んだまま家を飛び出した。歯を食いしばり、涙を堪えて作事場まで走った。そこでは彦六が酒を片手に座り込み、染みだらけの床を睨んでいた。彦六は吾一の気配に気づくとつぶやくように言った。吾一の言いたいことはわかっていた。このような状況におかれたときには、だれしもが同じことを思う。しかし、傍（はた）からはそれを察することはできぬらしい。

「ええか、吾一。おまえの親父さんは掟（おきて）を破ったんじゃ。そのクジラを権左と知っておったか、知らなかったかは今となってはわからん。だが、沙汰を下した以上、しくじればその責めを受けるのが筋じゃ。おまえの親父を含む十二人が死んだ。それがどういうことかわかるか？　家族八人を残して死んだ者もいる。年老いた親を残して死んだ者もいる。稼ぎ頭を失った家族はこれからどうして生きていけようか？　過酷な暮らしとなることはおまえでも察することができよう。時には一家を皆殺しにすることさえある。掟を守っていようとも、しくじれば責めを受ける。頭領たるものは皆の命を預かっておるんじゃ。一つ判断を間違えるとそうなる。おまえはこれからどのように身を振るかは知らんが、それだけは覚えておくことじゃ」

　彦六は口から泡を飛ばし、ときおり唇を噛みしめながら、自らにも言い聞かせているようであった。この地で長年鯨組の一員として生きてきた者の悟りにも似た言葉であった。

「親父がしくじったのか？」

吾一は認めることができなかった。狙ったクジラは必ず仕留めてきた親父であった。

「そうじゃ」と彦六は冷酷に、しかも明瞭に言い放った。

「わからん」

吾一は彦六の胸倉を摑んだ。それを撥ねのけるように振りほどくと、

「わからん。わしにもわからん」と彦六は背中を向けて徳利（とっくり）から酒を呷（あお）った。

「そのクジラは権左だったのか？」

「そうじゃ。皆が三日月の傷を見ておる」

「村のためじゃろ」

「村のためになったと思っておるのか？」

「だれでもしくじることぐらいあるじゃろ」

「そうじゃな。だからなんじゃ」

「それでもこの仕打ちか」

「掟じゃ」

「わしらはこれからどうなるんじゃ？」

彦六は苦しみと悲しみをまとめて飲み干すかのような勢いで喉を鳴らして酒を飲んだ。いくら飲んでも一向に酔いは回らなかった。

「古くからの知り合いを亡くすというのは辛いことじゃ。今までも幾度となくあったが……これればかりは慣れれん。よい思い出ばかりが溢れてくるわ」

吾一は無言で彦六を睨みつけた。

「この先、おまえの一家は、掟を破ったことから村八分になる。重吉の葬式は寺が執り行ってくれるだろうが、村の者はだれも参列はせん。それも掟じゃ」

村八分であっても葬式と火事は手を貸してくれることになっているが、ここではそれもない。咎人と同じ扱いとなる。

「村を出て行けということか？」

「出て行くか残るかは、おまえらが考えることじゃ。わしがとやかく言うことじゃない」

「わしは刃刺にはなれんということか？」

「刃刺どころか、鯨組にも加われんということじゃ」

「どうやって生きていけというんじゃ？」

「わしにはわからん。おまえのおっ母は四人の子供を抱えて、今、それが一番の気がかりのはずじゃ」

「それであの顔か……」

「おまえさんがしっかりせねばな。おまえももう子供じゃねえ。己の身の振り方くらい考えんといかん」

「もうええ」

吾一はどうしていいかわからぬまま作事場を飛び出した。夢が絶たれたばかりでなく、突船から大海原へ放り出されたような気分であった。方角もわからず波に揉まれながら漂う者の気持ちがよくわかった。

作事場から帰る道すがら、幸吉に出くわした。待ち伏せしていたらしく、ようやく見つけたと顔に書いてあった。

「吾一、わしの父ちゃんを返せ。頭領なら部下を無事に帰すのも役目のはずじゃ」

「なんじゃ」

まともに幸吉の眼を見ることもできず、吾一は絞り出すように言った。

「なんじゃってなんじゃ。他に言うことがあるじゃろ」

「なにを言えばいいんじゃ」

「謝らんのか」

「わしが謝れば気がすむのか？　じゃが、わしへの恨みと親父のことは別じゃろ」

「そんなおまえが、わしは好かんのじゃ。いつもわしのお頭をぼこぼこ殴りおって、わしが喜んでおるとでも思っておったか」

幸吉は後ろ手に持っていた二尺ほどの丸太を握り締めると、吾一の脳天に風切り音とともに叩きつけた。

吾一は重吉の拳骨より強い衝撃を受け、意識を失いかけた。しかし、歯を食いしばり、かろうじて足を踏ん張った。吾一は幸吉の眼を見た。真っ赤にした眼は涙で潤んでいた。拳骨の痛さに涙ぐむだけのいつもの幸吉ではなかった。怒りに震える幸吉の眼が吾一を貫いていた。

幸吉は丸太を闇雲に、力任せに振り回した。吾一はあえて躱すことはなかったが丸太は二度ほど空を切り、最後の一振りが再び吾一の脳天を打った。突き抜けるような衝撃を受け、朦朧とする中、脳天が切れ、血が噴き出し、幾筋もの流れとなって胸元を汚した。

幸吉もそれには驚いたようで、丸太を取り落とすと、それでも治まらぬ気を晴らすように吾一に飛びかかると、その顔へ力任せに拳を叩きつけた。ひ弱な幸吉の拳だったが、一つ一つ響き、身に沁み、吾一は殺されるやもしれんと思った。

どれほどか叩かれ鼻血が噴き出し、唇が切れて血が流れたころ、異変に気づいた彦六がようやく止めに入った。

「やめんか。おまえも刃刺の倅じゃろ。皆、命がけで漁へ出ておるんじゃ。おまえの親父さんだって同じじゃ。危険なぞ承知だったはずじゃ。そんなおまえの姿を見たら親父さんは成仏できんぞ」

幸吉はぶつけどころのない怒りを噴き出すように声を上げて泣きじゃくった。

吾一はよろけながらも立ち上がると、泣きじゃくる幸吉を尻目に、その場を離れた。もうこの村に自分の居場所がないことを悟った。

その日以来、吾一一家の生活と村人の態度は一変した。島流しも同然に孤立した。だが、それだけならよかった。昼夜を問わず、家には石が投げ付けられる。戸板を破って飛び込むこともあった。妹弟はおびえて押し入れに閉じこもった。頭領の家族から罪人への転落であった。村を歩けばひそひそと陰口を叩かれ、時には背中へ石が投げ付けられる。仲間の輪になど入ることなどできようはずもない。事情をよく理解できない妹、弟へのしうちも同じで、これまでの遊び仲間でさえも制裁を加えるようになった。

イトの漁場も変わった。今までのように良好な漁場では漁が許されず、村の端に位置する裏磯と呼ばれる、流れが速く、日蔭の漁場でしか漁ができなくなった。誰かからそうしろと命ぜられたわけではないが、それが暗黙の掟であった。村という集団の中で生活する以上、従わざるをえない。そこでの獲物と言えば発育の悪いサザエやウニ、アワビで、以前に比べれば収獲は半分以下となった。これでは売り物になるはずもなく、幼い三人の子供たちの飢えを凌ぐのが精いっぱいであった。吾一も魚を突くが、磯付近で取れる魚などたかがしれていて、己の糊口を凌ぐだけであった。

そんな苦しい状況であっても、ふと疑問が頭をもたげるときがあった。釈然としない疑問が岩の割れ目から生える雑草のように押さえても押さえても頭をもたげてくる。

「親父は、なぜ権左を打とうとしたんじゃろうか？　それは本当に権左であったのか？」

頭領であれば掟を破ることがどういうことか痛いほどわかっていたはず。

いつしか飢えや生活の不安は気にならなくなったが、疑問だけは日に日に膨らんだ。いつかその思いに押し潰されるような気さえした。

勝山組は一変した。四番刃刺であった文五郎が多くの者の推挙により勝山突組頭領となり、四番船に乗っていた艫押し、水主がそのまま一番船へと昇格した。三番刃刺の泰三が死んで平刃刺の菊次が三番に昇格すると思われたが、二つを飛び越えて二番刃刺へと昇格した。そして一番船から三番船の刃刺と艫押しが四番船以下に降格され、水主は散り散り（ちぢ）りに配属された。納得ゆかぬと不満を漏らす者も多くいたが黙殺された。

「なぜ、二十年以上もクジラ追っかけてきたわしらが素人同然の扱いなんじゃ？」

一度降格された者の出世は到底見込めない。捕鯨の際の分け前も雲泥の差となる。一見すれば重吉の息がかかっていた者たちが降格の対象となっており、文五郎の息のかかる者が今回の再編成で昇格したこととなる。

「しかたなかろう。新兵衛どんがそれでよいとおっしゃったんだ」

この言葉がすべての不満を駆逐（くちく）することとなった。

組織を再編し、間もなくのこと、沖からの注進船が浜へと向かってきた。ツチクジラの捕鯨を成したとの知らせであった。

「注進船が夕日を浴びて帰港する姿は美しいもんじゃな」と誰かがつぶやいた。確かに皆がそう思った。しばらく見なかった光景であったからさらにその船は美しく映った。

沈んでいた浜が嘘のように沸いた。しかし、吾一ら家族だけは蚊帳の外であった。すべてが目の前を通り過ぎていくだけであった。

日が落ちると村は祭り騒ぎとなった。納屋場からは宴の騒ぎが吾一の家まで響いた。手拍子、笑い声、どよめきが波となって押し寄せ、吾一ら家族を押し潰さんばかりに苦しめた。村にとってはこの上なくめでたいことであり、祝さねばならぬことであるが、吾一らには複雑この上ないでき事であった。

イトの気持ちを察すると居たたまれなくなり、吾一は家を出た。イトは素知らぬ顔のまま行燈（あんどん）のそばで縫物をしていたが、吾一が家を出ることに気づいていたかどうかはわからなかった。行くなと言われても吾一は出かけていた。気がついていても止めはしなかっただろうと思った。宴に加わりたいわけではないが、その場を見てみたい理由があった。華やかであった以前の空気を味わいたいわけではなく、そこに重吉がいるような気がしたからである。現実か幻か、己の目に映ることのどこまでが本当なのか己の目で確かめたかった。

納屋場に近づくにつれて吾一は昔の空気を思い出した。懐かしい匂い。つい一月（ひとつき）前の匂いであるにもかかわらず、ずいぶん昔の記憶のように感じられた。

しかし、近づくことに躊躇いもあった。現実を素直に受け入れることができるか己に自信がなかった。

複雑な思いで格子窓越しに覗き、煙管を片手に酒を飲む重吉の姿を探した。しかし、重吉のいた場所には別の男が陣取り、笑いながら注がれた酒を呷っていた。現実は呆気なく変わるものであることを吾一は学んだ。世間は回るとはこういうことかも知れんと実感した。ついこの間まで重吉の部下であった男が、今は我が物顔で酒を呷っていることに無性に腹が立ってしかたがなかった。腹の底から湧き上がる怒りを抑えるのに必死であった。これが現実なのである。いかに理不尽であろうと現実には逆らえぬ。その光景は吾一の心へと深く刻み込まれた。

もういいと思った。自分だけが弾かれ、現実からどんどん離れて行く気がした。幼いころから一人前の刃刺になることだけを夢見ていたが、今は刃刺どころか鯨組からも弾かれてしまった。己が起こしたわけではない大きな波に翻弄されて流されていく己を見ていた。

親父のせいか？　親父はなにをしたのか？　そんなに恨まれることをしたのか？命を懸けて勝山組を率いてきたのではないのか。親父が裏切ったのか、村人が裏切ったのか……だが、もういいと思った。もう関係ない。もうどうしようもない。

先日のでき事が嘘であったかのように納屋場の中には笑い顔が溢れ、眩しかった。

わしはこれからどうなるのか、おっ母や妹、弟はどうなるのか、生きていけるのか？ 不安と恐怖で胸が押し潰されそうになった。このままここにいればなにか仕出かしそうな恐怖さえ湧き、戻ろうと思い、踵を返したところに法被姿の男が立っていた。突然のことで暗がりに眼が慣れず、吾一にはそれがだれなのかわからなかった。

「そこにいるのは吾一か？」

聞き覚えはあったが、くぐもった低い声であった。聴かれてはならぬ話であろうか。少なくとも捕まって叩きのめされることはなさそうであった。

吾一は頷いたが顔を伏せた。恨みごとの一つ二つ覚悟したが、男が発した言葉は意外なものであった。

「おまえの親父さんは立派な頭領じゃった。じゃがな、その分、敵も多かった。おまえの親父さんはな、嵌められたんじゃぞ、あいつらに……わしにはなにもできん。ここで生きていかねばならんからの。すまん」

男はそれだけ言うと離れていった。一瞬、躊躇うように振り返ったが、なにも言わず暗がりへと消えていった。

吾一にはその男がなにを伝えようとしたのかわからなかった。深く考える余裕は今の吾一にはなかった。男の言葉と疑問が混ざり合い、複雑な思いと色合いとなり、理解できぬまま心の奥にしまい込まれた。

法被の背中には波模様の中、丸に五の文字が赤く染められていた。一番船の乗組員は一の文字、二番船は二の文字と、それぞれの法被には乗る船の番号が染められていた。四番までは一目置かれるが、五の文字は平(ひら)である。

# 背徳の村

## 捕縛

宴の余韻が残り、酔い潰れた者たちがそこかしこに横たわる翌朝、吾一の家の木戸を激しく叩く者がいた。数人の気配を引き連れて叩く物々しさは木戸を通して家の中でも感じられるほどであった。

イトが恐る恐る覗き窓から覗くと、向こう側からも厳つい男の眼が覗いていた。後ろには刺股や突棒を構えた男数人を従えており、さらにその後ろには家を取り囲むように村人が群がっていた。よほどのことでなければ驚かないイトでも、その様子にはさすがに腰を抜かしそうになった。今になって焼き討ちかと覚悟を決めたが、はてと思った。焼き討ちなどという話はかつて聞いたことがない。しかも先頭の男は明らかに村人ではなかった。十手を肩に当て、厳しい眼差しを向けている。

怪訝に思いながら、木戸を開けると「御用の筋だ。吾一はいるか？」とくぐもった声で訊きながら男は、応答も聞かぬうちに押し入ってきた。勝山藩奉行所に雇われる岡っ引きの三五郎である。

「いますが、なにか？」

「出せ」

「なにごとでありますかね。吾一がなにか……？」

「訊きたいことがある。どこにいる？」

三五郎の口調は、落ち着いてはいたが、なに事も譲らない強い意志を含んでいた。

「吾一なら今、厠(かわや)で用を足しておるようですが。話を聞くだけにそんな物騒な物が必要なんですかね」

イトの言葉が耳に入らなかったかのように三五郎は後ろの者に「回れ」と合図し、数人の小者を裏へと走らせた。厠は裏口を出たすぐのところにあり、朝日を浴びて金色に輝く筵(むしろ)の向こうからは世を儚(はかな)むような悲痛な声が漏れていた。

ぐるり取り囲むと三五郎が筵の前に立った。

「中にいるのは吾一か？」

三五郎が厠の中の者に問いただした。

「……あ？　ああ吾一じゃが。なにごとじゃ？」

吾一の絞り出すような声。

「出てこい」

「今、出そうじゃ。でかいやつが出そうなんじゃ。顔を覗かせとる。もう一息じゃ」

「すぐに出ろ」

「すぐに出せと言われても……無理じゃ。大物じゃ」

「おまえが出てこいと言うておるんじゃ」

「おまえはだれじゃ」

「十手を預かる三五郎という者じゃ」

「だからなんじゃ？　便所なら他で借りてくれ」

「便所を借りに来たわけではない。おまえに用があるんじゃ」

「十手持ちがわしになんの用じゃ」

「おまえ、昨夜、戌(いぬ)の刻（午後八時ごろ）、どこにいた？」

「どこって……家は出たが……」

「家を出てどこへ行った？」

「どこって言われてもな……」

「納屋場へ行ったな」

「行ったがどうした。ただ、宴の様子を見に行っただけじゃ。それがそんなに悪かったか？　行ってはならんという掟でもあったか？」

「そこでだれに会った？」

「納屋場の中を覗いただけじゃ」

「そこでだれかと会って話をしたじゃろ」

「確かに会って話をしたが、だれかはわからん。暗がりで顔がよう見えんかった」

「嘘を言うとためにならんぞ」

「なぜ嘘を言わねばならんのじゃ。こっちが訊きたいわ」

「茂吉が殺されたんじゃ」

　その時初めて、声の主が元三番船艫押しの茂吉とわかった。重吉の右腕のような男だった。幼いころ遊んでもらった記憶もある。近年は顔を合わせれば挨拶くらいはするが、話をすることはなくなっていた。その堅実な人柄は周囲からも一目置かれるところであった。

　出そうであったものが引っ込んでしまい、吾一は尻を拭くのも忘れて厠を飛び出した。褌が足に絡まり、危うく転げそうになったが、すんでのところで踏みとどまった。

「なんじゃと。ほんとか？」

「惚(とぼ)けるんじゃねえ」

「惚けるとはどういうことじゃ？」

「おまえが殺したんじゃろ」

「馬鹿言うんじゃねえぞ。なぜわしが茂吉どんを殺さにゃならんのじゃ」

「詳しくは番屋で訊く。その前にケツを拭け」

吾一は村人が取り囲む中、連れて行かれた。今の段では下手人と決まったわけではないので、その場で縄を打たれることはなかったが、村人は既に吾一が茂吉を殺めた下手人と決めてかかっていた。

今朝、出漁のとき、茂吉の姿は見えなかった。家にも帰っていないとのことで、ひょっとすると昨夜の酒で酔い潰れてどこかで眠りこけているのではないかと、出刃組から代りの者を立てようとしていたころ、磯へ出た女たちが倒れている茂吉を見つけたのであった。仰向けに倒れ、波が身体の半分を洗うような状態で発見されたとのことであった。

茂吉の額からは多量の血が噴き出して波間を赤く染めていた。鋭利な、しかも厚手の刃物で頭を一撃された様子で、頭蓋骨まで割られていた。すぐに番屋へ届けられ、三五郎が出張ったという次第であった。

三五郎は、額の血の固まり具合や死斑の様子から昨夜の戌の刻に殺されたと見立てた。

その刻に不審なことがなかったか聞きこんだところ、宴に出ていた数人の者から吾一らしき男が茂吉と話をしているところを見たとの証言を得たのであった。これにより吾一に嫌疑がかかり引っ立てられることとなった。

「吾一、なにをしたんじゃ」

村人が作る人垣の中から容赦ない声が浴びせられた。

「わしはなにもやっておらんぞ」

吾一は声の主を睨みつけた。やはり幸吉であった。幸吉は仇でも見るかのように応戦した。

「死罪じゃ。獄門じゃ。火炙(ひあぶ)りじゃ」

吾一に付いて歩き、大道芸でも見物するようにはやし立てた。

勝山城下の番屋まで引っ立てられると、吾一は後ろ手に縛られ、土間に座らせられ、三五郎から役人に引き渡された。

「わしは加藤正十郎又右衛門(かとうせいじゅうろうまたえもん)である。詮議(せんぎ)を受け持つ。おまえ、名と年を申せ」

大層な名前の貧相な役人に吾一は思わず吹き出すと「愚弄(ぐろう)いたすか」と突如、口調が荒々しくなった。

大人げないと思ったのか又右衛門は気を取り直し、そこであらためて名前と年を訊いた。

「吾一、十五か」

又右衛門は腕組みした。十五といえばまだ子供とみなされ、厳しい詮議は禁じられていた。拷問による白状はさせられず、困ったぞと又右衛門はつぶやいた。

「話を訊くだけじゃなかったのか。こんな姿にせんと話が訊けんのか？」

拷問はしないとはいえ、詮議には過酷なものがある。形式的な尋問から始まり、詮議する側もやがて波に乗ったとばかりに調子づき、口調が荒々しくなる。何度も同じ質問が繰り返され、言い逃れることはできぬものと精神的に追い詰めていく。足や腕の感覚がなくなり、宙に浮いているような錯覚に陥り、魂だけが吊るされているような状態となる。その最後の感覚をも失いそうになると水をかけられ、はっと現実へと引き戻されると竹の棒で突かれ叩かれ、再び意識を失いかける。するとまた水をかけられる。

「なぜ、わしが茂吉どんを殺めにゃならんのじゃ？」心の叫びのように吾一は腹の底から絞り出した。既に何度も繰り返した言葉であるが聞き入れてはもらえぬ。

「汚い言葉で罵られたんじゃろ。それでカッと頭に血が上って頭を叩き割ったんじや。はよ楽にならんか。喋れば温情もあるぞ」

「茂吉どんは小さいころから面倒を見てくれた人じゃ。そんなことするわけねえ」

「そのお人を叩き殺したんじゃ。罪を償わんと地獄へ落ちるぞ」

「閻魔さまはちゃんとわかってくれるわ。地獄へ落ちるのはおまえの方じゃ」

「どの口で戯言をほざくか」

「茂吉どんは親父を立派な人じゃと褒めてくれた。そんな人を殺めるわけねえ」

「どこまで嘘を吐くんじゃ？　おまえのホラ吹きは有名じゃそうな」

「だれが言ったんじゃ？」

幸吉じゃなとピンときた。拳骨一万じゃと思った。

いつまでも同じことの繰り返しであった。これは拷問ではないのかと苦し紛れに問えば、役人に言わせればただの詮議であると。拷問とは笞打、石抱、海老責、釣責を指すとのこと。

竹の棒で突かれ叩かれ、意識を失いかける。すると水をかけられる。死ぬまで続けられるのではないかと思われた。

気がつくと牢の中に放り込まれていた。小さな格子窓から小さな白い空が見えるだけであった。吾一は汗と黴の臭いがしみ込んだ板の間に転がされ、鼻血と涎を垂れ流していた。

揺らぐ意識の中でなぜこんなことになったのかと、自問する吾一の顔をまじまじと覗き込む髭面の痩せぎすの男がいた。年は二十代の半ばか、擦り切れた芥子色の着物の裾を端折り、染みだらけの褌を覗かせながら、「おお、気がついたぞ。役人の詮議も大したもんじゃ。死なん程度にいたぶるんじゃからのお。しかも、こいつまだ若いのお」とせせら笑う。他人の不幸がおかしくてたまらない様子がありありであった。

「関わらんほうがええ。そこまでの詮議を受けておるんじゃ。大罪を仕出かしておるはずじゃ。わしらのような小悪党ではないぞ」と奥の方から太い声が聞こえたかと思ったとき、吾一はまた意識を失った。


「おい、飯、食うか？」

二度目に意識を取り戻したときには格子窓からの陽は途絶え、あたりは闇に包まれていた。牢の前に備えられた行燈の芯がじりじりと音を立てて燃えていた。薄明りに照らされる中、先ほどの男が吾一を覗きこんでいた。やはり神経を逆撫でするような薄笑いを湛えている。人の不幸や苦痛に歪む顔を見るのがそれほど楽しいのかと問いかけたくなるような男に吾一は掠れる声で訊いた。

「おまえは鬼か、それとも魔物か？」

「わしか？　わしは鬼でも魔物でもない。れっきとした人じゃ。名は和助じゃ。和むに助じゃ」

皮肉にも怯まず、それに気づかぬ男を吾一は自分と似た類の者かも知れんと思った。

「ここは地獄じゃねえのか？」

「とんでもねえ。じゃが、娑婆でもねえ。ちょうど真ん中あたりってとこだな」

「地獄だったらよかったんじゃがな」

「妙なことを言うもんじゃな。なぜじゃ？　ん？」と和助は首を突き出して傾げた。

「地獄なら閻魔様がいなさるじゃろ。閻魔様ならすべて見とおしていなさるだろうにな」

「なるほど、ってことはおまえさんは無実ってことが言いたいんじゃな。わかるぞ。じゃが、そういいながら獄門台に乗った者も仰山いなさる……で、なにをやらかしたんじゃ？」

「なにもやってねえ」

「訊き方が悪かったようじゃな。なにをやらかしたと疑われているんじゃ？」

和助は子供に問うような穏やかな口調で訊いた。

「殺しだと」

吾一は口ごもって答えた。

「そりゃそりゃ……」

和助は次の言葉が思い当たらなかったのでとりあえず話を戻してみた。

「飯、食うか？」

「食いたきゃ食いなよ。そんな気分じゃねえ」

「おお、そうかい、じゃあ遠慮なくいただくとするか」

和助がしめたとばかりに盆に手を出そうとしたとき、奥の方から聞き覚えのある声がした。一度目に意識を取り戻した時に聞いた太い声であった。

「食わなきゃ、持たねえぞ。折れたら終わりだ」

そう言われた途端に食わねばならんという意地のような思いが吾一の心の奥底から湧いて出てきた。

吾一は和助を押しのけると貪（むさぼ）るように食った。食いそこなった和助はあからさまに不満の体を表した。麦飯と薄い味噌汁と沢庵。こんな粗末な夕餉ではあるが食わぬよりはよいに違いない。

しばらくするとわずかではあるが力が戻った。痺(しび)れていた手足には痛みが戻った。ときおり全身を痛みが駆け巡る。

「おまえさんいくつだい？」

奥の男が訊いた。

吾一は、十五であることを告げた。

「殺しを白状しても獄門台に上がることはねえ。十五までは遠島(えんとう)と相場は決まっておる」

「なぜ白状せねばならんのじゃ？　やってねえものはやってねえと言うしかねえ。いずれわかってくれるはずじゃ」

「そんな道理が通るほど甘くねえということだ」

男は鼻先で笑い飛ばした。

男は吾一のそばに来ると徳次郎(とくじろう)と名乗った。太い眉毛が目を引く顎の張った色黒の男であった。聞くところによると、徳次郎は、勝山の北で石工をしており、仕事柄、腕っ節の強さが自慢だが、無類の酒好きで、しかも酒癖が悪い。ここに放りこまれたのもそれが元であった。ちょっと小銭が入り、懐が温まったところでいい気分で酒を飲み、妙な具合から町でヤクザ者と喧嘩(けんか)して相手に怪我(けが)をさせてここへ放り込まれた。なぜ喧嘩になったかまでは覚えていないという。腕っぷしの強さから、日ごろから喧嘩を売って歩くようなところがあったので悪い癖がでたのであろう、気がついたら牢の中にいたとのこと。

「おかしな話だ。喧嘩なら両成敗のはずだ。なのにオレだけがぶち込まれるとは……」と愚痴を零して話は終わった。

「わしは、そこそこ納得しちょるわ」と和助が話し始めた。

和助は職を求めて江戸から流れて来たが、持ち金が底を尽き、にっちもさっちもいかなくなった。当然のごとく生きていれば腹が減る。あまりに腹が減ってどうにもならず、目についたそば屋へ入って天麩羅そばを三杯食って金を払わずに走って逃げた。途中、腹痛を起こして動けなくなったところをしょっ引かれたとのこと。

「たらふく食った後は急に動かんほうがええな。肝に銘じておかねば」と反省の勘所を外しているようであった。徳次郎は寝転がったまま肩を揺すって笑った。

「なにがおかしいんじゃ」と和助は血相を変えると食ってかかった。笑われて癪に障ったらしい。平気で他人のことを笑うが、己が笑われることには慣れていないようであった。

「大の大人が食い逃げか？」

「笑っておるがな、おまえさんは今、同じ牢におるんじゃぞ。同じ穴の狢じゃろ。喧嘩してとっ捕まるのが粋だとでも思っておるのか？」

徳次郎は不服そうに鼻を鳴らしてごろんと寝そべったが、ふとなにを思ったのか起き上がると口調を変えて吾一に向き直った。

「もしや、おまえの親父さんは重吉とおっしゃるのかい？　勝山組頭領の重吉さんかい？」

吾一は頷き、先日、鯨漁に失敗し、死んだことを話すと、

「やっぱりそうかい。顔つきが似てたもんだから訊いてみた。知ってるさ、勝山の城下はその話で持ちきりだった。聴くに辛かったぜ。昔、散々、世話になったからよ。今は石工だが昔はこれでも水主だ。出世はしなかったが。不漁続きで結局、村を出たがな。厳しいが面倒見のいい人だったよ。恩返しとやらで力になってやりてえが、ここにいるうちは無理だな。もし嫌疑が晴れて、ここを出られたら、勝山町妙福寺裏の狐月堂という石屋へ来な」と徳次郎は言った。

「出られたらの話だろ。無理だな」和助は細い首を大げさに振った。「下手すりゃ仏となって石屋を訪ねることになるぜ」

「どうすりゃいいんだ？」と吾一は初めて弱音を吐いた。これほど心細い気持ちにな

ったのは十五年生きてきて初めてだった。情けないことに、心底からどうすればいいかわからなくなっていた。折れて、茂吉を殺めたと言えば流刑は免れない。

「耐えることが先決だ」

「耐えればいいのか？」

徳次郎の答えは沈黙であった。簡単でないことを簡単に言ってくれるものだとその無責任さに腹が立つが、そんなことに当たっても仕方がない。耐えるしかないことは吾一自身もわかっていた。

「耐えたところでどうにもならぬかも知れんがな」と容赦なく冷や水を浴びせる和助。

翌日、吾一は再び詮議を受けることとなった。尋問はやはり同じことの繰り返しであったが、ちがっていたのは、その場に同心と与力が立ち会っていたことであった。同心は中肉の男で、ひ弱そうな与力に媚びるような目つきの男でどことなく幸吉に似ていた。こんな男の前で弱みなど見せられん。耐えてやると己に誓った。二人がここへ来たのは吾一を大番所へ護送する手筈を整えるためであった。

又右衛門の詮議はそれまでより過酷なものとなった。口調もきつく、打ち方も荒くなった。手抜きなく厳しい詮議の様子を同心、与力に見せつけているようであった。

吾一はこの日も意識を失ったまま、牢へと戻された。耐え抜いたことに安堵しながら意識を失ったものの、意識を取り戻した時、ぼそりとつぶやいた。「耐えられねえかもしれねえ」と。

徳次郎と和助の沙汰（さた）が決まった。喧嘩、食い逃げといった微罪の沙汰などたかが知れている。案の定、ともに五十の敲（たた）きであった。

「わしのような華奢な男が徳次郎のようなごつい男と同じ数というのは割が合わん。二十五に負けてくれぬか」と和助は願い出たが聞き入れられるわけもなく執行されることとなった。

「じゃあな、オレが言ったこと忘れるんじゃねえぞ」徳次郎が牢を出る時、吾一に残した言葉である。忘れるなというのは「耐えろ」という意味か、それとも「出たらオレを訪ねろ」という意味か、と妙なことが気になった。

「どこかでまた会うかもしれねえな。その時は気易く声をかけてくれ。地獄かもしれねえし、極楽かもしれねえが……」

和助は軽く言って笑った。

二人は番屋の前で裾（すそ）を捲（まく）られ、三尺五寸（約百十センチ）の敲き棒で五十の敲きを受けたあと、解き放たれた。

外の喧騒が静まりひとりとなった牢の中で、吾一はどうなることかと天を仰いだ。格子の窓からはかろうじて空が見える。外は晴天らしい。格子で仕切られた細切れの空であったが、それでも青い空がこれほど恋しいと思ったことはなかった。今、頭上にあるのは梁むき出しのクモの巣がかかる天井であった。

役人にとっては下手人などだれでもよく、「やった」と認めさせればそれでいいのであろう。認めなければ認めるまで続けるだけのことである。それがわかっていて耐えることになんの意味があるのかと、吾一の脳裏では自問自答が繰り返された。

どれほど詮議に耐えたとしても遠島であろうと諦めかけたとき、

「吾一、出ろ」と牢番が呼びに来た。あばたの、もう見飽きた面である。

詮議が始まるのか……いっそ、早く認めた方が楽かも知れぬと思った。母親、妹、弟の顔が次々に現れては消えた。自白すれば罪人の親、妹弟として一生を送らねばならなくなる。しかし、どちらも大して変わらんかもしれぬ。

牢を出たところで顔を上げると与力が待ち構えていた。

「吾一、解き放ちじゃ。帰ってよし」

吾一は耳を疑った。

「なんじゃと？」

「帰っていいといったんじゃ。不服か？」

与力はそう言うと後ろへ回り、出て行けとばかりに吾一の背中を押した。体中に痛みが走るが、理不尽な件（くだり）に痛みどころではなかった。好転ではあるが状況が飲み込めず、無性に腹が立ち思わず与力に詰め寄った。腰に差した長刀も、どうせ人など斬ったことのない、鈍（なまくら）であろう。ひ弱そうな与力をここでねじふせて足腰立たぬようにしてやろうかとさえ思った。人を容赦なくしょっ引き、牢へぶち込み、厳しい詮議を繰り返したかと思うと、なにを思ったか解き放ち？　馬鹿にしておるのかとたちまち怒りが心頭に迸（ほとばし）るのは当然ではないか。そうじゃろ、えっ？　そうじゃろ。

「なぜ急に解き放たれるんじゃ？　わしはなぜこんな目にあったんじゃ」

「おまえには咎（とが）がかけられたんじゃがな、おまえの言葉を裏付ける者が現れたということじゃ。茂吉は重吉を恨んでおらんかった。おまえと喧嘩になどならんと判断したわけじゃ。恨むでない。これも役目じゃ」と吾一の手に一分銀を二つ掴ませた。

ほっとしたのも束の間、たった二分の金であの屈辱と痛みと不安を忘れろとは、そのあまりの振る舞いに、身体中の血が逆流し、怒りが迸り、額の血管が浮き出るのを感じた。しかし、ここで事（こと）を起こしては牢へと逆戻りになりかねぬと吾一はふぐりにぐっと力を込めた。

長い間、家を空けた気がした。わずか三日であったが様々なことを考えた。生きること、死ぬこと、おっ母のこと、妹弟のこと、おっ父のこと、村のこと……それによって、世の中の見方が変わったような気がした。そして、敵もいるが味方もいることを学んだ。

全身の節々が軋(きし)み、一歩一歩、歩を進めるたびに痛みが広がり、波のように打ち寄せ戻り、再び節々に集まった。それが繰り返されるばかり。手にあるのは一分銀二つ。

村へ帰れば、行き交う人の目が吾一を突き刺した。銛を打たれるクジラになったような気分であった。わしがなにをしたというんじゃ。井戸端会議の女衆が一斉に吾一を見、顔を寄せ合い、声を潜める。吾一がしょっ引かれたことは村中の知るところであった。「なんじゃ吾一、牢破りでもしてきたか」と非情な声が投げかけられた。

「わしがなにをしたというんじゃ？」

吾一は初めて声を荒らげた。知らず知らずのうちに拳を握っていた。

なにを仕出かすかわからぬ吾一を相手にしては分が悪いとでも思ったらしく、皆は視線を絶つと、またひそひそと顔を寄せ合った。

なにもしていないのに周囲の態度がどんどん変わり、自分から離れていくことを、吾一は身をもって感じていた。とはいえ、自棄を起こしてもなにも解決しないこともわかっていた。そこまで子供ではないと自覚していた。

家の戸を力任せに開けた。

「帰ったぞ。吾一じゃ」

炉端で飯を食らっている男が、箸と茶碗を持ったまま固まり、吾一を凝視した。和助であった。呆気に取られた吾一は素っ頓狂な声を出した。

「おまえ、他人ん家でなに飯食らっておるんじゃ？」

「おまえこそ、そこでなにしとるんじゃ？　化けて出たか？　化けて出るには少々早い刻限じゃが……」

「馬鹿たれ。ちゃんと生きておる。足もふぐりもしっかりついておる。おまえ……」

「お言葉に甘えて、ご相伴に与っておる」

「だれの言葉に甘えておるんじゃ？」

そこへ台所から母親のイトが盆に茶を載せて出てきた。

「吾一、無事だったか」と顔をほころばせるイトは盆を落とすと、駆け寄り、吾一を力任せに抱きしめた。茶がひっかかった和助が「あちちっ」

「生きておるか。よう顔を見せてくれ」とイトは吾一の顔を捏ねくり回した。

「どんなによう見ても、前と同じ顔じゃ。コブと青痣こさえただけじゃ」

母の匂いは嬉しかったが、無性に照れくさかった。

「死罪にはならん、遠島になるじゃろうと聞いておった。だが、遠島でも命を落とす者が多いと聞いておったからの。もう会えんかもしれんと腹を括っておったんじゃ」

「簡単に諦めんでくれんか」

突然、解き放ちになったことを語ると、イトは感涙に噎せんだ。妹や弟も泣きながら吾一に縋った。

「あんちゃん小便くさいのお。ちびったか？　わしといっしょじゃな」と与吉。

「わからんことがあるじゃが、なぜ和助がわしの家でわしの場所で、しかも、わしの箸と茶碗で飯を食らっておるのかじゃ」

「この人はおまえからの言付けを持ってくれたんじゃ。遠島になったらわしらのことが気がかりで真っ当なお勤めができそうにないから面倒を見てやってくれと、そう言ってくれたそうじゃな」

「わしはそんなこと頼んでおらん。しかも、その様子だと、面倒を見とるのはおっ母の方じゃないか。あの男は、牢の中でもわしの飯を横取りしようとしたくらいの男じゃ」

「めでたいじゃないか。お役人は、そう簡単に、おいそれとなかなか罪人をお解き放ちにはならんぞ。出てこられたということは疑いが晴れたようなもんじゃ。祝杯じゃ。酒はないか？　酒じゃ、酒じゃ」

和助がその場の空気を一掃するかのように手を打った。

和助は牢を出ると、番屋の前で人が取り巻く中、裾を捲られて五十の敲きを受けて解き放たれた。それから、腫れあがった尻をぶらさげて保田村までやってきた。行く当てがあるわけでもないので磯で食い物でも漁ろうとしていたところ井戸端会議の女衆から吾一の噂を聞いて、このあたりの出とわかり、話に加わる振りをして家を聞き出した。うまいことを言って二、三日厄介になってからずらかろうと目論んだと正直に語った。

まんざらの悪党ではなさそうなので咎めることなく許すこととしたが、結局、居候が一人転がり込んだ形となった。ただでさえ困窮を極める中、口が一つ増えることはこの上なく不幸である。

「和助どんはどこから来たんじゃ？　食い逃げしてとっ捕まったことは牢の中で聞い

たがな」

　増えた口には話の花が咲くようで、暗く沈んでいた吾一の家は一転、華やいだ雰囲気となった。

「わしか、わしはな……」

　和助は沢庵を一つ二つ摘まみながら、ただでさえ軽い口が酒の酔いも手伝って一層饒舌になった。

　和助は、遠州引佐郡戸田村の農家の生まれで十一人兄妹の上から六番目。家は、言うまでもなく貧しく、食うや食わずの生活を十三まで余儀なくされたとのこと。これ以後は面倒見られんと親から説得されて、親戚を頼って江戸へと出た。奉公先として世話をされたところは真砂屋という花火屋で、花火屋なら江戸でも人気の職業で、しかも花火師になれるということで、よいところへ奉公できたと家族みんな喜んでおったが、これが不幸の始まりであったという。

「わしには子供のころから妙な癖があってな……」と和助は茶を啜った。

「夜になると首でも伸びるか？」

「それならええんじゃが。もっと厄介じゃ」

「女子に目がないか？」

「それならまだええ」

「もったいつけんとはよ言わんか。もう笑う支度ができとる」

「なんにでも火を付けとうなる」

「火付けか」

これでは笑うに笑えない。笑うどころか驚きのあまり屁が出た。

「勘違いしないでくれ。付けたくなるだけで、滅多やたらに火を付けるわけじゃない。付けたのは一度きりじゃ」

「一度で十分じゃ。火付けは火炙りの極刑じゃ」

「待て待て。そんな大それたことはしとらん。奉公に入ってから、ずっと我慢しとったがな、ついに我慢できなくなって、ついふらふらと、ちょっと火薬に火を付けてみただけじゃ。きれいじゃった」と和助は天井を仰ぐとその光景を思い起こしてか悦に入る。

「こんな馬鹿が世の中にいることが不思議じゃ。権左なみの大馬鹿者じゃ」

「権左とは誰のことかわからんが、わしが相当な馬鹿であることはわしも認めるところじゃ。だがな、世の中を動かすのも変えるのも馬鹿者じゃ。馬鹿は貴重な存在なんじゃぞ」と和助は誇らしげに胸を張る。

そんなもんかのうと疑問に思うも反論する理屈も知識も吾一は持ち合わせてはいない。吾一が思うに和助は幸吉よりも明らかに賢いし、経験も豊富であろう。それはわかる気がした。

「馬鹿は苦労するがの。なぜ馬鹿になった？」

「よくぞ訊いてくれた。それなんじゃ。生まれつき火付けの癖があったわけではないんじゃ。わしの律儀な性分のせいなんじゃ。そのおかげで馬鹿に拍車がかかった。実は、子供のころ竈（かまど）の火の番をするのがわしの役目でな、毎日、竈の前で火を見ていてそうなった。もともと、その気（け）があったから竈から離れられんようになったのかはわからん。とにかく無性に火が好きなんじゃ。おまえさんにその気持ちはわからんか？」

「わからんが……で、どこで火をつけたんじゃ？」

「火か？　花火師はな、いろいろな薬を調合して自分で火薬を作るんじゃ。作った火薬がどのように燃えるか自分の目で確かめるんじゃ。火薬を少量だけ竈に放り込んでその燃え具合を確かめるんじゃが、その炎の美しいことといったら、それはこの世のものとは思えんほど美しいんじゃ。たった一つまみで極楽が垣間見えるんじゃ。じゃったらそこにある火薬すべてに火を付けたら、そりゃそこが極楽になろうかというもんじゃな」

「馬鹿じゃな。馬鹿だ馬鹿だと言われてきたわしでもわかるわ」

「もう止められんかった。勝手に手が、火の付いた薪を摑むと、でき上がった火薬に火を付けておった。悪さをしておるようには思わんかった。途端に、いろいろな色の炎が飛び交ってな、わしはうっとりしたわ。この世の極楽とはあのことじゃな。見とれとるうちに、そこらじゅうのものに火が付いて小屋が火事になった」

幸い火薬の量が少なかったのでボヤですんだが、番屋に呼ばれて散々と搾られた。極楽が見たくて自分で火を付けたなどと言えるわけがないし、役人もまさかそんなことをする馬鹿がいるとは思ってもいないので、結局、火の不始末ということで処理されたはいいが、それが切っ掛けで奉公先を追い出された。

村へ帰ることも考えたが、帰っても食うに困ることは目に見えているので、なんとか江戸で職にありつこうと奔走したが、一度、奉公先を追い出された者に、おいそれと職は見つからない。それからは乞食同然の生活が何年も続いた。その間にかっぱらいで三度とっ捕まり、食い逃げで十数回とっ捕まった。そのたびに敲きを受けた。

「おかげでケツの皮が厚くなった」と和助は嬉しそうに語った。

それ以上、和助の話を聞くのも馬鹿らしくなったので吾一は聞くことを打ち切ろうとしたが、まだまだ話し足りないとばかりに和助の話は続いた。

十七回目にとっ捕まったとき、牢の中で盗賊の一味と知り合いになった。誘われるまま盗賊の仲間に入ろうと思ったが、親兄弟のことを思うとさすがに決心がつかず、結局、逃げるように江戸を離れたということであった。

「あたりめえじゃ。盗賊になれば、その先は獄門台じゃろ」

「そうじゃな、そうなんじゃ。今では気が小さくてよかったと思っておる……面倒見のええ男でな、博打の手入れでとっ捕まっておった男じゃったが、まさか盗賊とは思わなんだ。面倒見のええ男にも気をつけんといかんな」と和助も己の馬鹿さ加減に呆れていた。

逃げて流れて和助は勝山へやってきた。

「という具合で、今、ここにいるというわけじゃ。酒はあるかな？」

両足の痛みと右手の痺れのせいで吾一は二日を家の中でごろごろして過ごした。若さのおかげか三日目には身体の痛みもすっかり消えて自由に動けるようになった。なにもしないと身体は鈍る(なま)ばかりなので久しぶりに磯へ出てみようと思った。幸吉と顔を合わせるかも知れぬと思うと憂鬱(ゆううつ)にもなるが、食い扶持(ぶち)くらいはなんとかせねばと思うと、こうもしておれん。

和助はなにをしているかといえば、妹弟を連れてあちらこちらを歩きまわっているようであった。猫よりは役に立つようであるが、食い扶持ほどの働きはない。

そこへ和助が笑い声とともに帰ってきた。妹弟の屈託のない笑い声を聞いたのは久しぶりであることに吾一は気づいて心なごんだ。以前は吾一がその役を買っていたが村八分になって以来、それもすっかり途絶えていた。

「磯へ出るが、和助どんはどうする」

「わしも行く。子供の相手は楽しいが疲れるわ」

妹弟に留守番をさせると、和助に魚籠（びく）を持たせ、吾一は銛を握り、家を出た。

磯へ向かう途中で村の者に出くわす。厳しい目を向ける者もいれば、無視を決め込む者もいる。中には一言二言吐き捨てる者もいた。縄の束を担（かつ）いだ出刃組の三治であった。

「流刑じゃと喜んでおったのに、なんでここをうろうろしておるんじゃろな。役人はなにしてござらっせる？」

吐きかけられる言葉に吾一は既に慣れた。吾一は無視を決め込むが、腹にため込むことに慣れぬ和助が黙っていなかった。

「おまえら、聞くところによると、元は仲間だったんじゃろ。よう、そのように手のひら返すのう。人の心は持ち合わせてはおらんのか？」

「なんじゃおまえは？　余所者は黙っておれ。袋叩きにあうぞ」

「なんぜわしが袋叩きにされんといかんのじゃ？　余所者から見ておかしいぞと教えてやっておるんじゃ。ありがたいと思わんと罰が当たるぞ」

「しかたなかろう。それが掟じゃ」

「掟がなんじゃ。そんなことしておると、今度は己が同じ破目にあうんじゃぞ」

「そうなればそうなったで仕方がないわ。掟は守らねばならんのじゃ」

縄の束を担ぎなおすと三治は唾を吐き捨てて離れていった。

和助はその後ろ姿を見ながら「なんじゃあれは。あんな連中のためにおまえの親父さんは命を張っておったのか？」

吾一の姿は随分と先にあった。

和助は駆け足で追いつくと、「なんか言い返したらよかろうに」とその背中を突く。

「言っても無駄じゃ。掟じゃ」

「なんじゃ、どいつもこいつも掟、掟と……掟病に毒されとるか？」

「みんな掟の中で生きておる。掟がなければ村は壊れる」

「ゆくもゆかぬも掟は守らんといかん」

「だから田舎モンはいやじゃ。納得いかんなら変えればええんじゃ。そんなもんにいつまでも縛られとったらただの馬鹿じゃ」

「馬鹿かもしれん……江戸はどうじゃ？」

「もっと自由に生きておるぞ」

「納得のゆく掟か？」

## 狐月堂

勝山町妙福寺の参道から横町へと入り、最初の角を曲がると途端に埃っぽい風が吹き始める。もう近いかと思うと鑿(のみ)と槌(つち)で石を打つ音が響いてきた。音を頼りに歩を進めると狐月堂と彫られた看板を掲げた冠木門(かぶきもん)が構えている。その向こうには広い敷地が広がっており、石というより岩が無造作に積み上げられ、さらにその奥には開け放たれた作業場があり、数人の石工が石に向き合い槌を振るっていた。

まだ戒名が彫られてないのっぺらぼうの墓石の前で水を撒く小僧に「徳次郎さんは

いるかい」と吾一が訊くと、声を聞きつけたのか前掛けの埃を払いながら徳次郎が出てきた。

「無事だったかい。それにしてもよく出られたもんだ」

徳次郎と和助が牢から出されたあとのことをつぶさに話すと、「日ごろの行いの賜物じゃねえのか」と笑顔を見せ迎え入れてくれた。

褒められるようなことなどした覚えがなく、吾一は照れくさくてケツの穴がむず痒くてたまらなかった。しかし、運がなにかしら味方をしてくれたような気がしたことは確かであった。

狐月堂の主、弥平に挨拶すると徳次郎は既に話をしていたらしく、「重吉さんの息子というのはおまえさんかい？　顔つきがそっくりだ。あの方は立派な頭領だった。おしいことをしなさった。鯨組は厳しい世界じゃから苦労もあろう」と組織の頭として通じ合うものがあるらしく、弥平は絶えぬ気苦労を察したかのように頷くと、すんなり奥の座敷へ通してくれた。

徳次郎に対座し、薄い茶を啜り、落ち着いたところで吾一は本題を切り出した。

「わし、江戸へ出たいんじゃ。江戸で石工になりたいんじゃが……」

「勝山では無理かね？」

「ここにはわしの居場所はないような気がする。だが、それだけじゃねえ、もっといろいろなことを積みてえ。いろんなものを見てえ」

「若え(わけ)んだからそれはもっともだ。……だが、石工とはどんな仕事か知っておるのかね？」

徳次郎は太く日焼けした腕を胸の前で組んだまま顔色を変えることなく訊いた。

「ようはわからんが……石を削るのか？……わしは今までクジラのことしか考えたことがなかったから、他の仕事はよう知らん」

「そうじゃろ。顔に、とりあえず江戸へ行きたいとだけ書いてあるわ」

吾一は見抜かれたことで気まずそうに顔を拭(ぬぐ)うと黙って俯いた。徳次郎の頬が膨らんだ。

「それでええのかもしれん。江戸の奉公先を世話してほしいということだろう、だが、世話をするからにはいい加減では困る」

「いい加減なつもりはないんじゃ」

勝山村と鯨漁の他、なにも知らない吾一にはなにからはじめていいかわからなかった。このままここにいてはいかん、とにかくなにかをはじめねばとの思いが狐月堂へ足を向けさせた。その気持ちは徳次郎にもわかっていた。

「生半可なことじゃできん仕事だ。それはどんな仕事でも同じだがな」と徳次郎は顎を掻きながら天井を見上げるとしばし考えた。

「よしわかった。ちょっと待ってな」と言うと吾一をその場に残して座敷を出て行った。

小半時(約三十分)ほどし、茶がすっかり冷めたころ、親方の弥平が徳次郎を従えて座敷へと入ってきた。吾一は姿勢を正すと弥平の目をしっかと見据えた。

「大方の話は聞いた。おまえさんがどこまで本気かはわからねえが、若いうちはなんでもやってみるといい。徳次郎だって、今は一端の石工だが、最初から石工だったわけじゃねえ。豆腐屋や八百屋、魚屋、大工、左官職人、瓦職人、夜鷹の客引きから吉原の使い走り……そうそう、鯨組で水主だったこともあったそうじゃな。泳げねえんで暇を出されたらしいが……それだけならまだしも、ヤクザと喧嘩してしょっ引かれたり……」

「親方、そんな話は……」と徳次郎はばつが悪そうに止めたが、吾一に聞かれたくない話はまだまだありそうであった。

「つまり、なにがモノになるかはわからねえってことだ。確かに長くやればモノになるかもしれねえが、人には向き、不向きがあるから、これがわからねえ。向いた職に最初から当たればいうことはねえんだが……」と言いながら弥平は懐から書状を取りだした。「紹介状を認めておいた。江戸は神楽坂に白鳳堂という老舗の石屋がある。そこの主、忠兵衛さんに宛てた手紙だ。忠兵衛さんというのは、わしが修業時代に兄貴分と慕っておったお人だ。厳しいが面倒見のいい御仁じゃ。きっと力になってくれるはずじゃ」と吾一に手渡した。

「ありがとうございます。このご恩は生涯忘れません」

吾一は深々と頭を下げた。

「大したことじゃねえ。しっかりやりな。おまえさんは大物の素質十分だ」とそれだけ言うと弥平は座を立ち座敷を出て行った。

「オレも何度か会ったことがあるが、忠兵衛さんはなかなかのお人だ。力になってくれるはずだ。ただし、親方の顔を潰すようなことはくれぐれもしねえでくれ」と徳次郎は念を押す。

吾一は歯を食いしばって頭を下げた。

「ところで、そっちの……確か和助だったな。おまえはなんで、そこにいるんだい？」

おまけのようにくっ付いてきて吾一の後ろに幽霊のように薄く座す和助に矛先が向

いた。

「ようわしに気づいたな。わしは付き添いよ。付いてきてくれって頼まれたから、ここでこうして……」

「だれもそんなこと頼んじゃいないんじゃが」と吾一。

「右も左もわからねえ若造が江戸へ行くんだ。わしが付いて行ってやろうというわけじゃ」

「江戸へ行きゃあ、元の盗人仲間に連れ戻されるんじゃねえのか？」

「おまえ、なにもわかっちゃいねえな。江戸は広いんじゃ。八百八町（はっぴゃくやちょう）あるんじゃぞ。そう簡単には見つからねえよ。誤解のないように言っておくが、わしは盗賊じゃねえんだ。仲間でもねえ。仲間に加わるかどうかの瀬戸際だっただけよ」

　吾一は一人になると、茂吉の顔とともに「おまえの親父さんは嵌（は）められたんじゃぞ」というあの言葉が蘇ってくる。重吉の死の真相にかかわる言葉であることは間違いないと思うがこれはどのような意味なのか？　村八分となった今、村人のほとんどは吾一の敵であり、それについて探ることなどできそうにない。茂吉の言葉の真相を知りたいことは本心であるが、そのようなことをすれば家族ともどものような報復を受けるかわからないのが、今の吾一の立場である。

茂吉が何者に殺されたかはいまだ下手人の手がかりはなかった。嵌められたことを吾一に話したことが殺しにつながったと考えればロ封じであろうことは容易に察しがつく。

だれに嵌められたのか？　疑問ばかりが渦巻くが、今の吾一にはどうすることもできなかった。その時が来るかどうかはわからないが、待つしかないと思った。村人の中には今でも吾一が茂吉を殺めたと信じて疑わない者も多い。この村で過ごすことは針の筵に座らされるようなものであることはイトも承知で、心を痛めていた

イト一人で三人の幼い妹弟を養うことは簡単なことではないが「ここでならなんとかなるわ。勝手知ったる勝山の磯じゃ。生きる術など心得ておる」と豪快に笑い飛ばす。村八分とはいえ、そのようなやり方に反発する者もおり、なにかとこっそり世話を焼く者もいてくれて助かる。イトも刃刺の娘である。気性の強さは親ゆずりで、弱音など吐くことはない。

翌朝、東の水平線が白み始めたころ、まだ足元もおぼつかないうちに吾一は家を出た。早いほうがよい。弥平の手紙と二分の銀とイトの握り飯を懐に入れ、準備は万

端で、和助は犬コロのようについてくる。

「わしの握り飯まで用意してくれるとはおまえのおふくろさんは仏さんのようじゃ」

「その握り飯を持ってトンズラしてもええぞ。わしはなんとも思わん」

「そんなことするわけなかろう。おまえの奉公先までちゃんと案内してやる」

「その後、どうするんじゃ？」

「わからん。そのとき考える」

村を通り抜けようとしたとき、暗がりから見覚えのある顔が現れた。出漁する前の幸吉であった。

「逃げるか？」と手にした銛を構えた。

「逃げるわけじゃねえ。わしは江戸へ行く。おまえも元気でな」

「ええ気なもんじゃ。人の家族をめちゃくちゃにして。わしはおまえとおまえの家族を許さんぞ」

和助が辛抱堪らんと口を出した。「おまえも情けない男じゃの。そんなことといつまでも根に持っててもなんの足しにもならんぞ。さだめと割り切れ」

「割り切れん。三日前、姉ちゃんが江戸へ行った。なにしに行ったかわかるか？」

切羽(せっぱ)詰った家の娘が行くところ、和助には大方の予想はついていたが吾一は訊いた。

「なにしに行ったんじゃ」

「奉公じゃ」

「奉公ならええじゃろ。わしも奉公に行くんじゃ」

「馬鹿野郎。岡場所へ売られたんじゃ。わずかな金と引き替えに女衒(ぜげん)が連れて行ったんじゃ。おっ母は病で働けん。薬も買えん。金のためにしかたなく判を押したんじゃ。岡場所がどんなとこかぐらいは無知なおまえでも知っておろうに。どれもこれもみんなおまえの親父のせいじゃ」

幸吉は涙ぐみ、声が裏返った。

吾一は言葉が出ず、胸の痞(つか)えを堪えるのが精いっぱいであった。

「それで気がすむのなら恨むがええ。それが支えになろう」と和助が吾一の口に代わった。

「わしは、今から突船に乗る。刃刺見習いじゃ。文五郎頭領が引きたててくれた。わしはきっと刃刺になる。吾一は、はよ出て行け。おまえの顔など二度と見たくないわ」

「おまえのようなちんけな奴が刃刺になれるか？　磯でクラゲでも突いておるのがお

似合いじゃ」と和助がそっぽを向いて小声で言った。刃刺がなにか、鯨漁がどんなものかも知らぬはずであるが、そこは和助の調子の良さ。適当に出る言葉でも相手の心情を見事に貫く。刃刺になれば大した出世をするやも知れんと吾一は思った。クジラの心の臓をひと突きにするかも知れんと。

「なんじゃと？　もう一度言ってみんか」幸吉は和助の胸倉をつかんだが、「わし、なんか言ったかいのお？　もう忘れてしもうた」と一枚も二枚も上手の和助はへらへら惚(とぼ)けて見せた。

「おまえ、何者か知らんが、こんな奴と関わりあいになると碌(ろく)なことはないぞ。そのうち頭をでこぼこにされるぞ」

ことあるごとに拳骨を落としていたことを相当根深く恨んでいるようで、それもこの豹変(ひょうへん)につながったのかも知れんと吾一は思った。

それほど痛かったのならそう言ってくれればよかったんじゃ。すればちょっと手加減したものを……。

幸吉は恨み言を言いたいだけ言うと、ちょっとは気がすんだのか、一つ唾を吐き捨てると船着き場の方へと駆けて行った。

「あいつ、きっと江戸へ行きたいんじゃぞ。わしらが羨(うらや)ましくて僻(ひが)んでおるんじゃ」

と幸吉の後姿を見ながら和助は言った。「わしらはわしらの道を歩きさえすればええ。人のために生きておるわけじゃない。気にするでないわ」

和助はときどき妙に賢いことを言う。おかげで心を動かされ、わずかばかり救われる。

吾一と幸吉の間に風が吹いた。夏の重苦しい暑さは遠のき、乾いた風が吹く季節となっていた。

## 江戸へ

房州道は、勝山から海端を通り、点在する漁村をつなぐように江戸まで延びている。大人の脚なら三日もあれば江戸である。

和助は、吐く息がそのまま言葉になるようで、始終喋り続けた。勝山を出る前から、自分の生い立ちや、好みの女、好きな食い物、既に聞いた話も織り交ぜて喋り続けた。途中、冷たい雨に降られ、台風の煽りを受けながらも怯むことなく喋った。

自分の話が尽きると、今度は江戸の話が始まる。「江戸は初めてか？　江戸とはな……」と町の様子、名所、食い物、女……。

「おっ、吾一、今、おまえの耳がでかくなったぞ。さては女好きじゃな。いいんじゃいいんじゃ。男はそうでなきゃいかん。で、吾一はどんな女が好きなんじゃ？ん？」

三日目、江戸に近づくにつれて人の往来が激しくなり、江戸の匂いを感じられるようになると、途端に吾一は気分が悪くなった。海の荒波でさえ船酔いしたことのない吾一だったが、人波に揉まれると思わず吐き気を催した。しかし、和助に悟られまいと必死に堪えて飲み込んだ。

「どうした、人に酔ったか？　田舎から出てきた者にはよくあることじゃ。じゃがな、こんな程度で酔っていては先が思いやられるぞ。日本橋に行けば大シケじゃ」

見透かされていた。馬鹿者と思っていても年上であり、世慣れているわけであるから吾一の心など見透かされても仕方がないのだが、無性に腹が立った。

「隠すことはねえだろ。おまえは妙なところで見栄を張るからな。この先、それが仇となるやもしれん」

吾一にとってはそれが自分を支える唯一の柱のような気がしていた。学が無い者はそれに頼るほかない、折れればおしまいじゃと思っている。しかし、和助の言葉は吾一の胸に刻みこまれた。

「なんでもねえ」

和助は「そうか」と笑いを嚙みしめながら先を歩いた。

石屋白鳳堂は神楽坂にあった。散々歩き回り、江戸の中を突き抜け、迷いに迷い、丸一日かかってようやくたどり着いた。

「和助の道案内もあてにならんのお」

「勝山とちがって江戸は広いんじゃ。その広さを味わわせてやろうと思ったんじゃ」

さすがの和助も気まずそうに顔を歪めると頭を搔いた。

風格と歴史を漂わせる店構えに白鳳堂と彫られた大きな看板が掲げられ、二人を迎え入れるように見下ろしていた。三代続く、江戸でも指折りの石屋であるとのこと。

「ここか？」と吾一。

「ここじゃ。たぶんな」と和助。

ちょうど店先へ出てきた手代と思われる若い者に主への目通りを請うと「少々、お待ちくだせえ」と丁重な応対を受け、しばらく待たされた後、座敷へと通された。座して待つこと小半時（約三十分）、現れたのは大狸のような男で、年のころは六十五、六か。染みだらけのたるんだ頰を揺らしながら二人の前に座した男が忠兵衛であった。にこりともしない大狸に吾一は携えた狐月堂弥平からの手紙を柄にもなく恭(うやうや)しく差し出した。

目を細めながらも手紙を読み終えた忠兵衛は吾一へと視線を移し、

「弥平からの紹介であれば無下(むげ)に断ることもできん。というよりちょうど良かった。二人ばかり人手がほしいと思っておったところじゃ」と、最後にはっきりそれとわかる作り笑いを浮かべて受け入れてくれた。妙な笑みが気にはなったが、とりあえず落ち着き先が決まり、生活の足場ができたわけである。

「いや、わしは……」と戸惑ったのは和助。若い吾一が右も左もわからぬ江戸へ一人で行くのは心細かろうとただの道案内のつもりであった。「わしは石を扱うような力仕事は性に合わんで……」

「どうせ、行くところはないんじゃろ。観念せい。仕事は慣れじゃ」

「おまえさん、なにもわかっておらん。暢気(のんき)なもんじゃ」

と言ったものの、和助は吾一が言うとおり行く当てもないのでとりあえず腰を置いてみることにした。

その日は、風呂で汗を流したあと、ささやかな宴が催された。

その後、布団に入ると目まぐるしいほどに様々なことが湧き上がっては消え、また湧き上がっては消えた。物心つくころから突組の刃刺だけを目指して生きてきたが、ここにきて、一転、舵が大きく切られ、思いもよらない世界へ投げ出された。石屋になりたいわけではなかった。石を扱うことぐらいはわかるが、石屋とはどんな仕事かもよくわからない。運ぶのか、削るのか、割るのか、なにからはじめるのか……広げていたにすぎないこの入り口が転がり落ちる吾一を飲み込んだようなものである。最も簡単な道であったかもしれない。姑息かもしれない。卑怯と呼ばれるかもしれない。しかし、他になにができようか。親父のせいか？　村人のせいか？　権左のせいか？　権左はなにをしておる？　いまだ見ぬ権左、遥かなる権左、沖の権左、権左が吾一を見て笑っていた。権左は世間の荒波に翻弄される吾一を尻目に悠然と泳いでいた。

和助は酒を飲んだせいか、既に鼾（いびき）を掻（か）いて夢の中である。やがて、津波のように押し寄せた疲れが、吾一を海深くへ引きずり込むように熟寝（うまい）へと沈めた。

夜明けとともに叩き起こされると、食いきれないほどの飯が用意されていた。

「これだけの飯を食わせるということはどういうことかわかるか？」

和助がどんぶり飯を片手に吾一の耳元で囁くように聞いた。

「歓迎されてるということじゃろ」と吾一は飯を掻きこんだ。

「そうであることに違いはないが、それだけ辛い仕事が待っているということじゃ」

「望むところじゃ」

「わからんのお、おまえという男は」

飯を食い終えると番頭によって三里離れた作業場へと連れて行かれた。団子山と呼ばれる山の中腹にある石切場であった。もともと、同じような山が三つあったらしいが切り崩され、今はその様子はない。臼の底のようなところで、見上げるような石壁に囲まれ寒々とした、埃っぽい作業場であった。身の丈ほどもある岩がごろごろと横たわり、その上で石工が槌を振るっていた。隅には似つかわしくない古びた、しかし、大きな建屋がいくつかあった。

「見ろよ、あれだぜ。墓石を磨くのとはわけがちがう」との和助の言葉に、先導する番頭は「石工にもいろいろあるわ」と平然と言ってのけた。

駆け出しの石工は石を運ぶだけである。朝から晩まで、切り出したときに出る瓦礫をモッコ（網を吊るした棒）に入れて二人一組となって背負い、じゃまにならないところまで運ぶ。時には切り出した石を荷車に載せ、引いたり押したりしながら別の作業場まで運ぶ。慣れないうちは、いや、慣れても肩と腰が悲鳴を上げ続けるであろう過酷な労働である。

一時（約二時間）もすると和助の足腰は立たなくなった。お天道さまが真上に来るころには吾一の足腰も立たなくなった。

「これが男の仕事じゃ。やりがいがあるわ」と言っていた和助は三日目で姿を消した。最後の夜に「こんなことしてたら体がいくつあっても持たん。わしは姿を消すでな。またどこかで会うこともあろう。極楽か地獄か……そのときは気易く声をかけてくれ」と耳打ちし、朝には姿が消えていた。夜が明けぬうちに台所の飯櫃の飯を浚え、宿舎から遁走したらしく、おかげでその日の朝は白飯のない、なんとも味気ない朝餉となった。

「ただ逃げるだけならまだええ。飯を掻っ攫っていくとはなんという悪人じゃ」と吾一は仲間からやいのやいのと突っかかれた。「すまんことです」と吾一は自分のことでさえも下げたことのない頭を、他人のことで下げることとなった。

「ゲンコ十万じゃ」

# 苦悩と野心

# 三年目

この石切場で一年を過ごす者は少ない。十人入れば九人は一年も経たずして姿を消す。何人もの新米が入るが、残っている者はわずか。そんな中、吾一は無心で石を運んだ。己に科せられた罰のように思い、来る日も来る日も石を運んだ。父親の重吉の庇護(ひご)の下で育ち、頭領の倅(せがれ)として一目置かれ、将来は刃刺と嘱望されてきた。恩恵を受け、受け継ぐものもたくさんあったことを返せば、不始末があれば親父に代わって責務を果たさねばならぬは当然。石を運ぶという労働は命を失った突組の者たちへの贖罪(しょくざい)でもあった。幸吉の姉カヨが岡場所へと身を沈めることになったのも父の不始末のせい。カヨが逃げることが叶(かな)わぬのであれば吾一も逃げることはできなかった。

三年が過ぎたころ、石切場を取り仕切る頭領の善吉から声がかかった。「二階へ上がれ」とのこと。石切場の隅に二階屋の建屋がある。一階は石を磨く工房となっていて、職人と言われる石工が鑿(のみ)を振るう。その二階の座敷で主の忠兵衛が煙管(きせる)をくわえながら吾一を待っていた。

「お呼びと聞きましたが、なんでございましょうか？」

不作法であった吾一も人並みの礼儀をわきまえるようになっていた。吾一が促されるまま忠兵衛が鎮座する結界の前に座すと、忠兵衛はくわえていた煙管を口から離し、ポンと雁首で火鉢の縁を叩いた。

「おまえがここへ来たのは三年前の今日じゃ。覚えておるか」

思い出すかのようにゆっくりとした口調であった。吾一はなにを言わんとするか勘ぐりながら忠兵衛の染みだらけの顔を見た。

「どういうことかわかるか？」

「いえ」と吾一は太い首をちょっと傾げた。

「今日で三年目ということじゃ」

からかわれたような気分になった吾一は黙ったまま忠兵衛の皺だらけの顔を見つめた。

「からかっているわけじゃねえんだ。褒めているんだ。よう辛抱したもんじゃと思ってな。ここまで辛抱するとは正直思わなんだ。石運びなどという単純で辛い仕事など、特に若い連中はとっとと逃げ出すもんじゃ。ガキだガキだと思っておったが、おまえはよう辛抱した。正月に故郷へも帰らんと、その働きぶりは大したもんじゃ」

吾一は十八になっていた。背は五寸（約十五センチ）ほど伸び、手足、胸の筋肉は盛り上がり、体軀（からだ）つきはふた回りも大きくなっていた。背丈六尺一寸五分（約百八十五センチ）、目方二十一貫五斤（約八十二キロ）の堂々たる体軀となっていた。

「今日から、おまえには石切りをやってもらう。三年も見ていりゃ嫌でもわかるはずだ。精々働いてくれ」

作業場へ戻ると民三（たみぞう）が駆け寄ってきた。民三は半年ほど前にこの作業場にやってきた一つ年上の男である。体軀はいいが真面目さに欠けて、たびたび頭領にどやされる。

「吾一どん、なんじゃった？　暇（ひま）を出されたか？」

「馬鹿たれ。そんなんじゃねえ」

石切りに昇格したことを告げると、「へえ、出世したもんじゃな。ここでも精を出せば出世するんじゃな。給金も上がるじゃろ」と目を丸くした。

「おまえも三年辛抱することじゃ」

「冗談じゃねえ、こんなところで三年も働かされたら身も心も石になっちまうわ。なにより、女気がねえのが我慢できねえ。マラ（男根）が石になるんだったらそりゃええがな」と民三は大口を開けて品無く笑った。

吾一にとって初めての昇格であった。出世するということがどういうことか初めてわかった。顔には出さなかったが足元が軽くなり、飛び跳ねたい気分であった。知らず知らずのうちに足取りが早くなった。

石を切る作業は石を運ぶそばから何十回、何百回と見てきて、教わることなくできると思ったが、そう甘いものではなく、やってみて初めてわかることが多い。

新しい作業場まで連れていかれると、既に道具が用意されていた。すべての物に吾一と名が刻んである。

その日から石の加工技術を教わることとなった。コヤスケという先が平たくなった金槌(かなづち)と玄翁(げんのう)を使って石を切る技や矢穴の開け方、セリ矢という楔(くさび)の使い方、石の目の見方など、加工の初歩を兄弟子らから教わることとなった。

石切りは切り出した石に鑿(のみ)や舞錐(まいきり)と呼ばれる道具で矢穴を掘ることから始まる。矢穴を掘ると、そこへ二枚の板と矢がひと組になったセリ矢と呼ばれる楔を打ち込むのだが、これがなぜか中(あた)らない。矢の頭に狙いをすまし玄翁を叩きつけるのだが、振り上げてから振り下ろすまでに狙いが狂う。誤って石を打ち、欠片が飛び散る。飛び散った石が顔を突き刺す。顔ならまだよいが時には目に入り、失明することさえある。「馬鹿野郎、石を叩くんじゃねえ。売り物にならなくなっちまう」と叱責される。わかってはいるが中らないのでしかたがない。

「こんなものは目をつむっていても中るわ。はずす方が難儀じゃ」とこの道二十年の甚八はいとも簡単にセリ矢の頭を叩く。おもしろいようにセリ矢が石の中へと吸い込まれていくと、最後の一撃で三尺ある御影石に亀裂が入り、ごとりと石が傾く。そのさまは壮観である。だが、壮観と感動している場合ではなく、必死にコツを摑もうとするがどこがどう己と違うのか見当もつかない。

「簡単じゃねえぞ。そんな簡単にやられちゃこっちの立つ瀬がねえ」と甚八は笑った。簡単なのか簡単でないのかますますわからなくなる。

そんな吾一の様子を見て笑ったのは春吉である。二十代半ばの小柄な男で、顔は日焼けした子猿に似ている。笑うとますます似てくる。しかし、現場で培われた体軀は見事と言うほかない。

「これは力で割るわけじゃねえぞ。石の気持ちを読めば、指一本でも割れるんじゃ。まだオレはそこまでの技は持ち合わせちゃいねえがな……ところで、おめえの一物は箱入りかい？」と春吉はにやけた顔で訊いてきた。

「なんのことじゃ？」と吾一。

「案外と鈍いな。その様子だと箱入りだな。間違いねえ」と嘲笑したかと思うと、石切場の中腹で差配する頭領善吉に「お頭、こいつ箱入りだってよ」と大きな声で知らせた。

「あたりめえよ、そいつが権左だ」と善吉は大笑した。

吾一は陰で権左と呼ばれていた。薄々は知っていたが、面と向かって言われたのははじめてであった。話すことと言えばクジラの話、権左の話ばかりで、おもしろくもなんともねえという噂が仕事場の中で広がっていた。寝言にも権左が出てきて気味の悪い奴と陰口を叩かれていた。

「ようし、わかった。オレがそっちの方も仕込んでやる。楽しみにしておけ。いや、覚悟しておけ」と言いながら、吾一の面構え、若さ、均整のとれた体軀つきなら、岡場所の女は夢中になるに違いない、うまく利用すればおこぼれに与れるに違いないと春吉は内心で算段していた。

春吉は、口は決して良いとはいえず、むしろ悪いが、なんでも気易く訊け、相談にも乗ってくれる兄貴分となった。

仕事が終わると春吉に居酒屋へとつきあわされた。伝通院と根津権現の真ん中あたりにある左門という店である。下り物と呼ばれるうまい酒を飲ませることで評判で、肴も気が利いている。モッコ運びをしているときには、仕事のあと、一度として遊び歩くことはなかった。誘う相手もいなければ、誘われる仲間もいなかった。なによ り罰を受けている身分で楽しむという気分にはなれなかった。近所で祭りがあっても部屋に閉じこもることが多かった。時には外へ出ることもあったが、人ごみから離れて川端をぶらぶら歩くぐらいであった。そんなときでも権左のことが頭から離れることはなかった。権左を打ちたい。どうすれば権左を打てるか？　悶々とするばかりであった。今、自分は勝山から遠く離れた江戸におり、鯨漁とは似ても似つかぬことを生業（なりわい）としている。湧きだす苛立ちを抑えることで精いっぱいであった。こんなところでこんなことをしていては、権左はどんどん離れるばかりではないか。そんな吾一の思いを尻目に春吉は潮を噴くように笑った。

「ただの堅物野郎だと思ってたが、ほんとに下戸だったのか？　酒は飲めば強くなる。これから毎日オレにつきあえ。おまえだってそこそこの給金をいただいてるはずだ。もっと飲め。遊べ。今日はオレの奢りだがな」

　お猪口（ちょこ）に三杯飲んだところで顔が真っ赤になり、胸の鼓動が速くなり吾一は苦しくなった。嫌な記憶が蘇った。コビレゴンドウを仕留めたときの宴でのことである。同時に腹を裂いたときの臭いまでも蘇ってきて、込み上げるものがあった。思わず口元に力を込めた。

「どうした吾一？　もうこれでお開きだなんて言うんじゃねえぞ」と春吉がドジョウの味噌煮を突ついた。「なんでもねえです」と吾一はやせ我慢を張った。

「だったらいいんだが。でもな、なんでもねえようには見えねえがな」

吾一は権左への思いを飲み込むように喉を鳴らして酒を流し込んだ。徳利を二本ばかり空けたところで妙に気分が良くなった。先ほどまでの気分の悪さが嘘のようで、そのとき初めて酒の味がわかった気がした。

「調子が出てきたじゃねえか。そうでなくっちゃいけねえ。じゃ、そろそろ行くか？」

「どこへじゃ？　酒はこれからじゃ。まだ宵の口じゃねえですか」

据わった目で吾一が横柄に訊いた。

「いいところへ連れていってやるから酒はこれくらいにしておけ」

酔い覚ましのつもりか、ぶらぶらと歩かされた。伝通院近くの暗い道を、吾一は月明かりに照らされる春吉の背中を見ながらただただついて行った。いくつかの角を曲がると妙に華やいだ一角に出た。色とりどりの提灯が灯り、華やかな着物を着、髪を笄、櫛、簪で飾った女が男たちに声をかけている。

岡場所というところは、話には聞いていたが、来たのははじめてだった。覚めかけていた酔いがぶり返し、下の方から得体の知れない熱きものがせり上がってくるのを感じた。

「今からおっ立ててちゃ、本番で使い物にならねえんじゃねえのか？　そうか、おまえ生息子だったな。じゃあ仕方がねえ。今日は丘を濡らすのが関の山かも知れねえな。それでもええんじゃ。オレもそうじゃった」春吉はいやらしく笑ったが、「おまえ、岡場所と吉原の違いはわかるか？」と、ふと真顔になった。

「岡場所の方が安いということぐらいしか知らんがの」

「それもあるがな、いいか、吉原っていうのは公許の遊郭だ。つまりお上に認められた遊里ということだ。それに引き換え、岡場所ってのはご法度の遊女町だ。つまり、いつ警動があるかわからねえってことだ」

「警動ってなんじゃ？」

「なんにも知らんのじゃな。警動というのは手入れのことだ。お役人が踏み込んでくるんだよ。そのときには婿入りの真っ最中だろうが、素っぽんぽんだろうが逃げろ。とっ捕まったら厄介じゃ」

客引きの、いくつかの手を振り払い、しばらく歩を進めると、「吾一、吾一、おまえ吾一だろ」と記憶の片隅に響くどことなく懐かしい声が投げかけられた。「聞いたような声じゃが」と声の方を見ると、格子にぶら下がるようにしながら見知らぬ女がただならぬ形相で睨みつけていた。目を合わさぬよう無視を決め込もうとすると声は甲走った。「おまえ吾一じゃろ……」

「おまえも隅に置けねえな。だれだい？　袖にした女か？」春吉に訊かれたが、「知らない女ですがね」と答えるしかなかった。

「おまえ、はじめてだっていうのはホラじゃねえのか？」

「いえ、ほんとうにはじめてでして」

「じゃあ、あの女はいったい、なんだい？　おまえのことを知っているようだったぜ。しかも親しい間柄のようだったが」

吾一には心当たりがなかった。見知らぬ女が、なぜ自分の名を知っていたのか。しかし、妙に心へ響く声であったことは否めない。

「春さんじゃないかね、寄って行きなよ」と一人の白首が春吉に寄ってきて声をかけた。歳のころは二十五、六、春吉の馴染みらしく、逃がすまいと腕を摑んだり、首筋を撫でたりしては秋波を漂わせた。

「おうトキじゃねえか、オレはそのつもりだが、もう一人連れがいるんだ。適当に見繕ってやってくれねえか」と春吉は後ろを歩く吾一へ目配せした。トキは見るなり、「あらま、いい男だこと。わっちがお相手しましょうかね」と駆け寄ろうとするが、春吉が手を摑んで引きとめた。

「おいおい、おまえはオレの相手をしろよ」

「わかってますよ。冗談ですよ」とトキは顎に手を当てて、「だれがいいでしょうかね。……ハルちゃんがいいかね、シノちゃんがいいかね」と。

「おお、シノでいい」そしてそっと耳打ちした。「あいつはな、生息子だから、お手柔らかに頼むぜ」

「わっち、大好物なんですがね」

「おまえはオレの相手をするんだよ」

「はいはい」とこんな具合に話はまとまり、二人は紅葉屋と書かれた軒行燈の掛かる間口二間ほどの見世へと上がった。一見、小粋な料亭風ではあるが、入り口を入ったすぐ横の座敷では数人の女たちが煙草を吸いながら花札を引きつつ客を待っていた。

「終わったら、あとは一人で帰りな。オレは朝帰りになるかも知れねえからな」と春吉は奥へと消えて行った。

「シノちゃん。ご指名」

花札を引いていた一人の女が返事もなく重そうに腰を上げると、トキからそっと耳打ちを受けて、「どうぞこちらへ」と手招いた。ほっそりとした翳のある女であったが、仕草、物腰、顔立ちにはそこはかとなく品が感じられた。声は甘く響き、吾一の気持ちを不思議なくらい惹きつけた。元は大店の娘か、それとも武家の娘だろうか。

「はじめてですって？」と階段の手前で振り返ると、シノは吾一に視線を流した。

「ああ、はじめてじゃ」

吾一はシノの新鮮な視線にどきりとして答えた。切れ長の美しい目であった。このような岡場所で、このような美しい目を見るとは思わなかった。さぞかし人気があるに違いないと吾一は思った。

「安房の出ですかね？」

「なぜわかるんじゃ？」

吾一は、心の底を覗かれたような気がしてどきりとした。

「話し方でなんとなく。こんな仕事をしてるとだんだんと勘がよくなるようです。年は？」

「十八じゃ」

「町の若い人たちは十五、六になると、夜鷹ですませるものですがね」

「そんなものか？　あんたはどれだけの男と寝たんじゃ？」

「ここへ来てからですか……数え切れませんね。自分の身体でありながら、自分の身体でありませんので」

「つらいか？」

「……ええ」

悲しそうな声に、吾一はひどいことを聞いてしまったかと咄嗟に悔やんだ。吾一はこのようなときなにを話せばいいのかよくわからなかった。

「吾一さんは身持ちが固いんですね。いいことですよ」

「わしにはわからん……吾一どんでいい。ケツの穴がむず痒くなるからの」

「じゃあ、吾一どん。吾一どんは世間に疎いんですかね」

「そうかも知れん。今日もここへ来るつもりなどなかったが、成り行きじゃ」

「あらま」とシノは驚いたようであったがちょっと笑みを零し、みす紙を口にくわえると髪を直しながらトントントンと階段を駆け上がった。

階段を上がった廊下の両側には大小の部屋が並んでおり、閉められた障子の向こうから男女の語らい、吐息が漏れ聞こえてくる。吾一は突き当たりの小さな部屋に通された。

「こんなところは割床とばかり思っておったが……」

「吾一どんは初めてのお客様ですから」とシノは床へ導いた。三畳ほどの部屋の隅には小さな鏡台と飾り箪笥が置かれ、中央には薄っぺらな布団が敷かれ、枕が二つ並べられていた。

シノは布団に片肘(かたひじ)ついて横になると「どうぞ」と言い、しかし、そう誘われても吾一にはどうしたらいいかわからず、とりあえず女の横へとマグロのように寝そべってみた。解体されるクジラの気持ちはこんなものかと妙な気持ちが湧いていた。

やはり、先ほどの酒が今になって回ってきたらしく、途端に情けないほど心臓が高鳴り、呼吸が乱れた。シノは吾一の帯を解き、着物を開くと、吾一の逞(たくま)しい体軀を見て頰(ほお)ずりをし、指で筋肉の筋にそって撫(な)でた。

「石工さんですってね」

シノは這(は)わせた手で股間(こかん)をまさぐろうとした。吾一は思わずその手をつかもうとした。シノは吾一の手を遮(さえぎ)った。

「そのまま、そのまま」

シノの手は優しかった。吾一は緊張から解き放たれ、全身の力を抜いた。どのように捌(さば)かれるんじゃろうか？

吾一はシノの胸をまさぐった。小さくはあったが形の良い乳房であった。シノは抗うことなくされるままにした。吾一はシノの着物の裾を捲り上げると尻の肉を押し開いた。

　酒の残りが一気に戻って来たかのように顔が紅潮し、下半身の一物が屹立した。股間に全身の力が結集したかのような、今までにない感覚であった。

　シノが吾一の上に跨ろうとしたところまではなんとなく覚えてはいるが、そこからの記憶は定かでなかった。めくるめく怒濤の感覚が内側から湧き起こり、一物に結集し、なにがなんだかわからぬうちに快感とともに弾けて終わった。吾一の股間は、しばらくは末期の足掻きのように脈動したが、やがて力なく項垂れて、先ほどの屹立するそれとは別物と化した。

　吾一は回転する天井を見ていた。天井の回転が止まったとき、シノが吾一の股間をみす紙で拭っていた。その後、シノは吾一に寄り添って目を閉じた。吾一はその息遣いを聞きながら余韻に浸った。

　中引け（午後十二時ごろ）になって、「どうします？　もう一度」とシノは身を起こして聞いた。

　吾一は「わし、帰るわ」とだけ言った。

　吾一が身支度を整えているとシノがその様子を見ながら、

「殿方というのは、なにかと見栄を張る方が多いですが、吾一どんはそうはされませんでしたね。器が大きいんですかね」と言い目を細めた。

「わしは器が小さいとよく言われるがの。……また来るが、いいかの？」

シノはにっこり笑った。吾一は男として認められたような気がして嬉しかった。シノの笑顔は吾一の胸に染み入った。しかし、嬉しかったのはそのことばかりではなかった。一つ硬い殻を破ったような気がしたからであった。


世の帳が一つ掃けたように気分良く紅葉屋を出たところで、再び聞き覚えのある声が飛んできた。しかし、それは先ほどよりさらにがさつで胸を掻き毟るかのような不快な声であった。せっかくの気分が台無しにされそうだったので聞こえぬ振りをしようかとも思ったが、臭い屁の出所は確かめねばならぬという思いが働いたせいか思わずそちらへ視線を送ってしまった。迂闊であった。

「吾一、吾一じゃろ。こっちへ来い」

松葉屋と書かれた軒行燈が掛かる見世の紅柄格子の中からであった。

「だれじゃ、おまえさんは。わしはおまえなんぞ知らねえがな」

派手な着物と言うより、下品な着物をまとい、顔を白く塗りたくった女であった。

格子のところまで行くと女は袖を捲くり上げ、格子からぬーっと腕を伸ばし、吾一の襟を摑んだ。

「やっぱり吾一じゃ。背も体つきもでかくなったんで見違えたが、やっぱり吾一じゃ」

「吾一じゃが……ちがうとは言うておらんぞ」とその目を見た瞬間、氷解するように記憶が蘇った。海女としては色白であったが、世間の女から見れば色黒であった。だから白粉を厚塗りしなければならなかったのかと納得したが、ここしばらくはカヨのことをすっかり失念していた。

「カヨか？　こんなところでなにしとるんじゃ」

一瞬、カヨの目が飛んだように宙を彷徨った。「……魚でも売っておるように見えるか？……ここへ身を沈めたのはおまえの親父のせいだということを忘れたか」

村を出るとき幸吉から奉公に出たと聞いたことを思い出した。世の中というものは広いようで狭いことを知った。江戸には少なくなったとはいえ、今でも三十近い岡場所があるが、ここでまさか幼馴染のカヨに再会するとは思ってもいなかった。

「偶然とはこういうものじゃ。恐れ入ったか。じゃがな、わしはおまえの顔を、ここで探しに探したぞ。丸三年じゃ」

「わしは会いたいとは思ったことはないがの」

「あたりまえじゃ。おまえは逃げたいだけじゃろ」

「逃げるつもりはないわ。逃げるつもりならとうに逃げておる。わしはわしなりに償ってきたつもりじゃ」

「わしは何も償ってもらっておらんがな。勝手なもんじゃ。話は変わるがな、おまえはいつから女を買える身分になったんじゃ？」

「身分で買うものじゃなかろう。ここは岡場所じゃ。誘われて、たまたまじゃ。しかも、今日が初めてじゃ」

「初めてか？　じゃあ丘濡らしじゃろ」

ガハハとカヨは手を打つと喉の奥まで広げて下品に笑った。

「なんじゃ丘濡らしとは？」

春吉もそのようなことを言っていたが、訊くのを忘れていた。

「中で出さんと入れる前に出してしもうたじゃろ。女の丘にひっかけることをいうんじゃ」

「うまいこと言うのお」

「そんなところで感心するんじゃねえ。馬鹿たれは恥というものを知らんのか」

押しても引いても手ごたえのない吾一にカヨは呆れた。なんとか凹ましてやりたいものだが咄嗟には浮かんでこなかった。悔し紛れに睨みつけていると吾一がぽつりと言った。

「わし、今日まで勘違いしておった」

「……なにを勘違いしておったんじゃ」

カヨは急に怪訝な顔つきになった。

「わしな、女子というのはおまえさんのように下品な生き物とばかり思っておった。勝山の女子もみな似たりよったりじゃったからな。じゃが、今日、そうでないことがわかった」

吾一は噛みしめるように笑った。カヨを嘲笑したわけではなく、己の無知に呆れたのであった。逆にカヨの顔が心なしか引きつり、苦し紛れに吐き捨てた。

「それが勘違いじゃ。吾一は昔から勘違いしやすいからの」

「……で、おまえはわしになんの用じゃ？　大声で呼び止めたのはただ恨み言を言いたかっただけではないじゃろ」

「それじゃ。その話じゃ。吾一、わしを身請けしろ。今すぐにじゃ。ここは地獄じゃ。毎日あのようなえげつないもんを突っ込まれたり、しゃぶらされたり、堪ったもんじゃない。地獄じゃ。今すぐ身請けしろ。おまえの父親の不始末をおまえが償うのは当然じゃろ」

「身請けしろと言われてもな……一度くらいなら買ってやってもええがな」

「馬鹿たれ。おまえに買われるくらいなら舌を嚙み切って死んだ方がマシじゃ」

「そうか。じゃったら、今のわしにはどうにもならん。自分でなんとかしてくれ」

「自分でなんとかできるものならおまえになぞ頼むか」

吾一はつかまれていた襟(えり)を無理やり引き離すと「元気でな、また会うことがあるかも知れん」と二歩三歩下がり踵(きびす)を返した。

「会うことがあるかもしれんじゃと？　ここへ来ればいつでもおるわ。三年前からずーっとここにおるんじゃ。おまえも親父同様、女好きじゃ。三日にあげず通うじゃろ……だれじゃ、だれがおまえの筆おろしをしなさったんじゃ？　トキかサダかおソノ婆(ばば)ァか？」

背中でカヨの罵声(ばせい)を聞きながら吾一は白鳳堂の寮へと引き上げた。春のうららかな風もあれば肌を切る厳冬の風もある。風は風でも今のは後者じゃなと吾一は帰途の道すがら思った。

「三つに切ったら荒コブだけ取っておいてくれ」

　春吉は吾一に命じた。

「へい」と吾一は歯切れの良い返事をする。三尺四方の石を縦に三つに切る。墓石にするための石を切り出す作業である。鑿（のみ）と舞錐（まいぎり）と呼ばれる道具で五つの矢穴を開け、そこへセリ矢を打ち込む。

「わしはちょっと上へ行って手伝ってくる。ここは吾一だけで足りるじゃろ」

　団子山の中腹では階段状に切られた石壁が屹立し、蟻が豆腐に群がるがごとくの様子で石の切り出し作業を行っている。あちらこちらで金属音がこだまし、天へと突き抜けていた。

　石切りを始めて十日。吾一も、このころになってようやくセリ矢の頭を外すことなく打てるようになった。玄翁を振り上げると、なぜかシノの横顔が、ふと蘇ってくることがある。惚れたのじゃろうかと己に問うが、わからなかった。そんなことを考えながら振り下ろすと玄翁はセリ矢を外す。

「ボーッとしてると足を潰すぞ」と言われて我に返る。吾一の様子を見て声をかけたのは乙松（おとまつ）であった。三年目の石工である。

「おまえ紅葉屋へ行ったんだって。敵娼（あいかた）はだれじゃった？」とニヤニヤしながら聞いてきた。春吉が喋ったに違いなかった。吾一は春吉らの恰好のネタになっているらしく、話は既に広まっているようであった。

「シノという女ですわ」と吾一は照れくさそうに答えた。

「シノ？　わしの知らない女じゃな。新しい女かの？　まあ、だれでもいいんだけどよ。あまり入れ揚げるんじゃねえぞ。あそこの女はその気にさせるのがうまいんじゃ。それを手練手管というんじゃ。その気にさせて尻の毛まで抜くんじゃ。おまえのような初な男は絶好のカモじゃな」

「乙松どんも抜かれたんか？」

「ああ、何度も抜かれとる。借金を二十両もこさえて貢いだのに、金の工面ができんようになった途端、とっとと別の男に乗り換えやがった。女とはそんなもんじゃ。わしからの忠告じゃ。肝に銘じておけ」

あの横顔は手練手管だったのじゃろうか。安心しきったような穏やかなシノの横顔が吾一の心に焼き付いている。はじめての客にそこまで気を許すとは思えないし……芝居だとすれば、役者顔まけじゃ。騙すのなら騙し通してくれればいいのじゃが……。

セリ矢の頭をはずして石を打った。石の欠片と火花が散った。

「馬鹿野郎。どんなことがあっても目を離すな。仕事中は女のことは忘れろ」

二つ目の石を切り、一息つこうと吸筒に手をかけたとき、足を取られるほどの地響きが起こった。石を切り出すときには少なからず地響きはあるが、今までに聞いたことのない大規模なものであった。

「なんじゃ今のは?」

吾一が見上げると山の中腹から山頂に至るまで舞い上がった土埃に包まれていた。その後も音を立てて瓦礫が雪崩落ちる。

「えらいことじゃ。崩落じゃ。山が崩れたんじゃ。吾一も来い」

叫ぶと乙松が駆け出した。玄翁を放り出すと吾一は乙松の後に続いた。

中腹まで駆け上がるが、いまだ瓦礫が崩れ、巻き起こす埃で視界が遮られる。人の背丈ほどもある石が吾一の横を転がり落ちて行く。石切場では数年に一度くらいの割で大規模な崩落が起こる。人が切り崩すだけであればたかが知れているが、もともと深い亀裂が入っていることがある。切り崩すとき、その亀裂によって予期せぬ崩落を呼ぶのであった。崩れた石が下の石を崩し、さらにその下の石を巻き込んで大規模な崩落へとつながるのである。

「駄目じゃ、まだ近づけん。下がれ」

一旦、安全なところまで下がり、様子を見ながら再び崩落場所まで近づいた。そこでは十数人が石切り作業をしていたはずであるが、一人の姿も見えなかった。

「みんな埋まったのじゃろうか？」

乙松が噛みしめるように嘆いた。

「春どんは？」

吾一は春吉がいたあたりを探したが、姿はなかった。姿がないだけではなく、石切りの作業場そのものがなくなっていた。土埃が落ち着いたのを見計らうと、足元を確認しながら瓦礫の上を歩いた。すると、石の間から血みどろの手が出ていた。

「手を貸してくれ。人が埋まっておる。周りの石をそっとどけるんじゃ」

その手を見て、吾一はすぐに春吉の手であることがわかった。見覚えのある手は生きていた。手はなにかを摑もうとするかのように空を握ったり開いたりを繰り返した。

「春どん。今、助けるからな。辛抱しろ」

吾一が瓦礫を掻きわけ、石をどけると血だらけの顔が出てきた。

「わかるか？　わしじゃ。吾一じゃ。もう少しじゃ」

春吉の意識は朦朧（もうろう）としていた。なにか言いたげに口を動かすが、なにを伝えたいのか読み取ることはできなかった。皆で手分けして瓦礫を崩さぬよう慎重に石をどけると、なんとか胸のあたりまで出すことができた。

「いま、掘り出すから辛抱しろ。もう少しじゃ」

水を与えると一口飲み、春吉は一言いった。

「もう駄目じゃ。足が潰れておる」

「諦めるんじゃねえよ。足などなくても生きていけるわ。春どんにはまだまだ教えてもらわんといけねえことが山ほどある。ここでくたばってもらっちゃ困るんじゃ」

埃に塗れた春吉の顔が笑ったように見えた。吾一にも気の利いたことが言えることを知って笑ったようであった。

「短い付き合いだったたな。あの世で待ってるよ。だが急ぐことはねえ。やることやったらでええ……」と、それっきり口元から力が消えた。

「春どん。辛抱じゃぞ」

吾一は必死で瓦礫を掻きわけた。手の皮が破れ、血が滴った。

半時（約一時間）ほど我を忘れて掘ったが、腹から下が大きな石に挟まれていて、それ以上は吾一ひとりの手ではどうにもならなくなった。

「どうすればええんじゃ」

吾一は皆の顔を見た。掘っていたのは吾一ひとりであった。

「春どんはもう死んでおる。吾一はようやった。春どんも満足じゃ」

春吉の顔からはとうに血の気は失せていた。

「まだじゃ」

吾一はそれでも掘ることをやめなかった。

吾一は皆に両脇を抱えられると、その場から離された。

春吉の躯（むくろ）が掘り出されたのはそれから三日目のことであった。三人が命からがら掘り出されたが、春吉を含めて九人が生き埋めとなって死んだ。死んだものは近くの寺で荼毘（だび）に付され、骨とともに、わずかな見舞金と、それまでの給金、預かり金が故郷へ届けられて終わりとなった。

作業場の石の上に胡坐（あぐら）を掻いて吾一は酒を舐（な）めていた。春吉の姿が現れては消えた。言葉の一つ一つが蘇り、心の中で繰り返された。そんなところへ砂利を踏みしめる音がした。

「どうした吾一。いつまで塞（ふさ）ぎ込んでおる。これからもこんなことはたびたびある。こんなことで凹（へこ）んでおったら駄目じゃぞ」

頭領の善吉であった。

「こんなこと？」

吾一は耳を疑った。思わず善吉を睨みつけたが、善吉は動じることなく言った。

「そうじゃ。人の命が軽いとはいわん。だが、人はいつか死ぬ。どんな死に方をするかは人それぞれじゃ。生きている者は生きている限り生きねばならん。そうでなきゃ死んだ者が浮かばれん。おまえまで一緒に死んでどうする。死んだ者の志は生きている者しか継げんのじゃ」

吾一は、しばらく沈黙し、

「今夜だけじゃ」とすべてを押し流すよう、最後の酒を一気に飲み干した。

## シノ

三日月が雲の流れに呼応するかのように顔を出したり隠したりを繰り返していた。虫の音と乾いた風が鬩ぎ合う季節となっていたが、吾一の耳には入らず、肌にも感じられなかった。

崩落事故の後、仕事が終わると吾一は一人で出歩くことが多くなった。もともと、大勢で騒ぐことが好きではないけれど、寮の部屋でひとり酒を飲むことにも疲れていた。なに気なく、あてもなく歩いているうちに、満たされないものを数多（あまた）引きずっていることに気づいた。なにが満たされないのか、その正体さえつかめぬ。当然、その解決策はない。

悶々とする中、気がつくと伝通院の脇を歩いていた。夜虫のように、知らず知らずのうちに光に誘われているようであった。ふと見ると先を春吉が歩いているように思えた。春吉が誘っているのかも知れぬと思った。「ひとりで腐っていてもしかたねえぞ。しかし、おまえという男は、単純な男とばかり思っていたが、意外と面倒臭え男じゃな」とどこからか声が聞こえたような気がした。春吉の言いそうな台詞（せりふ）であった。

根津町二丁目は以前に来たときと変わらず華やいでいた。提灯の灯（あか）りでさえ吾一の目には眩しすぎた。引き返そうかと立ち止まったとき、聞き覚えのある叫び声が再び吾一を捕まえた。

「吾一、こら吾一。やっぱり来たか。二十日ぶりじゃったな。我慢できなくなったんじゃろ。じゃが二十日も我慢できたとは、ちょっとだけ褒（ほ）めてやるわ」

吾一は聞こえない振りをして通り過ぎようかとも考えたが、声の主はそれを許さなかった。

「吾一、知らぬ顔をする気か。許さんぞ。祟るぞ。皆の衆、そこを行くは丘濡らしの吾一じゃ」

さすがに我慢できなくなり、吾一は思わず怒鳴った。

「なんじゃ、大きな声を出しやがって、人が見てるじゃねえか」

「それがどうした。こっちは見られるのが商売じゃ。さすがの吾一もちょっとは気になるか？」

「おまえが哀れに見えてくるんじゃ」

「だれが哀れじゃ。確かに哀れじゃ。おまえの親父のせいじゃろ」

「で、なんじゃ？」と吾一は格子からわずかに間を空けるとカヨを睨みつけた。たびたび襟首をつかまれては堪ったものではない。

「おまえ、いつからこっちにいるんじゃ？」

「三年前からじゃ。おまえさんと同じころ江戸へ出て来たんじゃ」

「なにをしておる？」

「石屋で修業しておる」

「刃刺はあきらめたんじゃな。あたりまえじゃな。あんなこと仕出かした重吉の倅じゃ村におられんからのお」カヨは歯をむき出して笑った。「そうか……石屋か。そうじゃ、半月ほど前のことじゃが、石切場で山が崩れて大勢死んだそうじゃが、おまえ、知っておるか？」

「知っておるとも。わしの目の前で起こった」

「おまえの目の前で起こったのか？　おまえは無事だったのか？」

「見ればわかるじゃろ。無事じゃったが仲間が大勢死んだ」

「なぜおまえは死なんかった。死ねばよかったんじゃ。死んであの世で待ってるわしの親父に詫びを入れんか……無理か、おまえは地獄行きじゃからな」

吾一は自分がそこまで恨まれているとは思ってもいなかった。人の業の罪深さとは根深いものだとあらためて肝に銘じた。

「おまえが仕組んだんじゃろ。きっとそうじゃ」

カヨは心を見透かそうとするように上目づかいで吾一を見た。

「わし、用を思い出したわ、またな」

「用がある者がこんなところへ来るものか。嘘つき。卑怯者」

「暇があったらまた来てやるわ」

さすがにこの場でカヨの罵声を浴び続けるだけの肝っ玉は持ち合わせていない。卑怯者と呼ばれようがその場を退散するしかなかった。

「この野郎。見下しやがって。馬鹿野郎」去り際も尚も罵声は飛んだ。「そいつじゃ。そいつに気をつけろ。有名な丘濡らしの吾一じゃ」

　カヨは罵声(ばせい)を浴びせ続けた。通りを歩く者から笑いが湧き起ったが、それで気がすむのなら勝手に言わせておこうと思った。

　吾一は斜め向かいにある紅葉屋に入ると、シノを指名した。シノは部屋へ案内しながら怪訝そうな顔で問いかけた。

「さっき、表の方で、大声で叫んでいたのは暁美(あけみ)さんではありませんでしたか？」

「暁美？　あれはカヨじゃ」

「それは本名ですよ。あの見世では暁美と呼ばれております」

「源氏名(げんじな)というものか」

「揉めごとでもありましたか？　あの方は、ときどきお客様と揉めごとを起こしなさいますから、この辺りでは知られた女郎さんでありましてね。女郎には気の強さが必要になりますが、あれじゃあお客が寄りつかなくなりますね」

「そうか、カヨらしいわ。……あれは揉めごとというより、恨み言じゃ。わしら家族を心の底から憎んでおる。もともと、同じ村の出で、幼馴染なんじゃ」

カヨがここで身を売ることになった経緯を、吾一は、酒を飲みながらぽつりぽつりと話した。人に話せばそれを思い出すことになり、吾一にとっても辛いことであるが、罰を受ける身にとっては避けてはならないように思った。しかし、罪滅ぼしになったとは思えなかった。

「そうでしたか。人にはそれぞれいろいろな事情がありますね。だれかを恨むことが己を持ち堪える糧になることもありますからね」

「シノさんにも事情がありそうじゃな」

吾一は聞いていいものかどうか迷った。シノの過去を知りたい気持ちが半分、もう半分はだれかと話をしていたいという気持ちであった。

「わたしの事情なんて……女郎の生い立ちを聞くなんて良い趣味とはいえませんね」と顔色を曇らせるとちょっとの間、口を噤んだが「そうですね……吾一どんには聞いてもらいましょうかね」と目を細めた。「お酒いただいてもいいかしら?」

「ああ、好きなだけ飲め。和助も酒が入るとよう喋る。ただでもよう喋るがの」

「和助?」

シノはきょとんとしながらも酒で喉を湿らすと、少し頬を染めながら話した。

シノは本名を志乃といい、相州(神奈川)の出。実家は五代続いた相模屋という大店であるとのこと。油から薬まで、手広く商いすることで財を成し、シノはそこの箱入り娘であった。茶道、三味線、生け花、書道と習い事は一通り習得し、才色兼備の娘として評判であった。年ごろになると縁談話は引く手あまたで、当然のように両親も、良家へ嫁がせたいと考えていた。しかし、二年前の六月に、それまでの順風を一変させるような事態が起こった。季節外れの二度の台風により、相模屋が買い入れた薬、油を運んでいた船が相次いで沈み、たちまち莫大な借金を背負うこととなった。建て直そうとするも、一旦、傾き始めた店はおいそれとは元に戻らないようで、それまで取引のあった店も潮が引くように離れていった。

店は人手に渡り、家財を売っても売りつくしても借金の返済は滞り、そんな中、主の仙吉(せんきち)が首を縊(くく)った。母親は心労から労咳に罹り、今は親類に引き取られてなんとか生きながらえているものの、明日をも知れぬ命とのこと。シノは残った借金の形として八年の年季奉公に出された。年季奉公とはいうが、カヨと同様に女郎として身を売ることであった。

年季奉公の身代金などというのはわずかばかりのもので、利子さえ返せぬのが実状。まさに焼け石に水である。シノは淡々と語った。年季は八年となっているものの、それで自由になれる保証はない。たとえ自由になれて、ここを出たとしても行くあても、生きる術もない。一度岡場所へ身を沈めた女は岡場所を流転する人生と相場は決まっている。それがわかっているシノはあきらめ半分に、時折、笑みさえ零しながら語った。

「人のさだめなどわかりませんね。あの家で生まれ、あの家で育ち、ちやほやされるのがあたりまえのようにして生きてきました。そんなことに疑問さえ持ったことはありませんでしたが、今はここにいます」

己のことながらシノはその浅はかさを悔いるように俯いた。

「諦めたらおしまいじゃ。突然に白が黒になったんじゃ。ということは黒が白になるということもあるということじゃ。おまえさんほどの女なら、いつかいい人が見つかる」

柄にもない言葉が吾一の口から出た。酒の力だったかもしれぬが自分でも驚いた。しかし、ありきたりじゃっただろうか、もう少し気の利いた言い回しはなかったじゃろかとの思いも湧いてきて、あちらこちらがむず痒くなった。

「そうですかね。その御仁が吾一どんなら嬉しいんですがね」

吾一の顔は火が付いたように熱くなり、胸の奥が大きく跳ねた。

吾一の逞しい背中にシノは頬ずりした。石粉の匂いの中に他の男とは違う、嗅いだことのない男の匂いを感じていた。シノは十九、吾一は十八。

背中から感じられるシノの吐息が誠のものかどうか、吾一にはまだわからなかった。

三月(みつき)が過ぎた。紅葉屋のシノとの関係は十日に一度くらいの割で続き、吾一の心の支えとなったが、月一両三分の稼ぎを考えるとそれでも懐には重く伸しかかった。

雪を誘うような北風が吹き始めていた。暗い夜道の先に提灯が揺れていた。冷えた身体(からだ)でシノを抱くことに心苦しさがあったのと、燗酒(かんざけ)の味が恋しくなり、紅葉屋へ行く前に行きつけの左門に寄った。縄暖簾(なわのれん)を掻きわけて店に入ると、既に席は埋まりかけていた。

「相席でよろしければ」と主がすまなそうに一つの席を促した。

「ああ、いいよ。一杯ひっかけてえだけだ。熱燗と肴(さかな)を頼むわ」

「肴は花沢庵でええですか？」

「それでええよ」

吾一は四人掛けの卓の一つに着くと、冷えた手と顔を擦(こす)りながらなに気なく相席の客の顔に目をやった。三人組の客で、前には徳利が数本転がっていてほどよく酔いも回り、上機嫌に赤らんでいた。

聞くともなしに聞いていると、どうやら同業者であるとわかった。揃いの半纏にも見覚えがある。半纏の背中には丸の文字を背負っている。まずい席に座ったものだと今さらながら運の悪さを嘆いた。丸の文字は丸美屋という石屋のもので、吾一の白鳳堂とは商売敵である。主である宇平はなにかと白鳳堂忠兵衛を目の敵とし、嫌がらせのように普請（工事）を掻っ攫っていく。

「確かに石工ってのは生半可な男にはできねえ仕事だ」斜め向かいの男が言う。額の左に一寸ほどの傷がある。

「ちげえねえ。石工は命がけだ。石は重い上に固いときてる」と気持ちよさそうに吾一の隣の男が頷いた。

「だがな、その上をいく仕事があるってことを知ってるかい？」

「また、その話かい？」と吾一の向かいの男が聞き飽きたとばかりに顔を背けた。

「何度でも聴かせてやらあ」

「勇魚取と言いてえんだろ」

「そうよ。わしは安房勝山で突組におったんじゃ」

「わかった、わかった」

向かいの男が子供をあやすように言った。

「いや、わかっちゃいねえ。ここでもう一度はっきりさせてやらあ。勇魚取ってのはな、クジラを取ることよ」

「耳にタコができたぜ」

隣の男が顔を顰めたのが吾一にもわかった。

「そのタコ、酒の肴にしてやら。ほじくり出せ」と額に傷のある男は耳の穴を覗きこみ、箸を突っ込もうとした。その男の顔に吾一は見覚えがあった。四番船の水主であった伊ノ吉という男ではなかったか。額の傷が記憶の中で合致した。吾一は思わず顔を背けた。伊ノ吉の話は続いた。

「出漁するたび命がけだ。わしの仲間も何人も死んでおる。最も死人が多かったのは三年前の漁だ。権左と呼ばれるマッコウクジラを打ったときよ。マッコウというのは途轍もなくでかいクジラなんじゃが、権左はその中でも化物みたいにでかいんじゃ。それを取りゃあ村が潤うわけだ。当分は遊んで暮らせるってもんだが、簡単じゃねえ。ほんとうはこの権左には手を出してはいけなかったんじゃ」

「その話は初耳じゃな。なぜじゃ？」

「権左は、でかすぎてとても勝山の突組の手に負える相手じゃなかったんで、掟で禁じたわけよ。頭領の才覚ってものが物を言うんだが、不漁続きの焦りもあったんじゃな。そのときの頭領がいけなかった」

「掟を破ったんじゃな」

「村を潤（うるお）したいのはわかるが、手を出しちゃいけねえものにはなにがあっても手を出しちゃいけねえ。じゃがその頭領は打てと命を下したんじゃ。いわんこっちゃない。案の定返り討ちよ。船はひっくり返されるわ、巻き起こす波に人は飲み込まれるわ……おかげで頭領を含めて十二人の仲間が死んだ」

「下の者に頭領は選べねえから仕方がねえ」と向かいの男があきらめのように首を振った。

「頭領は重吉って名の男でな、わしは大嫌いじゃった。人遣いが荒いのなんのって、しかも下手なことを仕出かすと怖いのなんのって。萬銛っていう太い銛で小突き回されるんじゃ。何度殺されるかと思ったか知れん。これがそのときの傷じゃ」と額を指さした。「……それからは目を見ただけでキンタマが縮みあがったもんじゃ。今こうやって話をしてても縮んでおるわ。見せたろか」と伊ノ吉は股間を弄（まさぐ）った。

「見せんでええぞ。……だが、おっかねえ頭領は死んだんだろ。だったらいうことねえじゃねえか」

「だと思ったんだけどよ。その後の頭領が、これまたひどい奴でな。息のかかった者にはおいしい仕事を与え、わしみたいに余所から来た者には、ひでえ仕打ちをしやがる」

「じゃあ、前の方が良かったってことか？」

「どっちもどっちってとこか」

「で、逃げだしたってことか？」

「馬鹿野郎。命あっての物種だ。それからっていうもの、漁に出るたびに一人、また一人と海で死ぬんだ。怖くなっちまってよ。生きてるうちにズラかったわけよ」と大口を開けて笑ったが、その目と吾一の目がぶつかると伊ノ吉は刹那、硬直した。吾一は突き刺すような目で伊ノ吉を睨みつけた。

その場に居ると怒りを抑えきれなくなると思い、吾一は銭を卓の上に叩きつけると席を立った。店を出しな、後ろから男たちの声が聞こえた。

「なんじゃや。びっくりさせやがって。どこのどいつだ？　今度会ったらただじゃおかねえ」

紅葉屋へ入り、床へ横になるとシノが添い寝してくれたが、吾一の頭の中では一つの言葉が駆け巡っていた。「漁へ出るたびに、一人、また一人と死んでいく」とはどういうことであろうか。吾一が村を出たあとも突組のだれかが死んだことを意味する。聞き流したつもりであったが、忘れようとしても蘇る。一人また一人と……。

「どうしたんですかね吾一どん。なんだか上の空……」

シノは怪訝な顔で吾一の乳首を人差し指で突いた。

数日ののち、吾一は仕事を終え、いつものように寮をふらりと出て左門へ向かった。途中には伝通院を取り巻く森が控えており、一町（約百十メートル）ほど暗がりを歩くことになる。乾いた葉が風に吹かれて擦れ、一層寒々しい様子を奏でる。道沿いに一つとして灯はないが、足元はかろうじて月明かりに助けられた。

森の木々を通して前方から話し声が聞こえたかと思ったが、近づくと声は消え、木陰で様子を窺うような気配へと変わった。追剝かとの思いが掠めたが、ふと勘が働いた。この間の二人ではあるまいか？　それならちょうどいい。

道の右手の木陰に二人と左手に一人の影があった。三人ともひどく酔っているらしく、気配を隠し切れていないことに気づいていないどころか、酒の臭いを息遣いとともに吐き散らしている。「来たぞ、ぬかるんじゃねえぞ」と内輪話しているつもりらしいが筒抜けであった。吾一がちょうど、三人の間を通り抜けようとしたとき、右の木陰に身を隠していた一人が躍り出て殴りかかった。足元が危うい酔っ払いの拳をひょいと躱し、勢い余った相手の足を引っ掛けると前のめりに顔から地べたに落ちた。吾一はその男の頭を雪駄の足で踏みつけた。カエルを潰したときのような妙な声を出した。

すると、今度は左の木陰に身を隠していた男が飛び出してきて吾一に殴りかかった。その男もやはりおぼつかない足取りなので躱すのは造作もなく、背中をぽんと押すと草むらの中へか細い悲鳴とともに転がった。

最後の一人が飛びかかってきたところで吾一はその男の腕を掴んで後ろ手にねじあげ、髷を掴むとその顔を月明かりへと向けた。果たしてあの時、左門で会った伊ノ吉であった。

伊ノ吉は腕をねじ上げられながらも往生際悪く悪態をついた。

「いてててて、てめーこの野郎、なんだか気に入らねえんだよ。ふざけた面しやがって」というのはおそらくひどい目に遭わされた重吉に似ているからだろうと吾一は思った。

「伊ノ吉だな。ちょっとおまえさんに訊きたいことがある」

男は悲鳴ともつかぬ声を上げて伸びあがった。吾一は伊ノ吉の腕をねじ上げたまま、暗い道を通り抜けると、そのまま左門へと入った。そこでようやく腕を離すと「だれじゃおまえは。化けて出たんじゃなかろうな」と伊ノ吉は酒臭い息を吐き散らしてがなり立てた。

「座れ。なんでも奢ってやる」

「さっき、たらふく飲んだが、こうなったら吐くまで飲んでやらあ。磯納豆を付けてくれ」

酔って出て行った男がまた現れたので、主は狐に抓まれたような顔をしていた。

熱燗二本と磯納豆を二人前注文すると、伊ノ吉は吾一の顔をまじまじと見つめた。

「わしは重吉の倅（せがれ）の吾一じゃ」

伊ノ吉は口をあんぐりと開けたまま指を一本突き出してしばらく見つめたあと、

「じゃねえかと思ったんだ」と見え見えの嘘を吐いた。「最初、見たときはキンタマが喉まで縮み上がって口から飛び出すかと思ったぜ。しかしまあ、あの吾一がよくもまあ重吉頭領そっくりになったもんだ」

伊ノ吉の記憶の吾一は十歳から十五歳ころの、まだ、磯や船着き場を駆け回る姿のままである。

「人の頭を小突くのは父親ゆずりらしい。おまえさんが親父を恨んでいるのはわかっている。だが、わしの口から謝るなんてことはしねえ」

「恨んでなんかいねえ。とんでもねえ誤解だ」と伊ノ吉は顔をぶるぶる震わせた。

「先日、ここでそのようなことを言ってたはずじゃなかったか？」

伊ノ吉がちょっと言葉を濁し気まずそうに顔を伏せているところへ酒と磯納豆が運ばれ、二人はそれぞれ手酌で注いだ。

「その方が話は盛り上がるんでな、ちょっと吹いてみただけじゃ。悪く思わんでくれ」と伊ノ吉は照れくさそうに酒を呷った。「で、なんでい、訊きてえってのは」

「その話じゃ」吾一は尻を据えなおすと伊ノ吉に顔を寄せた。「茂吉どんが殺されたのは知っておる。わしが咎められて詮議を受けたからな。その後のことじゃ。漁に出るたびに一人また一人と死んだといったな」

伊ノ吉は記憶を探るように天井をぐるりと見渡し、「わしの目で見たわけじゃねえ。話を聞いただけじゃ」

吾一が、それでもいいと頷くと、伊ノ吉は記憶の底を浚う(さら)ようにしながら語った。

茂吉が殺されて十日ほどしてからのこと。頭領が文五郎に替わって、三度目の出漁での出来事であった。伊ノ吉は五番船の水主を務めていた。頭領が変われば三番船くらいには乗船できるかと期待したが、あてが外れ、ふてくされての出漁であった。

快晴であった。波も穏やかで、鯨漁には申し分ない日和であった。

しかし、相変わらずの不漁で、一日、船を走らせてもクジラの姿も噴き上がる潮も見えなかった。

そろそろ帰港の合図があるかと思ったころ、先頭の方で騒ぎが起こった。二番船が転覆したのである。あとで聞いた話によると横波を受けての転覆ということであったが、そのような波があったかどうか伊ノ吉に記憶はなかった。いくつかの波が重なって運悪く横方向から煽られることもあり、そのせいであろうと考えた。乗組員は海に投げ出され、仲間の船に大方助け上げられたが、水主の一人が行方不明となった。しばらく捜したが、結局、見つからず仕舞いに帰港したとのことであった。そのとき、行方知れずになったのは芳治（よしじ）という男であった。吾一には覚えがあった。真面目でおとなしい男だが、酒を飲むとやたら陽気になって踊り出す。桶を使っての裸踊りは宴の恒例となっていた。伊ノ吉の話は続いた。

さらに七日ほどして、同様の転覆事故が起こった。今度は三番船の水主が行方不明となった。そのときの死人は峰吉（みねきち）とのこと。さらに九日後にも同様の事故である。そのときは作蔵（さくぞう）。

あまりにも事故が続くので気味悪がる者が「権左に手を出した祟りじゃねえか」な

どど妙な噂を立て始めたほどで、神主を呼んでお祓いを受ける始末であったとのこと。

吾一は突組すべての名前を記憶しているわけではないが、茂吉を含めた四人のことはよく覚えていた。それは偶然であろうか？　刹那、閃き、偶然ではないとわかった。皆、重吉に近いところで漁を行っていた者たちである。

「死んだ者というのは権左を打ったとき、一番船と三番船に乗っていた者たちばかりじゃねえか」

伊ノ吉の、磯納豆をかきまぜる手が止まった。

「なるほどな。気がつかなかったが、確かにそうじゃ。なぜじゃろうか」

吾一は酒をちびりちびりとやりながら考えたが、酔いのせいか、とんと頭が回らなかった。

伊ノ吉が言い訳するように付けくわえた。

「重吉頭領には感謝しておるんじゃ。確かにおっかねえ頭領じゃったが、面倒見のいい、立派な男じゃった。あんな男になれたらええと本気で思っておった。ほんとじゃぞ」

吾一の心の痞えが一つ下りたような気がした。しかし、まだ痞えているものは無数にある。これらの痞えがすべて消えるのはまだ先のようじゃと思った。

そんなこと訊いてどうするんじゃと伊ノ吉が吾一の顔色を窺うように訊いた。どうする気もなかった。真相を暴くことが自分の役目ではないと吾一は己に言い聞かせた。

「どうもせん。ただの酒の肴じゃ」

## 発破

半年がたち、まだ六月だというのに真夏と見まごうような強い日差しが照りつけていた。吾一は段取り通りの石を切ると天を仰いで一息ついた。朝からセリ矢を打つこと数十本。厳しい日差しに負けてなるものかと精を出すも限度はある。ひと仕事終えると息苦しさを覚える。上からと下からの違いはあろうが、ウナギのかば焼きの気持ちはこんなもんじゃろかと考えた。吸筒の水を一息に飲み干す。あっという間に空になる。大声で水の手配を求めながら首に掛けた手拭いで額の汗を拭った。石を切ったあとは荒コブを取り、次は中ミシリ、その次は小ミシリと石の表面を平らに均していく。

次の作業である荒コブ取りに取りかかろうとしたとき、脳天を叩かれたような轟音が頭上から響いた。臼の底のような石切場に反響し、長くこだました。暑さに応えた脳天には一層響いた。

「今のはなんじゃ？　崩落ではなさそうじゃが」と普段はめったに驚きを表さない吾一が思わず驚愕の声を漏らした。

近くで矢穴を掘っていた万作が、驚いた様子の吾一に言った。

「新しい切り出しじゃろ。あれが発破じゃ」

「発破じゃと？」

いつの間にかそんな話になっていたらしいが、吾一は勝山での不審死のこと、シノのこと、あれやこれやに気を取られ、石切場での噂話が耳に入らなかった。

「なんも知らんのか？　火薬を使って一気に石を切り出す方法じゃ。地方で試されているようで、遅ればせながらここでもはじめたわけじゃ。矢穴よりも深い穴を開けてな、その穴に火薬を詰めてな、それに火薬をまぶした紐を差すんじゃと。それに火を付けると、中の火薬に燃え移って、ドカンという寸法じゃ。うまくいくかどうか試したんじゃろ」

万作は見上げながら首を傾げた。砂と煙が舞い上がってなにも見えなかった。

「わしゃ、あのような方法は嫌いじゃな。粋じゃねえ」と万作。

「石切りにも粋が必要かの？」

「あたりめえよ。なんでも早く、大量にってのは、わしゃ好かん。なに事も粋でねえとな。それが江戸っ子よ」

吾一はそのようなことを考えたことがなかった。効率よくできるに越したことはないと思っていた。どっちがいいのか考えねばと思った。

舞い上がった砂と煙がおさまると断崖が露わになった。しかし、石の崩れ方は、どう見ても粗く、しかも、売り物になる石が切り出せたようには見えなかった。瓦礫となって散乱しているだけであった。

「ありゃ、失敗じゃな。石が砕けただけじゃ。まだ当分は使い物にならんわ」と万作は失敗を、さも嬉しそうにせせら笑った。

発破を試していた発破組の四人が下りてきて、がなり合った。

「火薬の量が多すぎたんじゃな。あれじゃ吹っ飛ぶのはあたりまえじゃ。人まで吹っ飛ばんで幸いじゃったがな」

「そうじゃねえだろ。矢穴の位置が悪かったんじゃ。だから爆発の力が均等に伝わらなんだんじゃ」

「なにもかも悪いわ。わしが言ったろ」

「今さら言っても始まらねえよ。だいたい、一度だけの試し発破じゃ、なんもわからん。頭領に言って、もっと火薬を仕入れてもらわんと残った量じゃ二度目ができん」

人の不手際を罵りながら、埃を払いながら下りて来た。

吾一はなにを思ったのか、その中の一人に近づくなり「残った火薬を分けてくれんか」と詰め寄った。

「なんじゃと？　火薬を……じゃと？」と男は素っ頓狂な声を上げて目を剝いた。宇作吉であった。急遽作られた発破組の頭である。

「そうじゃ」と吾一は真顔でさらに詰め寄った。

「火薬はオモチャじゃねえ。おまえは玄翁を振っておればええんじゃ。他の組に口を出すんじゃねえ」

横で様子を見ていた鉄三が突き離そうとしたが吾一の体軀に逆に押し返される形となった。

「この残った火薬をどうするつもりじゃ」と宇作吉が興味を持ったらしく訊いた。

「それでこの石が切れんじゃろうかと、試したくなっただけじゃ」

「遊びじゃねえぞ」

「遊びのつもりはねえ。やってみねえとわからねえことがあるんじゃなかろうかと思っただけじゃ」

「わしゃ、運を天に任せるような切り方は嫌いじゃな。やめておけ。石工の名折れじゃ」と万作。

自分たちの仕事を否定されたとカチンと来たのか、宇作吉が「よし、くれてやる。やってみろ。どうせこれだけじゃ役に立たんでの。だが、なにが起こっても、わしらは知らんぞ。しかもなにも教えてやらん」と残った火薬を袋ごと吾一に押しつけると、発破組の連中は足早に建屋へ帰っていった。

吾一は火薬を見るのも扱うのもはじめてだった。受け取った袋の紐を解くと、中には黒い粉が一合ほど残っていた。吾一はその黒い粉を見て、貰ったはいいが、さてどうしたものかと今さらながら戸惑った。

「わしゃしらんぞ」と万作は煙草を吸い始め、「わしの近くに寄るとドカンといくぞ」と黄色い歯をむき出して脅した。

「火を付けなきゃええんじゃろ」

とりあえず俄知識をかき集めて思うようにやってみようと思った。まずは矢穴に火薬を詰めてみる。

「わしの石に詰めるのか」

万作が驚いた様子で雁首で傍の石を叩いた。

「これで一気に切れたらめっけもんじゃろ」

「そうじゃが、……わしは止めたことにしといてくれ。暇を出された日にゃ、家族ともども路頭に迷うでな。一家で飢え死にはまっぴらごめんじゃ」

やはり気になるのか、発破組が腕組みをしながら遠巻きに見ている。その視線を気にしながら吾一は袋の火薬を矢穴に注いでみた。

直径約一寸（約三センチ）、深さ一尺（約三十センチ）ほどの矢穴の半分ほどまで火薬を詰めたが、さて次にどうすればいいのかわからない。

「どうするんじゃ？　ここに煙草の火でも落とせばいいのかの？」

額に脂汗を滲ませる吾一を見かねて万作が口を出した。

「駄目じゃ。おまえはなにもわかっておらんな。と言うわしもわからんが……連中が話してたのを聞いたには、固く押さえるんじゃ。そして蓋をするんじゃ。多分……」

「押さえるのか……テコ棒を取ってくれ。それで押さえてみる」

テコ棒とは大きな石を動かすときの鉄の棒である。長さは五尺（約一・五メートル）ほど、目方は二貫目（約八キロ）ほどある。

吾一はテコ棒を受け取ると、それを穴の中に突っ込み、入れた火薬を押し始めた。矢穴の中で火薬が固く締まっていくのがわかった。

「なるほど、こういうことか」と吾一はにやりと笑みが零れた。

発破組の連中がなにやらわめきながら駆けて来るが、今さら、火薬を返せと言われても困るわけで、そのまま更に強く押さえた。

「こんなもんでええじゃろか？　おまけじゃ」と最後のひと押しをしたところで轟音とともに衝撃があった。

吾一は石の上から二間（約三・六メートル）ほども吹き飛ばされ、したたかに背中と腰を打ちつけた。手に握っていたテコ棒が煙とともに消えていた。手は感覚がなくなるほどじんじんと痺れ、頭の中では金属音が止めどなく響き渡っていた。耳が吹き飛ばされたかと思ったが、幸いにも耳は付いていた。

「なにがどうなったんじゃ？」

万作が耳を押さえてひっくり返っていた。

「馬鹿野郎。暴発したんじゃ。強く押さえすぎじゃ」

宇作吉が額に青筋を立てて怒鳴った。

だが吾一にはその声は聞こえなかった。鯉が餌をねだるように口をパクパクさせるのを見ただけだった。

「なんも聞こえん。声を出して喋ってくれんか」

耳が使い物にならなくなっていた。しかも、吹き飛ばされた石の破片が額を切り裂いたらしく、額から血が流れて顎から滴っていた。

発破組の連中が馬鹿野郎とか未熟者とか罵る声が、聞こえなかったのを幸いとし、素知らぬ顔を決め込んだ。耳の奥に痛みが残るものの聞こえるようになったのは半時（約一時間）もしてからのことである。

額の血止めをし、包帯を巻いた吾一は現場に戻ると、あらためて暴発の様子を思い起こしてみた。

「なぜ暴発したんじゃ？　火は付けておらんぞ」

「おまえは火薬のことがなにもわかっちゃいねえ。これに懲りて二度と悪さをするんじゃねえぞ。命があったのは儲けものだ。下手してたら身体が細切れになって散らばっておったぞ」

宇作吉がまだまだ言い足りないとばかりに説教を叩きつける。

痛い目に遭い、屈辱に苛まれ、冷静になってからふと気がついた。

「わしのテコ棒がなくなっておる。わしの手の中にあったはずじゃ……なぜ消えたんじゃ？」

一瞬にして煙とともに手から消えたように思えた。辺りを見回しても見当たらぬ。火薬はテコ棒まで消してしまうのかとさらに辺りを見回してみると、切り出し山の崖の中腹にそれらしきものが引っかかっているのが見えた。引っかかっているというより、テコ棒は岩肌に突き刺さっていた。

「あんなところに突き刺さっておるが……あれがわしの手の中にあったテコ棒か？」

吾一にとってそれは衝撃であった。暴発のあった現場からテコ棒の場所までは優に一町（約百十メートル）はある。吾一は目を瞠った。

山を登り、岩肌を這い上がって確かめてみると、間違いなく吾一のテコ棒で、ちゃんと名も刻んである。だが、抜こうにも簡単に抜けぬ。ぶら下がるようにしてようやく引き抜いた。手にとってまじまじと見た。火薬の臭いが鼻を突いた。

吾一の中で何かが閃いたような気がした。いや、確かに何かが閃いた。使えるかも知れん。

一月の間、悶々とする日々が続いた。今になって寺子屋へ通っておけばよかったと腹の底から思っていた。しかし、通っていたからと言って、これぱかりは解決できたかはわからない。

火薬を思うように使うにはどうすればいいんじゃ？　閃きをはっきりとした形にするためにはどうしたらいいものかと頭の中で疑問や知識を攪拌しながら夜道を歩いていた。

そこまで来て、いつもと雰囲気がちがうことに気づいた。暗がりのはずがところどころ提灯が下がり、人通りもことのほか多い。しばらく歩くと面を売る店、金魚屋、そば屋、射的などの出店が通りを飾っていた。どこからか太鼓や笛の音が風とともに漂ってくる。

「今日は祭りか……」とひとりごちた。

煩わしいところへ足を踏み入れたようである。足早に通り過ぎようとしたとき、通りの真ん中に立ちはだかる者がいた。埃に塗れた法衣を纏った坊主であった。坊主は網代笠を目深にかぶり、吾一が右へ行こうとすると右へ、左へ行こうとすると左へと道を遮る。以前のように喧嘩を吹っかけられたかと思った。すると網代笠の下に覗く口元から歯が零れ、笑い声が漏れた。聞き覚えのある声に吾一が笠の中を覗きこむと、案の定、見覚えのある顔がだらしなく笑っていた。笠を上げると坊主は身を捩って笑ったが、一転、神妙な声で答えた。

「和助じゃ。覚えておるか？　今は六念と名乗っておる。なぜ坊主かと訊きたいんじゃろ？　それを語るにはここでは場所不足じゃ。とりあえず、再会の杯でも酌み交わそうではないか」

和助は獲物を仕留めたとばかりのうすら笑いを浮かべると吾一の背中を押した。

知ってか知らずか、和助は吾一を左門へと押し込んだ。実のところ和助は托鉢の最中、たびたび吾一の姿を見て、あとをつけ、ここが行きつけの居酒屋であることを知って待ち伏せたのであった。

「ええか、拙僧は修行の身で金がない。わかっておるな？」

「わからんが？」

「おまえさんは相変わらず鈍い男じゃな。奢れということじゃ。それが功徳というもんじゃ。おまえさんだって極楽へ行きたいじゃろ。坊主に恩を売っておくとよいことがあるぞ」

吾一が了承の態を示したことで和助は「よし」と言うと手を打った。「オヤジ、酒を四本と田楽と刺身を二人前たのむ」と言うと、ようやく目を吾一へと向けた。「しかし、何年ぶりかの？　四年になろうかの」

「三年と半じゃ」

「元気そうでなによりじゃ。しかし、立派になったのお。見違えたぞ」と本心かどうかわからぬがまくし立てた。徳利が運ばれると早速、手酌で飲み始めた。

「五臓六腑どころではないな。全身、津々浦々まで沁みわたるな」

「お櫃の飯を掻っ攫って逃げたじゃろ。皆、ひどく怒っておったぞ」

「これはうまい。うまいぞ。下りものには目がないんじゃ」

　吾一は、和助の、やつれた髭面が紅潮していく様子を冷めた目で見ていた。

「言っておくが、これは酒ではない。般若湯じゃ。ありがたやありがたや」といいながらあっという間に一本を飲みほした。

　あえて訊いたわけではないが勝手に喋り始めた和助によると、今から三年半前、白鳳堂の寮から夜逃げしたあと、五か月ばかり乞食同然の暮らしをしたという。二月も半ばの極寒の夜、寒さに耐え切れず潜り込んだ城念寺という古寺の縁の下、そこで一夜を過ごそうとしたとのこと。しかし、やはり寒さのあまり眠るどころではなく意識が朦朧とする中、耐え忍んでいた丑三つ時、不穏な動きを察知したのであった。怪しい人影が垣根を越えて境内に忍び込んできた。和助はぴんと来た。寺の仏像や仏具を盗みに入ろうとする賊であることに。

　和助は目を凝らすと、様々な算段を頭の中で素早く巡らせた。とりあえずその影を追うことにした。和助は、賊に恩を売るか、寺に恩を売るかの決心がつかぬうちに賊は本堂へ入ると、内陣の周りをごそごそ物色し始めた。

　さてとさてと。和助が思案に暮れていると、そこへ運良くか運悪くか、住職が厠へ起きてきて賊と鉢合わせした。住職は八十を過ぎた齢であるからあっという間にねじ伏せられ、帯紐で後ろ手に縛り上げられた。このまま寒夜に放って置かれれば住職は命を落としかねない。和助はその瞬間に付け入る算段を決めた。和助は様子を障子の隙間から覗い、なんとかせねばと、賊が出てきたところへ足を引っ掛けて転ばせた。すると、賊は本堂の階段を転げ落ちて地べたにしたたか頭を打ち付けると昏倒した。その手足を帯紐で素早く縛り上げたのち、住職を助けたという次第であった。

　助けられた住職は当然のように和助に問うた。

「おまえさんはいったいだれじゃ。なぜにそのようなところにおったのか」と。

　和助は住職にこのように言った。

「わしは遠州から仕事を求めて江戸へ来たんじゃが、先日、旅籠で寝ておったら枕元にお釈迦さまが立たれてな、明日の深夜、不逞の輩がここ城念寺に押し入る。住職はもう年だから、なにかあると一大事であるから、おまえがそこに潜んでいて助けてやってくれぬかと言われたんじゃ」と思いつくままホラを吹いてみた。

しかし、住職はその話を真に受けて感涙に噎んだとのこと。吾一は呆れて噎んだ。

「おまえは、よくそんな話をわしにするもんじゃな」

「わしはおまえさんだから話すんじゃ。内緒の話じゃ。おまえさんには嘘はつきとうない」

「おまえさんはわしに無い物を仰山持っておる。そのような男は信用できる」と和助はにんまりして見せた。

「信用されても困るがの」と吾一は酒を舐めつつ顔を顰めた。

和助は、十日、二十日と城念寺で世話になり、そしてまた住職に、「昨夜、お釈迦様が夢枕に立たれてな、この先、寺のことを考えると心配でならぬ。住職はもう年だ。おまえが住職のあとを継いではどうか、と言われたんじゃが……わしは僧侶の修行というものをしたことがないし、とんと困っておるんじゃが」と顔を掻き掻き再びホラを吹いてみた。

後継者のいない住職は、お釈迦さまが推してくださる人物であれば間違いないと一も二もなく飛びついた。

　和助は経も読めるし、それなりの学もある。口もうまいし機転も利く。ないのは根気だけである。最も大事な物が欠けていると言えばそうかもしれないが、住職にはそんなことはわからない。お釈迦さまの思し召しとあれば……という経緯で城念寺へと潜り込んだはいいが、本心では和助に僧侶になろうなどという気はさらさらない。嫌になればとっとと姿を暗ますつもりでいたのだがなぜか居心地がよく、知らぬ間に三年がたったという。三年ひとところに腰を据えたことのない和助は、ひょっとすると僧侶に向いているのではないかと思い始めているとのこと。

「どうでもいい話じゃ」と吾一は呆れながら聞いていたが、そこでふと先日の石切場での暴発を思い出して和助に訊いてみた。

　概要を掻い摘んで話した。

「身の丈ほどもあるテコ棒がわしの手からすっぽ抜けて一町も飛んでいったんじゃ」

「ほう、それで」と、さも当然でもあるかのごとくの顔で和助は田楽にかぶりつい た。「あたりまえじゃ。それは鉄砲と同じ理屈じゃ。ええか、よく聞け。無鉄砲男よ」

「だれが無鉄砲男じゃ？」

「火薬というのは火を付ければ一瞬にして四方八方に嵩を広げるんじゃ。火薬の、一瞬にして広がる力、これを爆発という。鉄砲というのは、この爆発の力を一方向へ集中させて、その力で弾を弾き飛ばすんじゃ。矢穴が砲身の代わりをし、テコ棒が弾の代わりをしたというわけじゃ。無鉄砲男よ。わかったか」

「わしがもっとしっかりと握っておったら、わしも一緒に飛んでいったじゃろうか？」

「ああ、半町（約五十メートル）くらいはおまえさんも飛んだじゃろ。飛べばよかったんじゃ」と和助はからかった。もちろん人をそこまで飛ばすことも、吹っ飛ぶテコ棒を握っていることも、到底無理な話である。

「そんなに力があるものか？」

「花火を知っておるよな。線香花火のことじゃないぞ、夜空に上がる打ち上げ花火のことじゃ。あの玉は大きなものでは直径が一尺ある。目方は二貫（約八キロ）ある。それを八十丈（約二百四十メートル）の高さまで打ち上げるんじゃ。人の力の何百倍もの力で打ち上げるんじゃ」と己の力を自慢するかのように和助は興奮して泡を飛ばした。「だがな、気をつけんといかんのは、力が大きすぎて使い方を誤ると人が吹っ飛ぶということじゃ。わしは吹き飛んで細切れになった死骸を何度も見た。そりゃ見事に細切れじゃからの、細切れの死骸は箒で掻き集めるんじゃ。その後は箒が臭そうなって使いもんにならん」とマグロの刺身を一切れ口へ放りこんだ。

「火薬の使い方ってなんじゃな？」

吾一は和助と目を合わせずそれとなく訊いてみたが、そこに下心があることを和助は見通していた。

「そんなこと訊いてどうするんじゃ？」

「そんなことはおまえに関係ないわ」

「じゃあ教えられん」と言いつつも、和助には大方の察しはついていた。「おまえ、まだ権左を討つ気でおるのか？　あきらめておらんのか？」

「あたりまえじゃ。討たねば死んでも死にきれん」

「死にきれなんだらわしが引導を渡してやる」

「わしはどうしても知りたいんじゃ。頼む」

吾一は滅多にない頭を下げた。

「どうあっても教えられん」と和助は言わんと言ったら言わんのじゃとばかりに口をへの字に噤んだ。

「固く口を結べば酒は飲めんし、食い物も食えん。飲み食うためにはほどほどにしたほうがええ」

「うまいこと言うのお。じゃが、わしの場合、食う口と喋る口は別での。生憎じゃったな」

「おまえ、わしの家で飯を食ったじゃろ。あったかい布団で寝たじゃろ。風呂へも入ったじゃろ。一宿一飯の恩義があるじゃろ。他にもあるぞ。わしのおっ母の尻を触ったじゃろ、わし知っとるぞ」

「そんなことを、ここで持ち出すか」

「持ち出してなにが悪い。そんな薄情で煩悩の塊のような男が仏の道じゃと？　向いておるじゃと？　笑わせるな。スケベの薄情者めが。江戸中に言いふらしてやる。瓦版にしてばら撒いてやるわ」

「おまえさんは意外と手段を選ばん男じゃのう。おまえという男がようわからんようになったわ」

和助は唇を噛んで苦々しく吾一を睨んだが、この男がここまでして知りたいというのであればよほどの決意であろうと、弱みを握られたせいではなく、教えてもよかろうかと思った。和助の決意とは所詮この程度のもの。己のためなら呆気なく崩れるようで、軽薄な和助の性格を如実に表していた。

「しかたがないのぉ。ちょっとだけ教えてやるわ」

吾一はにやりと上目遣いで和助を見た。

「火薬というのは火を付けんでも、手荒な扱いをするだけで爆発する。たとえば、強くぶつけたり、擦ったりしただけでもな。おまえさんの手からテコ棒が飛んでいったのも、おそらく穴の中で火薬を強く押しつけたときに同じことが起こったんじゃろ」

「物を飛ばすにはどうしたらええんじゃ？」

吾一はさらに突っ込んで訊いた。

「大事なのは砲身の強さじゃ。華奢な物じゃとそれ自体が吹っ飛んでしまう。花火を打ち上げるときでも、ときどき筒が吹っ飛ぶことがある」

「石で作ればええんじゃろ」

「駄目じゃ」

「なぜじゃ。あのときは石だったからテコ棒の方が飛んでいったんじゃろ」

「その石はどれほどの大きさの石なんじゃ？」

「そうじゃな。縦横六尺（一・八メートル）、高さ三尺（九十センチ）というところか」

「それだけ大きな石なら問題はないかもしれんが、そんな石は簡単に運べんじゃろ」

「小さくしたら吹っ飛ぶか？」

「石は適してないということじゃ。粘りがないんじゃ。石は固いように見えても、人の力で簡単に割れる。やっぱり鉄砲のように鉄で作らんと駄目じゃな。ということは石工のおまえには無理ということじゃ。あきらめい」

和助は吾一の顔を見ながら不敵な笑みを浮かべて酒を呷(あお)ると田楽をもうひと皿注文した。

「火薬はどうすれば手に入るんじゃ？　ウチでは管理が厳しくて持ち出すことができん。ちょっとくらいならくすねられそうじゃが、そんなちょっとでは用をなさん」

和助は口に含んだ酒を思わず吐き出し、零れた酒を手に受け止めてもったいない無いとばかりに啜った。

「わしゃ本気じゃ。あたりまえじゃ。冗談で、只酒飲ますわけがなかろう」

「だったら石屋の伝(つて)があるじゃろ。親方に頼んで問屋から買ってもらえばよかろう」

「なんといって仕入れてもらうんじゃ？　わしは石を切りたいわけじゃねえ。無理じゃ」

「頼み込んで発破組に加えてもらえばよかろう。そこで少しずつくすねればいずれ山となろう」

「無理じゃ。この間のことでもう嫌われておる」

「だったら火薬など簡単には手に入らん」

「どうすりゃええんじゃ？」

「闇で買うしかないじゃろ」

「それも無理じゃ。もう訊いてみたんじゃ。すると一貫（約四キロ）三十両と抜かしやがった」

　吾一の給金は年十五両である。二年分となる。

「三十両とは法外な。もしそれで売れるんなら、すぐにでも鞍替えするわ……しかし、一貫目も必要なのか？」

「それでも足りんかも知れん。何度も試し撃ちをせんといかん。どうすりゃええんじゃ？」

「そこまでは面倒見きれん」

「薄情じゃのう。人が真剣に苦しんでおるのに」

「おまえのためを思って言っておるのじゃ」

　ここで、教えろ、教えん、教えろ、教えんと永遠に続くかのような問答が繰り返されたが、吾一が腹を煮やして立ち上がった。

「飲み食いした分は自分で払うのが道理じゃ。わしゃ知らん。もう二度と会うことはなかろう。わしは帰る。達者でな」

和助の濁った目が皿のように大きくなった。途端にせっかくの酔いも吹き飛んでしまったようであった。

吾一は店の主に「わしの分だけ勘定してくれ」と声をかける。

「本気かの？」と猪口を手にしたまま固まる和助。

吾一が勘定を払って出ようとしたとき、予想通りの言葉が投げかけられた。

「待て待て、ちょっと座れ。いいから座れ。おまえはすぐに熱くなるからのお」と和助が駄々を捏ねる子供をあやすように手招いた。

「手に入らなければ、自分で作ればええ。かなり安くすむ。まあ座れ」

和助も己の口の軽さに嫌気が差してきた。生きるためには仕方がないことで、仏様も許してくださるに違いないと自分を慰めた。

「どうやって作るんじゃ？」

「そこまでは面倒見切れん」

「おまえ知っておるんじゃろ。花火師の修行しておったとゆうたじゃないか」

「ええか？　花火師にとって火薬の調合は秘伝中の秘伝じゃ。簡単には教えられんのじゃ」

「知らんのか？」

「知っておるわ、知っておるが秘伝なんじゃ」

「いや、おまえは知らんのじゃ。知らんからそのようにごまかしておるんじゃ」

「固く口止めされておる」

「おまえ、花火師を破門されたんじゃろ。だったらええじゃないか。教えるになにを躊躇(ためら)う」

「いくら破門されたとは言え、一度は世話になったんじゃ……」

「おまえ、わしのおっ母のこと好きじゃろ」

和助は口に含んだ酒を吹き出し、あたふたすると声が裏返った。

「なにを言っておるんじゃ？」

「わしは知っておるぞ。おまえがわしのおっ母を見る目はちょっと違っておった。おっ母は親父が死んで寂しがっておる。今なら、おっ母に手を出してもわしはなにも言わん。それどころかわしはおまえに感謝するかもしれん」

和助の目が吾一の目を捉えた。今の言葉に嘘偽(うそいつわ)りはないなとの確認の意味を含めて、しっかと目を捉えた。

「そこまで思いつめているのなら人助けと思って教えてしんぜよう。これも仏の道じゃろう。だが、口で説明しても一度では覚えられんじゃろ。わしが書面に認(したた)めてやる。だが、秘伝であることを忘れるな。三日後にここで待っておれ。そして酒をたらふく飲ませ。よいか、わかったか？　わかったのなら今日は金を払ってさっさと帰れ」

吾一はしめたとばかりに力を込めて頷いた。手段はどうあれ、権左に一歩近づいたような気がした。権左に銛を打ち込む夢を何度も見たが、手元には霞（かすみ）がかかっていた。具体的な方策はいまだ霞の中であったが。

約束の期日に吾一が左門へやって来ると、既に和助は田楽とドジョウの味噌煮を肴に手酌で酒を呷り、いい具合に赤らんでいた。

「来なかったらどうしようかとはらはらしたぞ」

「そんな風には見えんがの。飲み逃げ食い逃げはお手のものじゃろ」

店の奥から店主が和助を睨（にら）んでいた。

「人聞きの悪いことは小さな声で言うもんじゃ。ちょっとは気を利かさんか」

席に着くなり「どうじゃ」と吾一が訊くと、和助は懐から小さく折りたたまれた紙を出して広げて見せた。絵を配してびっしりと文字が書き込んであった。入念に精査されたようで、手垢と汗に塗（まみ）れ、悪臭さえ漂いそうであった。

「わしが幾晩もかけて書き上げた秘伝中の秘伝じゃ。売れば高く売れるかも知れん

が、恩ある吾一だけにこれを授けようと思う……ところで吾一、大事なことを訊く

が、おまえさん字は読めるんじゃろうな。寺子屋へは通っておったんじゃろうな」

吾一は返答に詰まったが悟られぬよう取り繕った。銛の稽古ばかりしていて通った

といえるほど通っていない。かなと簡単な漢字くらいは読めるが……。

「間違えると大変なことになるぞ。命がなくなるぞ」

「そんなことは承知のうえじゃ」と吾一は紙に目を落とした。だが、そこに書かれた

文字を見て全身が固まった。ほとんどが漢字で記されており、読める文字の方が少な

い。

「ちょっと訊くが、ここに書かれておる文字は世間の者は普通に読めるものかの？」

和助は小首を傾げ、ちょっと悩むような顔を見せたが真顔で答えた。

「難しい文字もあろうが、あらかた読めんこともないと思う。わしも寺子屋で勉強し

ただけじゃ。もちろん修行中に覚えた言葉もあるが。おまえには無理か？」

「無理じゃないが、いくつかわからん文字があるんじゃが」

「どれじゃ？」と和助が酒臭い息を吐きながら覗きこんだ。

吾一は一つを指さした。

「それは火薬と読むんじゃ」

「これをカヤクと読むか……次のこれは？」

「それは木炭と読むんじゃ。……次のは硝石じゃ。……これは硫黄じゃが……おまえさんが訊きたいのは、おそらく漢字全部ということかの。わしにはそう思えてしかたがないのじゃが」

「そうではないが、簡単に言えばそのほうが手っ取り早いわ」と吾一の真顔が和助に向けられた。

「笑えんがの。ここは冗談を言う段ではないがの」

「笑わそうとは思うておらんがの」

「ここに書かれていることの九分は読めんということじゃろ」

「そういうことになるかの」と吾一は無表情で答えた。

「なぜ見栄を張った？」

「見栄など張っておらん。文字のことなど聞かれておらん」

和助は吾一から紙を奪い取ると「無理じゃ。そんなんじゃ火薬など作れん。しかも火薬だけ作っても駄目じゃろ。おまえは砲筒まで作りたいんじゃろ。おまえの腹は読めとる」

吾一は再び和助から紙を奪い取った。

「無理なことなどあるものか。わしはやると決めたらやるんじゃ。だいたい、こんな面倒な手筈は性に合わん。口で説明せい。わしが一度聞いて覚えたる」

「そんなに賢い者なら、寺子屋でも苦労はせんかったじゃろう」

吾一はいちいちもっともじゃと思った。口では和助には生涯勝てそうにないと思った。幸吉といい、和助といい、どうしてわしの周りにはこんな奴ばかりが寄ってくるのかと不運を嘆きたくなった。しかし、ここで引き下がることはできぬ。

「いいから、とっとと説明せい。さもなきゃわしは帰るぞ」

脅しにも似た吾一の言葉に酒の勢いも手伝って渋々ではあるが和助は話し始めた。話し始めれば止めさせるのに難儀するくらいの男であるから都合はよい。

「火薬の主な原料は三つじゃ。一つ目は木炭、二つ目は硫黄、三つ目は硝石じゃ。一つ目の木炭というのは炭のことじゃ。木を燃やせば炭になる。ヤマツツジ、キリ、サワラの木を焼いたものがいいというが、どんな木を炭にすればいいかは相性があるので一概には言えん」

「木炭、硫黄、硝石じゃな。ふん。続けろ」

吾一は和助の目を見据えながら時折、復唱しながら聞いた。

「二つ目の硫黄じゃが、これは黄色くて臭い。屁のような匂いがする黄色い塊じゃ。

温泉場に行けばいくらでもある。そんなとこへ行かんでも薬問屋あたりを探せば金に困っておるところなら売ってくれるじゃろ。ただし火薬を作るなんてことを正直に言えばお上に垂れ込まれんともかぎらんから気をつけんといかん。風呂に入れて温泉気分を味わいたいとでも言えばええ。そして三つ目じゃ。これが厄介じゃな」

「厄介とはどういう意味じゃ？」

「硝石は簡単には手に入らん貴重なものじゃ」

「花火師はどうしておる？」

「金がある者は外国から買い入れる。じゃが高いわ。で、金がない者はどうするかと言えば、自分で作るんじゃ」

「どのようにしてじゃ。もったいぶらんとちゃっちゃと話さんか」

焦るでないとでもいいたげに和助は酒を注ぐと喉を潤した。

和助の説明によれば、まず、雨のかからない納屋とか縁の下を選んで、魚、豚、鶏、牛、なんでもいいのでこれらを腐らせる。これに藁を焼いて作った灰を振りかけ、放置する。ときどき、牛馬の糞尿をかけるとのこと。

「そんなことなら造作もないわ」

吾一は笑みを零した。簡単には手に入らぬものと聞いたのでどれほど厄介な代物かと気も漫ろであったが、材料にしても簡単に手に入るものばかりで、手間も大してかからぬものと知って拍子抜けした。

「そうか。じゃあやってみるといい。そうそう、牛馬の糞尿は月に一回くらいの割で繰り返しかけるんじゃぞ。すると四年から五年で白い石のようなものができる。これが硝石じゃ」

和助は笑いを堪えるのに必死であった。飲んだ酒を吹きだしそうになり、慌てて口に手を当てた。

「馬鹿にしとるか？」

吾一は拳を握ると椅子を蹴倒してがなり立てた。

「なぜわしがおまえさんを馬鹿にするんじゃ？　作り方を教えてくれと言われたから教えたまでじゃ。わしはおまえの頼みをすべて叶えたぞ。それでも文句あるのか？できるかできんかはおまえさん次第じゃ。己の夢に四年や五年をかけることなぞ造作もないことじゃと思うがな。一生を捧げる者も珍しくはなかろうに」

笑いの余韻を残しながら和助は平然と言った。

吾一はぐうの音も出ず、奥歯を嚙みしめて睨むばかりであった。坊主を地獄へ落とす方法は無いものかと考えた。権左を討ったあと、じっくり考えようと思った。

気をつけねばならんのは、木炭十五、硝石七十五、硫黄十の割で混ぜること。薬研で細かく挽き、均等に混ぜ合わせねばならぬ。その際に発火、爆発もしばしば起きるとのこと。

「いいか、火薬を作ればお上から目をつけられる。本来なら火薬を扱うには御免状が必要となるんじゃ。十分に気を付けることじゃ。お上は武器や火薬、アヘンの取り締まりにはことのほか厳しいからの」

和助の忠告が吾一の耳に入ったかどうかは定かではなかった。

しかし、硝石を作るには、四年から五年もの歳月を費やさねばならぬとは、それには吾一も驚きを隠せなかった。悠長に構えることなどできないが、それ以外の手段は、今の吾一にはない。しかも、難題はそれだけではない。火薬をどう生かすか……。山脈のように連なる山の向こう、遥か遠くに嘲るように潮を噴く権左の姿があった。

玄翁を振り上げ、セリ矢の頭へと振り下ろすが、狙いを外して石を砕いた。砕けた石が四方へと飛び散った。

「こら吾一、なにをやっておる。何度目じゃ？　最近、仕事に身が入っておらんぞ」

たびたびセリ矢を外す吾一を見かねた万作が一喝した。人に言われずともわかっている。身が入っていないことは吾一自身が一番わかっている。しかし、これぱかりはどうにもならぬことであった。吾一が見ていたのは目の前にあるセリ矢ではなかった。

「岡場所の女に惚れたか？」と万作はからかいを入れる。

「そんなんじゃないですわ。ちょっと……」と吾一は顔を曇らせた。

「ちょっとなんじゃ？　出かけたんなら言うてみい」

聞いても無駄と思ったが、ひょっとするという一縷の期待もあった。

「……万作どん。腐った肉に小便かけるとなにができるか知っておるかの？」

「なんじゃそれは？　食いもんか？　わしはそんなもん食いたかねえがな」と万作は笑う。

「そうじゃな。わしもじゃ」と吾一は頬を引きつらせた。

万作は怪訝な顔を貼り付けて吾一を見ていた。

打開できぬものかと学がありそうな者、そうでない者にもそれとなく訊いてみるが、硝石すら知らない者がほとんどである。ましてやその作り方など訊くだけ無駄というものである。「ショウセキ？　食いモンか？　うまいんか？」とこんな感じに返されるのがオチである。

だが、なにをしていても硝石のことが吾一の頭を離れることはなかった。飯を食っていても、風呂に入っていても、厠（かわや）で力んでいても……厠？　ひょっとすると硝石がこの下にあるかも知れんと厠の下を覗いてみるが臭いだけで、あろうはずはない。そんなところにあれば、わざわざ高い銭を出して外国から買う必要はなかろう。己の浅はかさに呆れたが、呆れつつ苛立ちは募るばかりであった。

頭領の善吉に火薬を調達できないかと駄目元で掛け合ってみたが「石を割ろうとした話は聞いたが、おまえにそんなことは命じておらんぞ。火薬はおもちゃじゃねえ。遊びはおしまいじゃ。己の仕事に精をださねえか」とけんもほろろに突っぱねられた。予想はしていたことであるが、無性に腹が立って収まらなかった。強くもない酒を一升ほど飲んで、その日は不貞寝（ふてね）した。翌日は二日酔いで仕事にならなかった。

二日酔いはその後、何日も続いた。正しくは、二日酔いではなく、それに付随（ふずい）するもののようで、思い通りにならぬ腹の底に溜まった苛立ちであった。

## 硝石

紅葉屋へ来てシノの傍らでごろりと横になるだけで一言も喋らないまま天井を見つめて一夜を過ごすこともあった。酒をちびりちびりと舐めながら硯蓋（ちょっとした料理）を突っつく。しかし、シノは不平を言うわけでもなく添い寝しながら吾一の横顔を嬉しそうに見ていた。若さと自由を謳歌し、己の夢に突き進む吾一は不自由な身の上の寄りどころとなっていた。

「お酒が冷めてしまいましたね。温めなおしてきますね」とシノが立ち上がろうとしたが、「いや、いい」と吾一はシノを抱き寄せると両の腕で抱え込んだ。

「考えごとですか？　考えたり、悩んだりすることは大事なことですが。ひとりで考えたり悩んだりするより二人で考えたり悩んだりする方が近道かもしれませんよ」

そのやさしい気遣いが嬉しくもあり、また滑稽でもあり、思わず笑みが込み上げた。硝石をどのようにして手に入れるかを岡場所女郎のシノに相談したところでどうなるわけでもない。気取りのないシノの顔を見てその可愛さが愛おしくて堪らなかった。

「おまえに相談なんかできねえよ。台無しになっちまう」

「わたしを馬鹿にしてますね」

「そんなんじゃねえよ。おまえとは縁もゆかりもねえことなんだよ。だから……」

「そんなことわからないじゃないですか。言ってみないと」

シノが不満を露わにしたのははじめてであった。吾一は驚きとともに、意外な一面を見て嬉しくもあり、もう少しからかってやりたい気持ちになった。

「わたしは身体を売るしかできない女だと思っておいでですか？　そりゃ、聞いてみてもなんの相談にものれないかもしれませんが、そんな風に思われていたんなら……」とシノは悲しそうにそっぽを向いた。

「そんな風には思ってねえが、これぱっかりはな……」

「そうですか」と立つと、「今日は一人寝でどうぞ」と部屋を出て行こうとする。

「わかった。そこまで言うのならおまえの身体に訊いてやるよ」と部屋を出ようとするシノを引き倒すと覆いかぶさった。そして首元に接吻しながら、「実はな、今どうしようかと悩んでいるのは火薬のことなんだ」

「火薬？　鉄砲や大筒に使う火薬のことですか？」

「その火薬のことだ」

「これまた物騒な」

「そうよ、物騒よ。だが、なにも世間を騒がそうとしてるわけではねえ。それは信じてくれ」

「へえ、それは信じておりますよ。吾一どんがそのようなことを企むお人でないことはよく存じ上げております」とシノはゆるやかに頷いた。

「クジラを打つ道具に使いてえんだが、火薬がどうしても手に入らねえ。買おうにも足元見られて法外な値段を吹っかけられる。とてもじゃねえがそんな金は用意できねえ。で、自分で作ろうかと考えているんだが、材料が手に入らねえ。だから悩んでいるんだ。そういうことだ。いい方法があったら相談に乗ってくれねえか、シノ」と首筋から乳首へと這い舐めたところでシノが言った。

「つまり、どうしたら硝石を手に入れられるかってことですね」とシノはいとも簡単に言ってのけた。吾一は耳を疑い飛び起きた。まさかシノの口から硝石という言葉が出るとは思ってもいなかった。ひょっとすると自分だけが知らなかったことなのかとさえ思った。だが、そうではないはずである。吾一の周りの者の口からは聞かれなかった言葉である。

わしの周りの者は馬鹿者ばかりじゃろうか？　火薬の製法が秘伝中の秘伝という和助の言葉は嘘であったのか、やはりあいつはホラ吹き坊主であったか。との思いが過った。

「硝石がなにか知っておるのか？　なぜ硝石の入手に手こずっているとわかった？」

「やっぱりわたしを女郎だと思って馬鹿にしてますね」とシノはぷいとそっぽを向いた。そのぷいもなかなか色っぽくて吾一は内心ぞくりとした。

「そうじゃねえが、わしだって、つい先日、初めて聞いた言葉じゃ。秘伝じゃと教わった」

「そうですね。確かに火薬の製法は秘伝でしょうね。前に話したと思いますが、わたしの家は五代続いた商家です。店で扱っている品がどんなものかくらいはだいたいわかっていました。その中に硝石もありました」

吾一は、なるほど、とそれを聞いてようやく腑に落ちた。自分より世間の人の方がはるかに学があることを再確認せずにはいられなかった。

「しかし、それだけで硝石の入手に苦心していることがよくわかったもんじゃな」

「火薬の原料は炭と硫黄と硝石でしょう。詳しい分量までは知りませんがね。その中で炭と硫黄はわりとたやすく手に入りますが、硝石はなかなか手に入りませんので高価なものといわれていることは知っていました」

吾一は感心するばかりで、急にシノの顔が神々しく見えてくるので不思議である。

「だがな、それを知ってるからといって、それで相談に乗ったことにはならねえぞ」

「どうすれば手に入れられるかということですよね」

「そこが肝心なところだ。だがそれは無理じゃろ。無理なら無理じゃと言うてくれたほうがすっきりするがの」と言いながらも吾一の期待はいやが上にも膨らんだ。

シノは天井を見上げて顎に人差し指を当てて考えた。そしてニコリと笑みを作った。「下田村の巳之助さんをあたってみたらどうでしょうかね？　硝石を作る農家です。どのようにして作るかは知りませんが、硝石はいつもそこから買い入れていたはずです。硝石を作るにはお上の許可が必要になります。作ることのできるところは限られています。ですので安くはないかもしれませんし、断られるかもしれませんが……駄目で元々でしょ」

シノから下田村の巳之助のことを詳しく聞くと途端に目の前が明るくなったような、権左の尻尾を摑んだような気になった。権左は意外に近いところを泳いでいるやも知れん。

「おまえはわしの観音菩薩じゃ。観音様にお礼を言わせてくれ」

吾一はシノの着物の裾を捲りあげるとふとももを押し広げた。

しかし、入手先の目星がついたのはいいが、高価なものであることに間違いはない。金の工面が次の難題となる。今、手持ちの金は五両余り。これで足りるとは到底思えない。

「事のついでに、もう一つ相談に乗ってみるか？」

「金子の相談なら無理ですよ。ここをどこだと思っておいでで？」とシノに見透かされ、いとも簡単にあしらわれた。

一歩進めば一つ壁に突き当たる。さて、どうしたものかと今度はそれが吾一の頭の中を席巻した。世の中でもっとも悩みの種となるのがこれである。カネ、かね、金。銭とも言う。硝石は、もともと貴重な物として取引されているので、それなりの金を持っていかなければ分けてはくれまい。五十両、百両と吹っかけられるやも知れん。

さてと困った……。

## 賞金稼ぎ

　吾一は石切場の寮を出て雑司ヶ谷で一人暮らしをはじめていた。石切りに昇格し、給金も上がったことから居候扱いの寮を追い出される形となったわけであるが、とはいえ近所を見れば住んでいるのは白鳳堂の石工ばかりである。間口九尺（約二・七メートル）、奥行き二間（約三・六メートル）の三坪ばかり。一間と流しと竈があるだけのありきたりの長屋であるが、吾一ひとりが暮らすに不自由はない。仕事を終えて家へ戻り、ごろりと横になって天井を見上げるのが日課となっていた。考えることはいつも同じ。さてどうしたものかと考えるが、もともと考えるのは苦手な性質で、よい案が出た例しがない。たいていは他人に頼ることで乗り切ってきたが、金のこととなるとそれもできず、切羽詰まった状況であることが身に沁みつつあった。

　手持ちの金は五両と二分。竈の裏から壺を取り出す。高さ一尺ほどの信楽焼きの壺である。「梅干を漬けるとええ」と言われて買ったものであるが、漬けることなく転がしておいたが、もったいないので金を入れることにした。金を静かに取り出して数えてみるが、何度数えても五両と二分である。金と鬼子母神のお札をいっしょに入れておくと知らず知らずのうちに増えると芳吉に言われてそのとおりやってみた。まず北の隅に置いたが一文も増えていない。置く場所が悪かったのかと神棚に置いたり、竈の裏へ置いてみたが、やっぱり一文も増えていない。芳吉に騙されたとわかったとき、腹を抱えて笑う芳吉の姿が浮かんだ。

「あの野郎、ゲンコ十万個じゃな」

そんなことで増えるのなら働く必要はないではないか。信じた自分が馬鹿だったか？　などとひとりでごちてみる。さてどうするかと再び横になる。

足音が近づいてきて、吾一の家の前で止まった。障子戸を叩く音。足音と戸の叩き方で察しはつく。小助である。長屋の三軒奥に住む朋輩(ほうばい)である。

相手をするのも煩(わずら)わしいので居留守を使おうかとも考えたが、障子の破れから覗かれればたちどころにばれてしまう。返事もしないうちに戸が荒々しく開けられ、「たまには付き合わねえか。おもしれえ処(ところ)へ連れて行ってやる」とずかずか踏み込んできた。居留守を使うどころの話ではなかった。吾一の時化(しけ)た面を見て「どうした、岡場所の女にでも振られたか？　そうかあの女か。他に女なんていくらでもいるわ」とからかった。「そんなんじゃねえ」と押し返してみるが「そんなときこそ息抜きが必要ってもんだ。支度しろい」と聞く耳を持たぬらしく、強引に引っ張り出された。どうせよい案は浮かびそうもないし、暇でもあるし、気分転換に行くことにした。外で待っていた仲間五人と合流すると、どこへ連れて行かれるかわからぬままついて行った。

上野の森を抜けようかと思うころ、騒がしい声が森中へ広がっていることに気づいた。

このあたりにそのような場所の心当たりはなかった。数日前にもここを通っている。

開けた場所に筵で囲った小屋が建っていた。声はその中から響いているらしい。吾一は入口の前で立ち止まったが、入ればわかると言わんばかりに押し込まれた。

小屋の真ん中に縄を埋め込んだだけの土俵が作られていて、観客がそれを取り巻いている。ただ取り巻くだけではなく、番付を広げてああだこうだといいながら腕を組み、悩み、金を払っている。辻相撲である。要は相撲博打である。だれが勝つか賭けて、予想通り勝てば賭け率に応じて配当を得るのである。もちろん博打は正道に背くものであるが、それ以前に、熱狂しすぎて風紀を乱すとのことで、辻相撲そのものが禁止されていた。しかし、お上の目を欺いて催されることがあった。胴元にとってこれほど儲かる興行はなく、客にとっても博打ほど熱くなれる娯楽は他になく、お互いに危ない橋を渡る価値は充分にあるということらしい。

「おまえも賭けろ」

小助が吾一を煽った。

「そんな金、持ってねえ」と言ってはみるものの、「あるだけ賭けろ。見てるだけじゃつまらねえだろ。すってんてんになっても長屋に帰れば漬物くらいあるだろ。飢え死にすることはなかろう」と勧められて渋々と懐の紙入れから銭を出すと、「……じゃあ、その雀山に二分だ」と投げやりに賭けた。どうせ負けてすぐに終わるだろうと思った。負ければ一人で帰るつもりであった。

細見なるものも発行されており、それを見ると、力士一人ひとりの容姿が描かれており、雀山はどう見ても強そうには見えなかった。

「こんなラッキョウみてえな奴に賭けて大丈夫か？　少し考えろ」と言われたが、

「だれでもええんじゃ。考えて良い方に転んだ例しがねえ」と突っぱねた。

「吾一どんはこんなことにはからっきし駄目なんだ。好きにさせてやれ。そうすれば目が覚めるじゃろ」と仲間の五平が口添えした。それで丸く収まったが、やりたくもねえ賭け事に誘ったのはおまえらじゃろと喉の奥で呟いたと同時に朋輩とはなんと理不尽な生き物じゃろうかとも思った。

皆が金を張ると引き替えの札を受け取り、「酒でも飲みながらゆっくり相撲見物としゃれ込もうじゃねえか」と見晴らしのよい場所に陣取ると、どこから調達したか酒を舐め始めた。

しばらくして取って付けたような下手な口上が始まり、まもなく取組が始まった。力士も素人のような者ばかりで呆気ない取組であったが、あちらこちらからどよめきが湧き起こっては場内を席巻した。金を賭ければ、それが鶏であろうと蟋蟀（こおろぎ）であろうと熱くなろうというものである。取組が一番、二番と進むに従って吾一の酔いも回り、なんとなく気分がよくなった。しかし、今は一分の金でも惜しいところなので、金のことを考えるとふっと素面（しらふ）に引き戻される。

三番目の取組に雀山が登場した。見るからに弱そうな、箸に昆布を巻きつけたような力士で、勝ち進むとは到底期待できるものではない。

「あれだぞ。だから言ったろ。ちょっと考えろってな」芳吉がせせら笑った。あれだぞと言われても本人を見るのは初めてである。朋輩には理屈もなにもない。

「知るわけねえじゃねえか」と言っているうちに取組が始まった。相手は白竜山という巨漢の力士である。

時が来て軍配は返った。蹲踞（そんきょ）から手をつき睨み合い、直後、両者が勢いよく立った。「はっけよい、のこった」のかけ声とともに雀山は出ると見せかけて横へと躱（かわ）す。

白竜山は雀山を捕まえようとするが、すばしっこく逃げ回るものだから、土俵の内側をくるくる回るばかりとなる。白竜山は巨漢ゆえすぐに疲れ果てて足がおぼつかなくなり、そこを見計らった雀山がひょいと足を引っ掛けた。白竜山は米俵のようにごろりと転がることとなる。

「ありゃ相撲じゃねえな。鬼ごっこだな」などと罵声が飛んだが、もちろん雀山の勝ちである。

「勝てばええんじゃろ。勝ったじゃろ」と吾一がほくそ笑んだ。なんだかおもしろくなってきたぞと思った。

雀山は逃げ回る戦法で二番、三番と勝ち進み、結びの一番まで勝ち残った。

「わしの雀じゃ。これに勝てばわしの勝ちじゃ」

「そうじゃな」と仲間たちは自棄酒を呷りながら花札を始めていた。

相手は本命の大野山である。大柄でありながら技に秀でていると評判の力士である。

軍配が返り、両者が立った。吾一も立った。賭け札を握りしめて勝ちを祈った。

「はっけよい、のこった」

最後の取組まで来るとさすがに逃げ回るという子供だましは通用せず、雀山は正面からぶつかることとなった。四つ相撲となったが、その取組もなかなかのもので、小兵力士ならではの下から突き上げる相撲に、大柄の大野山は力を持て余すかのように攻めあぐねた。しかし、雀山も押すがびくともしない。ここまでだとでも言いたげに大野山は押し始めた。

「ああ、馬鹿野郎、ここまで来て負ける奴があるか。踏ん張れ、雀野郎」

吾一が我を忘れてがなり立てた。花札を打っていた仲間も土俵に目を向けた。

雀山は土俵際まで押され、必死に踏みとどまったが、徐々に体が外へと傾き始めた。

「駄目だ、ここまでだ。ようがんばったわ」と芳吉は皮肉っぽく称賛した。と刹那、雀山は上体を反らすと大野山を持ち上げ、体を捩じる。そしてそのまま土俵外へと投げ出した。

「あらら、やりやがった。うっちゃりだ」と芳吉は呆れるやら感心するやら。

雀山に賭けていた者が少なかったため、配当金が跳ね上がった。吾一の二分は五両となった。人生というのはどこになにが転がっているかわからんと吾一は思った。やはり金は回っておるんじゃと身をもって実感した。

思わぬ金を手にした吾一は調子に乗り、翌日も仲間を誘って辻相撲へと向かった。

「今日は十両を賭けてやる。本気じゃ。わしには金が必要なんじゃ。十倍にならんでもええんじゃ。二倍でも三倍でもええ。とにかく本気じゃ」

「馬鹿野郎、やめておけ。おい、みんなも止めんか」小助が諭すも、「誰のせいじゃ」と聞く耳をもたぬ。相撲博打に出会ったのもお釈迦様のお引き合わせじゃ。ここで一世一代の勝負に出なんだら男じゃねえ。わしが勝つことはさだめなんじゃ。と思い込み、勢いこんで雀山に十両全額を張った。

が、一番で呆気なく負けた。

「今、なにが起こったんじゃ？」

目の前で起こったことがにわかには受け入れられなかった。十両という金が煙のように消えた。

「賭けというのは、そんなもんじゃな。また明日からコツコツ働け」

小助と芳吉が吾一を慰めるが、ひくひくする腹を我慢するのに必死であった。

賭けなどというのは運を天に任せるだけでどうにもならん、というのが吾一の学んだことであった。

博打で金を稼ぐことの浅ましさを思い知らされた吾一は、他に金を稼ぐ方法はないものかと思案した。自分の力で稼ぐのであればなんとかなるかもしれんと思った。そして発想の転換とも言うべき一つの方法を閃いた。己が相撲を取ればええんじゃなかろうかと。わしも考えれば妙案が浮かぶもんじゃなとほくそ笑んだ。

足腰、腕っ節の強さには自信がある。保田の村にいたころ何度も相撲を取ったが、負けたことはない。といっても相手は幸吉などひ弱な連中ばかりであったが……だが、そのころに比べ吾一も格段に大きくなっている。なんとかなろう。

「あの興行でわしは力士として使ってもらえんじゃろうか」と芳吉に話してみたところ、「おまえはなんもわかっちゃいねえな、辻相撲なんてのは西も東もねえんだ。誰が勝っても胴元が儲かるようになっているんだ。だから、強いも弱いもねえ。しかもあの力士たちは興行元から雇われてるだけだ。真剣に取り組んでいるわけじゃねえんだ」

「なんじゃと？　八百長ってことか？」

「そういうことだ。熱くなりやすい初めての客がいると、その客が賭けた力士に勝たせるわけだ。そうすりゃ、その客は調子に乗って、次には大金を持ってやってくる。他の客もそれを見て、我も我もと賭ける。それをごっそりふんだくるわけよ。カモにされたわけよ」

「わしは騙されたってことか？　わしはカモか？」

「博打では稼げないとわかるとだれもやらなくなっちまう。だからちょっとは稼げるようにできてるってわけだ」

「知っていてわしを連れていったのか？」

「楽しんだじゃろ。それでいいんじゃねえのか？」

「わしは十両スッた」

「だからなんじゃ？　いい勉強ができたじゃねえか」

「勉強なんかしたかねえ。勉強なんて嫌いじゃ。わしに必要なのは金じゃ」

「おまえの気持ちはわかるが……」と吾一の顔を見ながら芳吉は口を歪めたが、光が差したかのように笑顔になるとポンと一つ手を打った。

翌日、仕事を切り上げた後、吾一は芳吉とともに辻相撲へ行ったが、二人は金は賭けず、ただ取組を見ているばかりだった。

取組が順調に進み、結びの一番となった。ここからが正念場と吾一は座りなおすと身を乗り出すように土俵上へと視線を注いだ。

大野山と若幸山（わかさちやま）の取組であった。両者とも巨漢の力士である。

軍配が返った途端、両者は勢いよく立った。がっぷり四つになるが、間髪入れず若幸山が一気に押した。呆気なく勝負がついた。大野山の足が土俵を割ったのである。

「若幸山〜」と勝ち名乗りを受けた刹那、吾一が「ちょっと待った」と物言いをつけた。

会場がどよめいた。博打場で勝負に物申すのは掟破りで、ただではすまない。行司や若幸山、大野山の目つきまでが一変した。

行司が吾一に詰めよった。小柄な男ではあったが後ろ盾があるせいか、その威圧感は吾一が一瞬たじろぐほどであった。「なにか、今の取組に不満でもあるとおっしゃるので?」とすごみを利かせたその口ぶりはどう聞いても素人ではなく、裏の世界を歩んできた者の経験と度胸を兼ね備えた口ぶりであった。しかし、ここでたじろいだ顔は見せられぬ吾一はそれに応戦するべく腹を括った。

「大野山の足は、どうみてもわざと出したとしか思えねえな。そこは踏ん張り所じゃろ。己で俵を跨いだようにも見えたがな」

「兄さん、言いがかりはよしてくださいよ。いくら昨日大損したからといって、それはねえでしょう」と言い合っているうちに控え部屋から人相の悪い連中が数人出張ってきて吾一を取り囲んだ。

「この若幸山ってのはほんとうに強いのかね? わしにはどうみても大野山の方が強いように見えるんだが」と吾一は訝しげな目を作って斜に構えた。

「兄さん、あんた相撲ってのがちっともわかっちゃいねえな。勝負は時の運ってこともある」と行司は語尾を強めた。

「そんなことは素人のわしでも知っておる。だが、あれはねえぜ。絶対におかしいぜ」

「つまり、八百長だと言いてえのかね？」

「つまり、そういうことじゃ」と吾一は鼻息も荒く詰め寄った。

「妙な言いがかりをつけるとただじゃすまねえぞ」と男たちが口々に言う。

行司が男たちを制すると「八百長だという証でもあるのか？」と吾一の目を見た。

「ほんとうに強いかどうか試してみればわかるじゃろ。わしと勝負してわしが勝てば八百長じゃ。わしが負ければ本気と認めてやるわ」

「兄さんは馬鹿か？　たしかにおまえさんは立派な体躯をしていなさる。だがな、若幸山は元関取じゃ。おまえさんなんかが歯の立つ相手ではないわ」

「そういう逃げ方はねえじゃろ。やるのかやらねえのか、どっちじゃ？」

「じゃあ兄さんが負けたらどう落とし前をつけるというんだね？」

「どうにでもしたらええ。鱠にするもよし、簀巻きにして大川へ投げ込むもよし。じゃが、わしが勝ったら、先日負けた十両にもう十両を付けて返してもらう。どうじゃ？」

唐突な申し出に行司と男たちが顔を見合わせた。

「わしゃな、命を賭けたんじゃぞ。逃げたら笑いものじゃ」吾一は取り巻く客たちを巻き込んで煽った。「おもしれぇ～、やれやれ」と声がかかった。仕込みの芳吉であった。それにつられて他の客の「ここまで言われて引き下がる気か？」と煽る声が渦となった。

二の足を踏む興行側を尻目に若幸山が「わしは受けてもええぞ。わしも元は関取じゃ。素人の申し出を断れば末代までの恥じゃ」と勝負の意思を見せた。

「さあ、どうする？」と吾一。

興行の頭らしい強面の恰幅のいい男が人ごみを掻き分けて割り込むと「よかろう」と一言発し、その言葉で男たちのがやがやが沈黙した。吾一と若幸山の取組が決まったが、辻相撲とはいえ、子供同士の草相撲とはわけが違う。

男たちの中の一人が吾一へと歩み寄ると、「じゃあこっちで支度をしなせえ」と支度部屋へと促した。「わしが付き添うわ」と芳吉が後に続こうとすると、「関わりのない者、入るべからずじゃ」と押し戻そうとする。「わしの付け人じゃ。関わり者じゃ」と吾一が言うと、渋々ながら入ることを許された。仲間の存在をはじめて心強いと思った。

筵で仕切られた割部屋のようなところへ案内され、敵陣の中、芳吉に手伝ってもらって本格的にまわしを着けることとなった。

「汚いまわしじゃな。陰金タムシにでもなったらシノに申しわけねえ」

慣れないせいか、汚れのせいか、尻の穴とふぐりがムズ痒くてたまらなかった。しかし、二十両のためなら我慢せねばと思った。

支度が整うと土俵の前まで引っ張り出された。

芳吉が耳打ちする。

「ええか、相手は海千山千(うみせんやません)の力士じゃ。突っ込むだけじゃ駄目じゃぞ。よく見て行け」

吾一の力んでいた心の内がわずかに和らいだ。体中を平手でぱんぱんと叩いてみた。本当の力士のような気分であった。これも悪くないと思った。客席では賭けが始まっている。

「西〜、吾一、東〜、若幸山」

呼び出しを受け一礼すると、吾一は土俵に上がった。蹲踞(そんきょ)し、見よう見まねで四股(しこ)を踏む。

「吾一、負けるな」と吾一に賭けている者もいれば、「生意気な若造なんて放り出しちまえ」と負けを願う連中も多いようである。二対八の賭け率。吾一が勝つと予想したものが二割で、若幸山の勝ちを予想したものが八割であった。
わしが十割じゃ。勝たなきゃならんのじゃ、と心で叫ぶ吾一。
睨み合いが始まり、間合いを確かめるように大きく息をする。軍配は既に返ってい
る。吾一は若幸山を睨みつけた。勝つしかないと思ったとき、吾一は立った。
「はっけよいのこった」のかけ声。
吾一は突進すると見せかけた。すると、若幸山はしめたとばかりに叩こうとした。
しかし、直前で踏みとどまったので空を切った。芳吉の耳打ちが功を奏した。気合だ
けで突っ込んでいればそれで終わっていたであろう。
避けられて面喰らったのは若幸山。一発で決めてやろうと目論んでいたがあてが外
れ、同時に体勢が崩れた。そこを吾一がすかさず下手まわしを取った。
吾一の体勢が有利となり、上体を上げた若幸山は慌てふためいてあとずさった。
一気に吾一が押し出そうとしたが、そこは元関取。土俵際で踏みとどまった。
吾一に覆いかぶさると、渾身の力で押し返す。再び土俵中央まで押し戻された。会
場からどよめきが湧いた。普段の辻相撲では見られぬ力の入った取組に、客の盛り上
がり方は尋常ではなかった。裏方の連中も興行主の意地を懸けての大勝負となった。
二人は土俵の中央でがっぷり四つに組んだままぴくりとも動かなくなった。

「はっけよいのこった」と行司が声をかけるが、二人とも動かない。動けないのである。

「気力の問題じゃな。気力の勝負となると吾一に分がある」と芳吉はつぶやいた。

見ている側も息苦しくなるほど力が入る。

わしは二百貫の石でも一人で動かしてきた。こんな四十貫足らずの人を動かせんわけはねえ。しかし、なんて重く感じるんじゃ。

時が流れた。客席からはかけ声に交じって怒号が飛び始めていた。

やがて吾一には、若幸山に焦りと疲れが出始めていることがわかった。

吾一は試しに腰を捻った。すると疲れからか油断からか、若幸山の手がまわしからいとも簡単に外れた。その時を見逃さず一気に押した。

若幸山は慌てふためく間もなく土俵際まで追い詰められたが、そこでも元関取の意地を見せて踏みとどまった。今度は吾一がしめたと思った。必死に押し返そうとする若幸山の巨体を己の方へ引いてみた。

体力を消耗しきった若幸山はつっかい棒を失くし、切られた石が転がるようにどさりと土俵に転がった。

思いのほかの仕上がりに吾一は思わず叫んだ。

「どうじゃ」

場内の波を打つようなどよめきはしばらく収まらずであった。

行司から渋々の勝ち名乗りを受け、二十両の賞金を受け取ろうと手刀を切ろうとしたとき、予想もしなかった騒ぎが起こった。

「手入れだ。逃げろ」との声に場内は騒然となった。同時に鉢巻き姿の捕方がなだれ込んできた。警動と呼ばれるお上の手入れである。辻相撲や博打はご法度であるためたびたび警動が行われていた。

行司はこれ幸いと金を持ったまま逃げようとしたが、吾一はそうはさせじと追いかける。捕方がすぐそこまで迫る中、吾一は行司の襟首をつかんで引き倒すと、二十両の金を掴み「ありがたく頂戴するぜ」と捨て台詞を残すと、まわし姿のまま走り出し、筵の隙間から外へと飛び出した。あとはどう逃げたかわからなかった。上野の森をまわしのまま駆け、何度か転げたが、金だけはしっかとつかんで離さなかった。

長屋までたどり着いたとき、体中は傷だらけであったが、金は手にあった。

翌日、「ちくしょう、一両スッたぜ」と芳吉は苦々しく吐き捨てた。芳吉もうまく逃げ果せたらしいが……。

「芳吉どんは、わしに賭けておらんかったんか?」

「おまえさんに声援は送ってたぜ。だがな、賭けごとは別だ。だってよ、おまえさんが勝つとは思ってなかったからよ。これが賭けごとの怖さだな」と芳吉は項垂れた首を大仰に振った。

吾一にとって二十両の金は途轍もなく重かった。また一歩、権左に近づいたような気がした。

火薬は火縄銃の伝来とともに伝えられ、全てを外国からの輸入に頼ってきたが、その後、製造法が伝えられ、同時に国内での製造も始まった。しかし、火薬の主原料である硝石は、高温多湿の国内での産出は皆無で、もっぱら外国からの輸入に頼らざるを得なかった。さらにその後、硝石の製造法が伝えられると、国内での製造もはじまったが、本格的というにはほど遠かった。

それから数十年後、江戸幕府の政策により鎖国という道を歩むこととなり、硝石の輸入は特別な地域を除いて滞ることとなった。しかし、火薬の需要は増す一方で、幕府としては手を拱いている場合ではなく、これを産業の一つとして位置付けることにより本格的な硝石作りを推奨した。

硝石作りには家畜の糞、蚕の糞、藁灰などを必要とするため、製造は家畜を飼う農家が請け負うことが多かった。下田村の巳之助の家もその中の一軒である。道に迷い、人に訊き、ようやくたどり着いて、吾一は巳之助に会うことができた。

「二十両用意してきました。それでいい分だけ分けてもらいてえんですが」

吾一は神妙な顔つきで土間に立っていた。断られればそれまでで、他に行くあてはなかった。

「どこのどなたか知りませんがね、硝石がどのようなものか知っていなさるか？　お上の免状があってはじめて取り扱いが許されるものですぞ」盗人でも見るような目付きで巳之助は吾一を見ていた。それは当然の返答であり、予想していた返答でもあった。

「存じております」

「じゃあ、帰りなせい。だれからここのことをお聞きになったか知らないがね、お分けすることはできねえ相談だ」

「相模屋の志乃さんをご存知でしょうか？」

「志乃さん？」と巳之助はちょっと記憶の底を浚うような素振りを見せた。

「ひょんなことから知りあうことになりまして。その志乃さんからこちらのことを聞きました。無理なご相談とは思いますが、なんとかお力になっていただければとお伺いした次第であります。けっしてご迷惑はおかけしません」

志乃の名を出すと巳之助の顔からにわかに警戒感が消失し、やがて穏和な表情になった。

「志乃さんは元気ですかな？」

「つらい境遇ではありますが……」

巳之助は志乃の事情を聞き及んでいるとみえて、それ以上の詮索はしなかったものの、しばらく腕組みをして考え込んでいた。が、それから思い出話でもするかのようにゆっくりした口調で語った。

「相模屋さんとのお付き合いは三十年以上になりましょうか、随分とお世話になりました。志乃さんの幼いころのこともよく存じ上げております。お内儀の体も気がかりでございます。そうですか、志乃さんのご紹介でありましたか……」巳之助は更にしばらく考え込むと苦悩の表情からようやく承知した。「わかりました。五百匁（約二キロ）でしたらその二十両でご用意いたしますが、いかがでありましょう。もともとできる量が決まっております。多少のごまかしは利きますが、買い取り業者が決まっておりますのでそれ以上は無理なのでございます。これ以上は私どもがお咎めを受けることとなります」

「それで結構でございます。恩に着ます」

火薬作りに必要なもののうち最も入手が困難であった硝石を手に入れることができて、吾一は大きな一歩を歩んだ。その後、木炭を手に入れた。木炭ならなんでもよいというわけでもないらしく、ヤマツツジ、キリ、サワラが適していると和助に聞いていたので、炭屋を歩き回って探すも、手に入れるのに意外にも苦労することとなった。三日目の足でようやく会津の桐炭を手に入れることができた。

硫黄は薬問屋の番頭に金をつかませることであっさり入手ができた。材料は全て揃ったことになるが、だからといってそこからの作業が順調に進むわけではない。手ほどきを受けたとはいえ、逐一を頭に入れたわけではなく、失念した部分も多い。その程度では容易に手は動かない。和助の記した書面を手掛かりに、手筈通り進めようにも、それが関門となった。字が読めないし、読めたとしても、その意味もわからない。自分の無知に呆れるばかりで、生まれ変わったら真面目に寺子屋へ通おうと誓った。当てにならない決意であったが、材料を目の前にして「さてどうしたものか?」と腕を組んで悩む日々が続いた。

和助を探して、そこからの手筈を聞き出すしかないと吾一は考えた。たしか城念寺という寺で修行しているという話は聞いたが、どこに構える寺か聞いていなかった。まさか吾一の方から和助を捜すはめになろうとは思いもしなかった。

吾一は、休みを取ると半日をかけて聞きまわり、ようやく城念寺を探し出して和助を訪ねたが、ここ数日戻ってないとのこと。ズラかったか、どこかで行き倒れているかと二つの思いを巡らせた。とりあえず、托鉢僧の徘徊しそうなところを回ってみたが、その姿を見つけることはできなかった。

硝石を手に入れて十日あまりのこと、石切り作業に汗を流していると仲間が妙な話を始めた。

「聞いたかい？　最近、伝通院脇の森に妙な女が出て、男を付け回しているそうじゃねえか」と万作。

「その話なら聞いたぜ。夜鷹かと思って声をかけたら、とっとと逃げて行くそうじゃねえか」と芳吉。

「タヌキかキツネが化かそうとしてるんだ、ちげえねえ。吾一、おまえは化かされやすいから気をつけろ。気がついたら野壺（のつぼ）に首まで浸かっておったという話もあるでな」と小助から忠告された。

仕事を終えると吾一は和助を探すため町へ出るのが日課となっていた。網代笠を見つけると追いかけては顔を覗きこむ。一日のうちに何度かそれを繰り返したが徒労に終わる。この日もあきらめ、左門へ向かうと、その前に佇む和助の姿があった。

和助は吾一の姿を見つけると、「最近、ご無沙汰じゃったな。わしはおまえさんが来るのを毎日待っておったんじゃぞ。どうせ、火薬作りに往生しておるんじゃろうと思って、いろいろと助言してやろうと仏心が沸々とたぎってな」としゃあしゃあと言った。こちらから探さなくとも向こうから来るのを待てば、そのほうが早かったかもしれぬ。和助の浅ましさを忘れていた。

和助は厚かましくも酒を二本と田楽を二皿、当然のような顔で注文し、「さてなにが訊きたい」と吾一の心を見透かしたように訊いてきた。

癪だが、背に腹は替えられぬ。材料は入手したがそこからの作業に困り果てていることを打ち明けると、予想が的中したとばかりに腹を抱えて笑った。

「それにしても硝石を手に入れたとは大したもんじゃ。執念のたまものじゃな。牢で会ったときからただ者じゃないと思っておった」

「べんちゃらはええ」

嚙み合わぬ話に和助は呆れていた。

「物事には順序がある。おまえは火薬作りより、読み書きを覚えるのが先じゃ」

「説教ならわしは帰らせてもらう」

「早まるな。気が短いのがおまえの悪いところじゃ」と運ばれた酒を注ぎ、ちびちびとやり始める。

「この間、わしが書いてやった秘伝書を持っておるか？」

秘伝書と呼べるようなものではないが、和助はどうも吾一の上に立ちたいようである。吾一に便乗して一儲け企みたいが、吾一は思うように動かぬ。その苛立ちもあった。

吾一が懐から紙を出して広げると、「いいか、ここに書いてあるのはな」と指をさし、気分よさそうに説明を始めた。「まず桐炭を薬研(やげん)ですり潰すんじゃが、これはわかるな。薬研は買ったか？」

薬研とは、円盤の中央に握りとなる芯棒を通したものを、舟形の器の中で転がして材料をすり潰す道具である。

まだじゃとの吾一の返答に「なにも用意できてねえのか。まあええ。そんなものはいつでも買える。全ての準備が整ったということで話をすすめるが、ええな。で、すり潰した桐灰に硫黄を少量ずつ入れて、すり潰しながら均等になるまで混ぜるんじや。そのことがここに書いてある」と秘伝書を指さした。

妙にもったいつけるような和助の口ぶりに、吾一の中で次第に苛立ちが膨らんでいく。和助はそれを知ってか知らずか、ちびりと酒を舐めた。

「次にな、桐炭と硫黄を混ぜ合わせたものを革張りの器に移しかえるんじゃ。間違っても薬研で行ってはならんぞ。なぜかと言えば、次に硝石を入れて混ぜるんじゃが、このとき固い物で混ぜ合わせると、ドカンといくからじゃ」と脅しを含めた。「そのときに気をつけんといかんのじゃが、念のためにそこへ水か酒を吹き掛ける。多すぎても少なすぎてもいかん。口に含んでひと吹きすればええ。それを木の棒で丹念にすり潰すんじゃ。そこまでできたら一度固める。そうじゃな、布にくるんで二枚の板で押さえればええ。それをまた細かく砕くんじゃ。それを天日で乾かす」

「それで完成か？」

「そうじゃが……」と言い、和助は最後の酒を飲み干した。「じゃが、火薬はできても、砲筒はどうするんじゃ？」

「そのことじゃ。どこかで作ってくれるところはないもんかの？」

「鉄砲鍛冶に金を出せば作ってくれるというもんではないぞ。お上の目もある」

「わしはなにも、悪さに使おうと思っておるわけではないがの」

「わかっておるが、お上にわかってもらわんことには引っ括られるわな」

　さてどうしたものかと吾一は再び壁に突き当たった。だが、なぜか投げやりになることなく、それを楽しむかのような己がいることに気づいた。壁に突き当たることが快感とも言える気分になる。それを乗り越えたときのことを考えるからか、乗り越えたときの快楽はアノ時の快感に近いものがある。いや、それ以上か。

　和助と別れていろいろと思考を巡らせるうちに伝通院脇の森へと差しかかっていた。そこで、昼間、万作らから聞いた女のことを思い出した。

　まさか、そんな話なんてあるわけねえ。万作どんがわしを脅かそうとした作り話にすぎぬと己に言い聞かせて月明かりを頼りに歩いた。

　森の道を半分ほども行ったところで妙な気配に気づいた。どこかで嗅いだことのある妙な香りがひゅーと鼻を掠めた。度胸が据わっているとは言え、吾一は狐狸妖怪の相手は得意ではない。そのような類は、腕っ節でどうにかなるものではない。できればこの道は避けて通りたかったが、考えごとをしながら歩くうちにうっかり足を踏み入れてしまったのである。

　背後からひたひたと足音がつけて来た。

「まさかとは思ったが、やはり出やがったか」

逃げるか？　しかし、ただ逃げるのも癪であるからせめてその面を拝んでからにしようと怖いもの見たさで振り向くと、振り向きざまに風切り音が鳴り、額の真ん中あたりに強い衝撃があった。勝山で、幸吉に丸太で叩かれたときの記憶が蘇った。やはりそこでも丸太が振り下ろされたのであった。甲高い衝撃音が頭から耳へと突き抜けた。辛抱堪らず片膝を落としたが、辛うじて意識は保っていた。暗がりにぼんやりと白い足が見えた。

「わしじゃ」

丸太の主は冷たい目で吾一を見下ろしていた。

「だれじゃ？」と訊いたが、聞き覚えのある声で、その顔が浮かんだ。「カヨか？」

「そうじゃ」と言いつつ、カヨはもう一度丸太を振り上げた。

「叩きたい気持ちはわかるが、なぜそこにいるのかわからん。化けて出たのか？」

「わしゃ、ちゃんと生きておる」

「年季が明けたのか？」

「馬鹿たれ」

カヨの話はこうであった。

五日前のこと、いつものように張見世をしていたところ、中引け（午後十二時）ごろ通りが騒がしくなった。かと思うと鉢巻き姿の捕方がなだれ込んで来た。警動（けいどう）であった。ここのところ幕府は江戸の風紀の乱れを理由に度々、警動を行う。しかし、これは建前で、公許である吉原の売り上げが落ち始めると、吉原の組合が幕府へ切り餅（賄賂（わいろ））を渡し、奉行所を動かして取り締まりをさせるのである。吉原にとって岡場所は商売敵であるため、警動が仕掛けられるというのが真相のようである。それはともかく……。

手入れを受けた見世は蜂の巣を突（つ）っついたような騒ぎとなり、そこで働く女も、元締である楼主も、女を取りまとめる遣手婆（やりてばばあ）も、使用人である若い衆も、捕まっては面倒だと我先に逃げ出すこととなった。根津町の見世のほとんどに手入れが入り、数十人が捕縛されたが、それに乗じて逃げた女も数多くいたとのこと。その一人がカヨであった。カヨは、逃げたはいいが行くあてもなく路頭に迷っていた。

「自由になったのなら勝山へ帰ればええじゃろ」

「おまえは馬鹿か。外へ出られたとはいっても借金が消えたわけじゃないんじゃ。見つかれば連れ戻されるだけじゃ」

「証文を持っているのは楼主じゃろ。楼主はどうしたんじゃ？」

「捕まったわ。今は牢におるじゃろ。証文はお上によって破り捨てられておるはずじや」

「それなら、もはや自由じゃねえのか」

「相変わらずじゃな吾一。世の中はそんなに甘くはないわ。証文があろうが無かろうが、そんなことは関係ないんじゃ。そんな道理が通るんならだれも苦労はせん」

事実、証文のない奉公人契約など珍しいことではなく、正式な年季明けまでは解放されることはない。「この程度のことで捕まっても、ちょっと役人に袖の下を摑ませれば四、五日で放免じゃ。警動を免れた若い衆も女郎を探し回っておる。わしゃ村にも帰れんし、ましてや岡場所へ連れ戻されるのもまっぴらごめんじゃ」

「だからといって、こんなところで追剝(おいはぎ)みたいなことしててもなんにもならんじゃろ。ここらでなんと噂されているか知っているのか？　タヌキが化けて男を襲っておると、もっぱらの噂じゃ」

「だれがタヌキじゃ」とカヨは丸太を振り上げた。「わしはおまえの頭を叩き割りたいだけじゃ。おまえだけが目当てで待ち伏せておったんじゃ」

「そんなことは他の者には関係なかろう。見境(みさかい)なく襲うんじゃねえ」

「好きでそうなったわけじゃねえ」

カヨは途端に威勢をなくし、口を尖らせた。

「訊くが、紅葉屋はどうなった？」

「あそこも手入れが入ってほとんどが捕縛されたじゃろ。おまえの馴染みもそうじゃ」

「捕まるとどうなる？」

「吉原送りじゃ。そこで競り（せ）にかけられて買い取られるんじゃ。それから三年は無賃でこき使われる。残念じゃったな。どこでどんな位の女郎に仕立てられるかしらんが、おまえの給金では吉原通いは無理じゃろ」とカヨは仁王立ちすると勝ち誇ったように笑った。その声は森中に響き渡った。

「吉原か？」

「そうじゃ、いい気味じゃ」

「なにがいい気味じゃ。おまえはどこまで拗（ねじ）けたんじゃ？」

「あんなところで犬畜生のように扱われれば拗けるのが道理じゃ」

そう言うと般若のような形相でまた丸太を振り上げた。

「まだやるか？　もう気がすんだじゃろ」

「すむわけねえ。まだ爪先ほどの恨みも晴れてねえ」

カヨはそう声を荒らげると闇雲に丸太を振り回した。

狂ったように振り回される丸太を躱すのが精いっぱいで吾一は這う這うの体で逃げ出した。相手が男だったら振り下ろす腕を摑まえてねじ上げ、骨をへし折ることもできようが、相手が女で、しかもカヨでは……息の根を止めぬ限りあとが怖い。どんな恐ろしい手段で仕返されるやも知れん。気性を知っているばかりにおいそれと手出しができぬ。

「ちきしょー覚えてろ。このままでは済まさぬぞ」

カヨの、絶叫のような声が森中へと響き渡った。

シノが吉原送りとなったことが吾一は切なかった。なぜそのような扱いをされなければならぬのか。シノに限らずカヨにしても、女郎たちのほとんどはなにも悪くない。なんとかできぬものかと悩みながらその夜は眠ることとなった。

翌日、石切場で妙な噂に尾ひれが付いた。

「昨日の夜、あの森で化物の声を聞いたぞ。そりゃ恐ろしい声でな。小便が漏れちまった。ありゃタヌキやキツネの仕業じゃねえ。鬼女が男を食うために襲っているにちげえねえ。昨日はだれか食われたにちげえねえ」と。

吾一はなにも知らぬことにして聞き流そうとしたが、不意に矛先が向いた。

「ところで吾一、そのデコのコブはなんじゃ？」と万作。

「……これか？　これは……根津の森で、身の丈七尺（約二メートル）はあろうかと思われる天狗に襲われたんじゃ。暗くて避けきれなんだ。こんどあったらこてんぱんに伸してやろうと思っておる」と思いつくままに言ってみた。

「根津の森に天狗なんて聞いたことねえ。大方、岡場所の女郎に鉄瓶でもぶつけられたんじゃろ」と嘘を見抜かれて笑いの渦中に落とされた。中らずとも遠からずであった。吾一は咄嗟の嘘は苦手であった。

## 吉原遊郭

吾一は一時（約二時間）ほど歩き、日本堤まで来ると左に折れた。そこは山谷堀の土手になっていて十六町（約二キロ）ほど先へ続いている。突き当たりは大川である。吉原はその途中にある。

吾一は歩調を早めた。早駕籠を追い抜きそうな勢いであった。女郎に入れ揚げて辛抱堪らぬ客のように見えたかもしれないが、十日ほど前にここをシノが通ったに違いないと思うと吾一の足は駆け出しそうな勢いであった。

やがて道標とされる柳の木が見えた。見返り柳である。そこで右に折れるとその先に大門がある。人の背丈の三倍ほどもある冠木門で、屋根は漆黒の板で葺かれており、門柱は無垢の白木からなる。

吾一が大門を潜ったころは昼見世が終わったばかりで客は疎らであった。

右も左もわからぬまま吾一は最初の角を右へ曲がって木戸を潜った。

横道に入る角には木戸があり、そこを潜ると町名が変わる。そこは江戸町一丁目。大見世、中見世の有名な妓楼が軒を並べる通りで、紅柄格子の構えがずらりと連なる。

縦二町（約二百二十メートル）横三町（約三百三十メートル）の狭い街とはいえ、そこには二百以上の妓楼が犇めいている。どこをどう探せばいいかわからぬまま吾一は吉原を歩き回った。

二時ほど歩き回ったがこのまま歩き回るばかりでは埒が明かぬと、だれかに訊いてみようと思い、軒行燈の掛る見世に寄ってみた。

紅柄格子の向こうから「兄さん寄って行きなさいよ」と不意に煙管で袖を引っ掛けられた。通り過ぎようとする客を呼びとめるための吉原遊女の手である。女は上等な白粉で顔を塗り、鮮やかな紅を差す。艶やかな着物、仕草、表情を纏い秋波を送る。すべての女が岡場所とは比べものにならぬほど上質を装っている。しかし、吾一には届かなかった。

「女を探しているんじゃが」

「女ならたくさんいるよ。ここにも……ほら」と女は襟足（えりあし）を伸ばす。

「シノという女だ。知らねえか？」

「目当ての女郎がいるのかね……」

女は白けたように眉を寄せた。

「十日ほど前に根津の岡場所からここへ送られた女だ」

女は煙草に火を付けると細く長い煙を吐き、「岡場所から追っかけてこられるとは女郎冥利に……」とそこまで言いかけたところで吾一は聞く耳を絶ち、踵を返した。

「ちょっと待ちなよ。こら、まてっ」通りに女の声が響いて皆が吾一へ視線を向けた。

「なんだ、まだ話があるのか？ おまえさんシノを知らねえんだろ」

「兄さんせっかちだね。最後まで喋らせておくれよ。暇なんだからさ」

「こっちは急いでいるんだ」と吾一は足をばたつかせて苛立ちを露わにした。

「岡場所から送られてきたんだろ。だったら格式のある見世には引き取られてないだろうね。きっと羅生門河岸か浄念河岸と相場は決まってるさ」

羅生門河岸、浄念河岸とはお歯黒ドブに沿って軒を連ねる最下級の見世のことである。

「馬鹿野郎。そんな下品な女じゃねえ。おまえなんかよりもずっと上等だ」

「へえ、言ってくれるね。だったらどこに引き取られたかわからないね」

「もうええ、自分で探す」

「そんなふうに探し歩いても見つかるわけないよ。いいかい、ここには六千もの女がいるんだ。しかも女は岡場所とは格の違う化粧をしてお高く止まっていなさる。その中からシノという女を見分ける自信がありなさるかい？」

「ひと眼見ればわかるわ」

「あれ、自信たっぷりだね。でもそんなに惚れられるとはシノという女、羨ましい限りだね……じゃあすぐに見つかるさ」と女は嫌味を交えた。

「じゃあ、どうすりゃいい」

「編笠茶屋で訊けばいいじゃないのさ」と女はちょっと斜に構えてニコリと笑った。

「その編笠茶屋ってのはどこにあるんだ？」

「五十間道を通って入ってきたろ。その道の両脇に並んでいるのが編笠茶屋さ」

吾一はそれだけ聞くと尻に火がついたような勢いで走り出した。

「礼くらいいったらどうだね。せっかちは嫌われるよ」

女の声を背中で聞くが礼を言う余裕などなかった。編笠茶屋とは吉原へ入る客に、顔を隠すための笠を貸し出す茶屋であったが、やがて案内所を兼ねるようになった。

吾一は一番近い茶屋へ飛び込み主人を捕まえると「シノという女はどの見世にいる？　年は……二十だ。根津町の紅葉屋から十日くらい前に送られてきたはずだ」と血相を変えて唾を飛ばした。

主人は顔に降りかかった唾を拭い、戸惑いながらも帳面を見ながら「へえ、その娼さんならきっと、笹屋儀衛門(ささやぎえもん)様のお抱えになった部屋持の如月(きさらぎ)さんじゃないでしょうか」

「笹屋儀衛門はどこじゃ？」

笹屋の場所を聞き、紙入れから一分を取り出して主人に渡すと、「さっきの女に礼を言っておいてくれ」と言い、キョトンとする主人を尻目に今度は笹屋へと向かった。

笹屋は、大門からまっすぐ進み、二本目の道を左に折れた江戸町二丁目に見世を構えていた。籬(まがき)は小格子になっていることから笹屋は小見世である。どんな見世であるかは吾一にはどうでもいいこと。しかし、この道は何度も通り、覗いたはずである。一目見ればわかると思っていたが……見過ごすわけはねえ、見逃すわけはねえと思う吾一の驕りは見事に崩れた。しかし、シノが吾一を見れば気が付くはずではないか。

「笹屋はここじゃな。間違いはないな」

通りに屯する冷やかしと呼ばれる連中の一人を捕まえると訊いた。冷やかしは食らいつきそうな吾一の血相に怯えながらも頷いた。

吾一は間口二間ほどの紅柄格子の中を覗きこんだ。紅色の毛氈の上に数人の着飾った女がそれぞれの所作を交えて座していた。煙草を吸ったり、手紙を認めたりする女たちの中に、どことなく落ち着きのない女がひとり、浮かぬ顔で座していた。シノである。見違えるほど艶やかな化粧をし、上等な笄、簪で髪を飾り、煌びやかな刺繍を施した着物を纏っている。

「シノ、わしじゃ、吾一じゃ」

女ははっとして顔を上げ吾一を捉えたが、すぐに目を逸らした。見てはいけないものを見た。見られてはいけないものを見られた。そんな不穏な空気がシノと吾一との間に漂った。

吾一の肩をとんとんと叩く者がいた。

「兄さん。あれは如月という新入りの部屋持でございます。昼だけで一分、夜までで二分でいかがでしょう」と声をかけたのは見世番であった。見世の入り口の床几に座り、これといった客に目をつけると声をかけ、花代の交渉や案内をする男である。見世番は揉み手で吾一の顔を窺った。

「夜まで二分で頼むわ」

「へい、ようござんす。ではこちらへ」と歯切れのいい返事で話は簡単にまとまった。

吾一は見世の中へと案内された。小見世とはいえ、岡場所とは天と地ほども違い、柱一本、障子一枚にせよ、その造りの豪華さには目を見張るものがあった。

中へ入ると禿と呼ばれる十歳前後の少女に導かれ広間の脇を通り、階段を上がって薄暗い廊下を歩かされ、「こちらでおまちください」と六畳ほどの部屋に通された。

吾一は妓楼の対応に戸惑いつつも、水臭いシノになんと言ってやろうかと、煩悶しながら足音に耳をそば立てていた。

やがて、足音とともに酒と硯蓋と呼ばれる簡単な料理が運ばれた。眺めているだけでは暇を潰せそうにないので吾一は酒に口を付けた。

まだか？

しかし、半時、一時と過ぎても如月は姿を見せなかった。腹を煮やして吾一は廊下を行く男に声をかけた。

「おい、如月はまだか？　もう一時も待ってるんだが」

声をかけられたのは二階廻(にかいまわし)と呼ばれる若い衆である。

「へい、もうしばらくお待ちください」との返事であったが、その後、いくら待てど如月は姿を見せなかった。他の客を相手にしているのか、これが廻しにぶつかるというものかと思い、味気ない料理を突きながら酒を飲むが一向に酔いは回らぬ。

吾一は再び廊下へと出ると、ちょうど通りかかったおかっぱ頭の禿を呼びとめた。

「おい、おまえ禿だな」

「あい、わっちおとねといいんす。なんでありんしょう主様」と禿は目をぱちくりし小首を傾げた。

「主様じゃねえ。わしは吾一というものだが、今、如月はどこにいるか知っているか？」

「如月姉さんなら、見世に出てます。さっき見んした」

「なんだ、その喋り方は。普通に喋れねえのか」

「ここではこれが普通でありんす。ありんす言葉でありんす」

「ここではそれが普通か？　……まあいい……見世だと？　どういうことだ、わしは如月を夜まで二分で揚げたはずじゃ」

「きっと主様は振られたんでありんす」と言ってからおとねは慌てて口を塞いだがもう遅かった。吉原では、たとえ、話がまとまったといっても女郎が部屋へ来るとは限らない。それを振られるという。それでも最初にまとまった通りの花代が請求される。

吾一は部屋を飛び出し、不平と鼻息を撒き散らしながら一階まで駆け下りると毛氈の敷かれた張見世へと踏み込んだ。そこに如月は、なに食わぬ顔で座していた。

「どういうつもりだ、シノ」

吾一は如月の肩を摑むと揺さぶった。

シノは口を閉ざしたまま外へと視線を注いでいたが、思い余ったように口を開いた。

「吾一どん、鈍いでありんすね」如月は視線を合わせようとはせずつぶやくように続けた。「もううんざりでありんす。わっちが吾一どんのことを好いておるとでもお思いでありんしたか？」

「なんだ、その喋り方は？　普通に喋れねえのか」

「ここではこれが普通の言葉でありんす」

「そうじゃ。ありんす言葉じゃろ。そんなことはわかっておる。さっき聞いたわ……つまり、こういうことか。もう岡場所の女ではねえ。れっきとした吉原の女郎でありんすから、おまえみたいな田舎者は相手にできんせんでありんすということか」

「そういうことでありんす。吾一どんはただの金蔓でありんした。金のない殿方には用はありんせん。ここではあんな端金では遊べませんせん」

如月は薄ら笑みを浮かべた。

「そんな女だったのか。騙していやがったか」

「岡場所であろうと吉原であろうと、騙し騙されるのが色里でありんす。そんなこともわからずに通っておりんしたか？　目をお覚ましなんし」

「十日やそこらでそこまで変われるとはたいしたもんじゃ。さすが相模屋の箱入り娘じゃな」

その言葉に動揺したのか、如月は肩を震わせながら無言で一点を見つめていた。

騒ぎを聞きつけた数人の若い衆がやってきて吾一を羽交い締めにした。

「兄さん、ここは客様が入るところじゃねえ。出ておくんなせえ」

「いい加減にしねえと……」と二人の若い衆が吾一の両の腕をつかんで引きずり出そうとするが、吾一は呆気なく二人を投げ飛ばした。どこからかやんやの喝采(かっさい)が湧き起こった。

「わしは部屋で待っている。いつまでも待っているぜ。ただの金蔓でもええ、部屋まで来い。金が欲しけりゃ欲しいだけくれてやる」と捨て台詞を残し、吾一は元いた部屋まで戻った。吾一は酒を呷り不貞寝(ふてね)するが、酔いも回らねば眠気も来ぬ。

半時も経ったころ、足音がして障子が開いた。如月かと身構えたが現れたのは先ほどのおとねであった。

「お酒と、お料理をお持ちしました。如月姉さんからでありんす」と端座すると蛸足(たこあし)膳(ぜん)を差し入れた。

「振られた男の顔でも見てこいとでも言われたか」

吾一はふて腐れてごろりと横になった。

そんな吾一を見ておとねは小鳥のように小気味よさげに笑った。

「なにがおかしい」

おとねは、今度は鳥の雛のように大きな口を開けて笑った。

「それ以上、笑うとただじゃおかねえぞ」

「吾一さんは男前の割には案外、鈍いでありんすね」

「なんじゃと？」

吾一は目を剝くと半身を起こした。

「振られたと言いんしたが、いつでありんすか？」とおとねは顎に指を当てて天井を見た。

「おまえ、さっき張見世の様子を見てたろ」

「あい、見ていんした。このつぶらな瞳でしっかりと見ていんした」

「だったら、振られたことを知ってるはずだ」

おとねは、今度は膝を崩して笑った。そして笑い転げそうなところで辛抱堪らず吾一は拳を握って怒鳴り散らした。

「子供だからといって、てめえ、ほんとにただじゃおかねえぞ」

「吾一さん。振られたとお思いでありんすか？　わっちにはそうは見えませんでしたが」

「なんだと？　じゃあおまえにはどう見えたというんじゃ？」

振り上げた拳が天井を向いたまま止まった。

「わっち、吾一さんが好きで好きで堪りんせん。ですが、わっちのような女郎を相手にしていては吾一さんのためになりんせん。苦しいでありんすがわっち、吾一さんのために涙を飲んで身を引きます。吾一さん、いい人を見つけて幸せになっておくんなまし、ってわっちには聞こえんしたが……」

吾一は歯を食いしばったが顔がカッと熱くなった。冷めた酒を徳利から呷ると喉を鳴らして流し込んだ。口から溢れた酒が喉を伝った。吾一は零れた酒を袖で拭うとおいとねを問いただした。

「おまえ、年はいくつだ？」

「十二でありんす」

「十二の小娘になにがわかるんだ？」

「わかりんす。わっちはここへ来てもうかれこれ六年でありんす。殿方と女郎衆の惚れた腫れたの色事を、このつぶらな瞳で嫌と言うほど見て来んした」

「なにがつぶらな瞳だ、シジミみたいな目しやがって……」

しかし、心の痞えが一つ下りた気がした。わしは本当に鈍い男かも知れんと吾一は思った。

「女の言葉の裏には別の意味があることを吾一さん、読まなきゃ駄目でありんす。今日はいつまで待っても如月姉さんはお見えになりんせんよ」

「なぜだ？」

「意地でありんす」

「じゃあ、いつだ？」

「わっちの勘では、三回目には多分……」

「つまり馴染みになればということか？」

吉原では一回目を初会、二回目を裏といい、三回目でようやく馴染みとなるが、

「鈍いでありんすね。それとは違いますよ。三回目くらいには女心が揺らぐものでありんす。女の我慢もそこまででありんす。根競べでありんす」そう言うとおとねは「わっち、そろそろ寝る刻限でありんすので、このへんで。おしげりなんし」と立ち上がった。

吾一は「おい」と声をかけると紙入れから一分銀を一つ取り出してポンと投げた。おとねは畳へ転がった一分銀を子猫がじゃれるように拾うとそれを懐へ押しこみ、にっこり笑って部屋を出て行った。

まだ西の空の底には陽が残るころであったが、吉原の夜は始まっていた。雪洞(ぼんぼり)や軒(のき)行燈(あんどん)に明かりが灯り、夜の街へと男衆を誘う色香を放ち始めていた。吾一の二度目の

登楼である。

見世の入口の床机に胡坐を掻く見世番に「つんけんして座るあすこの如月に、来ずともよいが、吾一が来たことを伝えてくれ」と言うと返事を聞かぬまま部屋へ上がった。

酒と台の物（料理）とで、ひとり手酌で飲む酒も悪くないが、少々期待も抱く。しばらくすると足音がしたのでそちらを見やるとおとねが顔を出し、三つ指突いて頭を下げたかと思うと楚々と入ってきて酌をし、なんだかんだと勝手に喋り始めた。これといって芸はないが、暇を片付けるくらいの話はできるらしい。それでもないよりはましなので勝手に喋らせておいた。他愛のない話から、身の上話へと移ったので耳を傾けるうちにいつしか聞き入った。なんでも、おとねは美濃の国の農家の生まれで、八人兄妹の末っ子だとか。一番上と二番目の兄をはやり病で亡くし、三つ上の姉が行方不明になったとのこと。おそらく勾引かしにあったのではないかと推測を交えて話した。その地方ではそのような事件が頻発していて、性質の悪い女衒によってどこかに売られたらしいとのこと。その後、父親が馬に頭を蹴られて死に、悲観した母親は病に倒れ、その薬代もままならず、残った五人の子供は、男はお店へ奉公へ出され、女は吉原へ売られた。おとねは身代金が六両二分で、二十七歳の六月が年季明けであるとのこと。話しながらもおとねは健気に笑顔を作った。

「おまえも辛え過去を背負っておるんじゃな」

一分銀目当てに顔を出したに違いないと思っていたが、そんな話を聞かされて一分では少なかろうと二分をくれてやるとおとねはぺこりと頭を下げて部屋を出て行った。廊下へ出たおとねがぺろんと舌を出したことを吾一は知るはずもない。

おとねが出て行ったあと、しばらく手酌で飲んだが、やはり、先日おとねが言った通り、その日も如月が部屋へ来ることはなかった。

初会から二十日ばかりたった夕暮れのこと。三度目の登楼である。おとねの言葉が本当であったら如月は、今夜には部屋へやって来るはず。

格子の向こうに如月の姿はなく、客が付いているかもしれぬと思った。本当に廻しにぶつかったかと思ったが構わず、「如月を揚げるぞ」と見世番に言うと「へい、まいど……」との返事も聞かず上がり込んだ。

案内されて部屋に入ると、いつもと違う空気に戸惑った。上座に如月が既に座していた。あとから部屋に来るとばかり思っていたので、待ち伏せされたようで少々面食らった。

「おう、驚かすんじゃねえ。だが、待っていてくれたようじゃな。おとねの奴もなかなかのもんじゃ」

如月は髪を縦兵庫に結い六本の簪（かんざし）と笄（こうがい）、櫛（くし）で飾り、鶯（うぐいす）色の着物で身を包んで座し、目を閉じたまま吾一を迎え入れた。

「寝てるのか？ いい、いい、そのまま寝てな。疲れてるんだな。ここが大変なことはわしも重々承知しておる」

如月は目を閉じたまま表情を変えることもなく、指先で畳をとんとんと叩いた。

「なんだ、起きているんじゃねえか。……そこへ座れってことか？」

吾一が座ると如月はおもむろに目を開いたが、その目はうつろで、まるで蔑むような眼差しであった。そして力ない口から囁くように言った。

「わっちの気持ちがわかりんせんか？」

「なんじゃと？」

吾一は、喧嘩腰となった。

「わたしの気持ちがわかりませんかと聞いているのです」

如月も、棘（とげ）のある口調となった。

「じゃあ、聞くが。おまえは、わしの気持ちがわからんか？」

如月は奥歯をかみ締めて口を尖らせ、一拍おくと大きく息を吸い、ゆっくりと言った。

「警動に遭い、これがいい機会だと思ったのです。これ以上は吾一どんのためによくありません」

「なにが、わしのためなんじゃ？」シノのほどこしを受けてきたかのような言い草に吾一はカッとなった。「おまえは何様のつもりじゃ？　勘違いしてねえか。わしも鈍いがシノはわし以上に鈍いわ。幸吉の小便舐より鈍いわ」

「小便舐？」

唐突な言葉に如月は意表を突かれ意識が揺らいだようであった。いくら女郎へ身を落としたとはいえ、人としての誇りは保っていたつもりであった。それを呆気なく、しかも理不尽に踏みにじられた思いであった。悲しいやら悔しいやらで喉が震え、声にならず、ただ目を剝くと屹度（きっと）吾一を睨みつけた。

「わしはおまえが好きだからこそ、岡場所へも吉原へも足を運んでるんじゃ。おまえに守ってもらおうとか養ってもらおうとかそんなちんけなことは考えちゃいねえ。おまえはわしのことをどう思ってるんだ？　女郎だから抱かれただけか？　身体が女郎であることは知ってるが、心まで女郎になりさがってやがったとは知らなかったぞ」

目に力が入ったかと思うと如月の手は吾一の頬を打とうとした。だが、吾一の手がその手をつかんだ。

「おまえにはわしの頬は打てねえ」

その瞬間、涙で目の前の吾一の顔が歪んだ。堪えようとしたが、涙が、はらりと頬を伝った。

「おまえはわしのことをどう思ってるんじゃ？」

如月の呼吸が荒く、早くなった。

「答えろ。おまえはわしのことをどう思ってるんじゃ？　わしの目を見て答えろ。ただの客か、金蔓（かねづる）か？」

ただの客のわけはない。客であればここへ来るななどとは言わない。

「決まってます」

如月は震える声を絞り出し顔を背けた。好きに決まっている。身の底に溜まっていた残渣を絞り出した時のような満足感が心の隅々まで広がった。しかし、まだなにか言い足りない。言い足りないが、それ以上は言葉にならなかった。

言わせた。言わせてやった。それが聞きたかったんじゃと吾一は仕留めた獲物を見るようにシノを見つめた。

「そうじゃろ。わしもじゃ。おまえが好きじゃ。好きで好きで堪らん。これであいこじゃ」吾一は如月を押し倒した。「己に素直になれ。わしもわしの好きなようにさせてもらう。その後はどうなろうとどうでもいいことじゃ。おまえに責めを負わせようなどとは思わん」

屏風が倒れ、煙草盆と料理がひっくり返ったが、構うことなしに吾一は如月の裾を開いた。

吾一の力ずくの行為の前に如月の抗いも徐々に薄れ、受け入れ、半時にも及ぶくんずほぐれつの営みに吾一はここ一月余り溜まっていたすべてのものを如月の中に吐き出した。

障子の隙間から覗いていたおとねが頬を赤くして廊下を駆けて行った。

翌朝、大門での後朝(きぬぎぬ)の別れとなった。おとねが木戸の陰から覗き、恥ずかしそうに手を振った。あいつだけがすべてお見通しだったってことらしいと吾一は思った。駄賃二分じゃ足りねえな。

## 火薬

年も押し迫ったころである。薬研、革を敷いた皿、天秤など火薬作りに必要な道具を買い揃え、和助に教わったとおり準備万端を整えた。

万一のことを考えて火鉢の火を消し、寒さにかじかむ手を息で温めながらの作業となった。

失敗してる暇はねえ、と肝に銘じると作業に取りかかった。

最初に木炭を薬研で細かくし、十五の割合……「十五の割合とはどれくらいじゃ？ こんなもんか？ 適当でええな。……いかんいかん……全体を百としたときに十五であるから……」慣れない算術に頭を悩ませながらきっちりと十五の割合となるよう天秤で量り、硫黄を十の割合となるよう算出して混ぜ合わせる。同じようにして細かく砕いた硝石を七十五となるよう加える。これでちょうど百となる。「わしの算術もまんざらでもないわ。寺子屋なぞ行かずともなんとかなるというもんじゃ」と正解であるかわからぬも、なぜかほくそ笑む。それらを、革を敷いた皿に移し、水を含ませながら擂り粉木ですり潰しながら混ぜ合わせる。一旦押し固めてから再び細かく砕く。配合に手こずりながらも半日でできる仕事であった。できたらそれを時を掛けて乾かす。季節がら乾くのは早かった。紙に薄く敷き広げると丸一日でさらさらとした粉になった。

黒い粉が丼鉢に一杯できた。とりあえずできたが、初めての火薬がうまく発火するかどうか試しに竈へ少量くべてみる。すると深紅の炎が音を立てて燃え、吾一の顔を照らした。目を見張る光景であった。

「おお、火薬じゃ。たいしたもんじゃ」

火薬が大したものなのか、己が大したものなのか「両方じゃな」と吾一は悦に入り、不敵な笑みを浮かべた。頬は緩むばかりであった。炎は夜空を彩る花火にも似ており、その深紅の光は吾一の大きな自信となった。

さらに、糊を塗った紙紐に火薬をまぶして導火線を作る。威力を試すため火薬を竹筒に詰めて、開けた穴に導火線を取り付けた。爆竹のできあがりである。これでうまく爆発すれば火薬は完成となるのだが……。

ここで試して長屋が吹き飛んでは困るし、人に見られては不味いので早朝、人気のない山へ行き、試してみることにした。

適当な木を見つけると根もとに爆竹を据える。火縄で持参した火を導火線に移す。

導火線はチリチリと小さな火花を散らして燃え始めた。

「ええ具合じゃ」

導火線に沿って爆竹へと火が進むのを確かめると吾一は、近くの木陰に身を潜めてその様子を見守った。

導火線は小さな火と煙を噴き出しながら燃えた。吾一は耳を塞ぎ、固唾を飲んで見守った。

火が見えなくなった、途端、火の粉が二尺（約六十センチ）ほどの高さに噴き出すと終わった。

大木が根こそぎ吹き飛ぶかのような派手な光景を想像していたのだが、結局、竹筒から火の粉と白い煙が噴き出しただけであった。

「なんじゃ？　こんなもんじゃったらわしの方が勢いええわ」

拍子抜けであった。こんなものではないはずである。打ち上げ花火は耳を劈（つんざ）くほどの音をたてて大空に咲くものである。火薬の量が少ないとは言え、これは別物である。持参した三本、すべて試したが同じ結果であった。

なにかが違う。なにがいけなかったのか、帰り道にいろいろと考えてみるが答えを見いだすにはいたらなかった。

その後、何回か試した。特大の爆竹も作ってみた。火を高く吹き上げるものの同じような結果であった。初めに作った火薬はほとんど使い果たしても、思うような成果は得られなかった。どこかが間違っておるのじゃろうと思うも原因にたどり着くことはできなかった。

吾一は左門で和助を待った。待ったが姿を現さぬ。待っているときには現れないのが和助である。二日三日と酒を飲みながら待った。五日目にようやく現れたときには和助に後光が差しているかのように見えた。このときほど和助の存在がありがたく思えたことはなかった。

「どうじゃ塩梅は？」

和助のほうから掬い上げるような笑顔で切り出した。吾一が実験の顚末をつぶさに話すと、和助は小さく頷きながら聞いていた。「吾一どんがそこまでやるとは思わなかった。なかなかやるのお」と腕組みをしながら本心かどうかわからないものの感心の面ざしを見せた。

「酒はまだかの」

「どこがいけないんじゃ？」

吾一は油紙に包んできた火薬の残りを開いて見せた。

和助はそれを手に取ると指先でつまんでみたり、臭(にお)いを嗅いだり、舐めたりした。

「本当は舐めんでもわかるんじゃがな。本職みたいじゃろ」と笑い「感触は悪くはないが……」と首を傾げながら店の奥へと立った。

「親父、竈(かまど)の火を借りるぞ」

呆気にとられる主を尻目に和助は竈を覗き込むとつまんだ火薬を弾き入れた。

吾一のところへ戻って来ると、「火の色も悪くはないぞ。さて……」と考え込んだあと、運ばれた酒を手酌で注ぎ、ぐいと呷った。「火薬の作り方は間違っておらんと思う。おそらく、詰め方が間違っておるのじゃろう。おまえさん、爆竹がなぜ爆発するかわかるか？」と和助は吾一に問うた。

「火薬が燃えるからじゃろ」と吾一は分からずも、分かった振りをする。

「燃えるとなぜ爆発するんじゃ？」

「決まっておろうが……」とそこからは説明できない。以前にも聞いたように思うが……。

「火薬が燃えると急激に膨らむんじゃな」

「なにが？……そうか、嵩(かさ)じゃ」と聞いたことを思い出した。

「嵩ってなんじゃ？」

「知るかっ」

馬鹿にされたようでカチンときた。

「……煙じゃ」

「初めて聞いたわ」

「火薬が一瞬にして大量の煙に変わるんじゃ。吾一どんだって怒りが膨らめば爆発するじゃろ。その気の捌け口がないからじゃろ」

「わしは爆竹じゃねぇ」

「いっしょじゃ。竹筒に穴を開けて、そこに導火線を挿し込んだだけじゃろ。火薬はそれ自体が爆発するのではない。爆発するのは覆っている物じゃ。だから火が噴き出す穴を塞がんといかん。わしは爆竹を作ったことがないのでなんとも言えんが、鉄砲の弾込めの様子を見るとじゃな、火薬を注ぎ込んでから弾を入れたあと、突き棒で押さえておる。つまり、竹筒の中に火薬を入れたとき、強く突き固めなけりゃならんということじゃ」

「突き固めたはずじゃがの」

「では塞ぎ方が悪かったんじゃな。だから、穴から抜けて火を吹いたんじゃ」

「塞ぎ方か……」と吾一は腕組みをすると妙に納得した。

「おまえさん、手筒花火を知っておるか？　おまえさんが作ったのはそれと同じ理屈のものじゃ」

「……じゃが、石に詰めたときには塞いでおらん。突いたときに暴発したわ。手からテコ棒が飛んで行ったわ」

「強く押さえすぎたから火薬が一気に発火したんじゃろ。テコ棒がうまい具合に蓋となったのかも知れん」

吾一は席を立つと、「わかった。和助、おまえはさすがじゃ。なかなかの知恵者じゃ。好きなだけ飲め。わしは帰る」

「相変わらずせっかちじゃの。いいからちょっと座れ。まだ話がある」

勢い込んで飛び出そうとした吾一が出鼻を挫かれてか、不機嫌そうに座りなおすと、

「おまえさんにいい話を持ってきてやったぞ」と和助は改まって真顔を作った。

「おまえの口からいい話が出ることはそうないからの。聞くか聞くまいか今迷っておるわけじゃ」と吾一は期待を交え、からかうように和助の顔を見た。

「いま、おまえさんはわしを褒めたばかりじゃろ」と和助は仏頂面になったがすぐに

機嫌を直すと、「実はな。あつらえむきの鉄砲鍛冶を見つけてやったぞ」と自慢げな顔を作った。

それには吾一も驚いた。確かにいい話である。思わず尻が浮き上がった。

「鬼子母神裏に住む定松（さだまつ）という男でな、こいつがおもしろい男でな、わしが托鉢（たくはつ）で地方を回っておるとな、山の中に行き倒れの男がおってな……」

「その話は長くなりそうか？」

「おまえの短気は父親ゆずりのようじゃな。わしはおまえの父親と会ったことはないが、その短気は血のせいじゃ」

「そうかも知れんが、手短（てみじか）に頼む。ケツだけでもう走り出そうとしておるんでな。押さえられんかもしれん」

和助が相州（神奈川県）まで足を延ばしたときのこと。大山（おおやま）街道を下ること半日、わき道に入って一時ほど行くと長光寺（ちょうこうじ）という寺がある。そこへ向かう途中、突然の雨に降られた。ちょうど大きな楠（くすのき）があったので雨宿りしようと木陰に入ったところ、ふと見ると木の裏手の草むらから二本の足がにょっきりと出ていた。和助はすぐに察した。旅の途中で病に命を落とした旅人であろうと。成仏させてやろうとそっと近づいたところ、それが生きていたから驚いた。

「どうせ、和助のことじゃ。懐でも探っておったときに腕でも摑まれたんじゃろ」

「なにを馬鹿な……わしは仏僧じゃぞ」

しかし、ほぼ図星であった。このようなところの勘が鋭いのが吾一であった。和助は生死を確かめる振りをしながら懐の物を探っていたわけである。

「……この男は泉州堺から江戸へ上る途中、路銀が底をついてにっちもさっちも行かなくなったということじゃ。腹が減って動けなくなっていたところにわしが現れた。仏様の巡りあわせかも知れん。で、わしはその男に水と握り飯をくれてやった。ついでに長光寺へ導いて宿坊に泊めてやった。帰りには江戸まで案内し、伝を頼って住まいの世話までしてやったわけじゃ。するとたいそうよろこんでな、命の恩人と崇めてくれた。なにか困りごとがあればなんなりと言ってくれと言うのじゃ。その男が鉄砲鍛冶であったわけじゃ。しかも国友一貫斎直伝の鉄砲鍛冶だそうだ。知っておるか？　国友一貫斎を」

吾一は目を見開いて首を振った。当然ではあるがそのような見聞は持ち合わせてはいない。この男は吾一である。

「さもあろう。知らぬも無理はない。おまえには誰の弟子だろうがそんなことは関係ないのであろうな」と和助は憐れむように頷いた。

「その男は信用できるのか？」

「それなんじゃが、いろいろと問題も抱えておるようじゃ。この男、腕は確かなようじゃが、飲む打つ買うが三度の飯より好きでな、借金がそこら中にあるらしい。これ幸いと足元を見て来るかも知れん。であるから少々金がかかると思ってくれ」

「金か……」と吾一は腕を組んだ。「わしはもう金がないんじゃ。稼ぐ目途もない」

「呆れたもんじゃな。火薬だけ作って、その先のことは考えてなかったのか？」

「そのこともおまえに相談しようと思っておったところじゃ」


石切りに身が入らず、頭領の善吉から、そろそろ大目玉を食らうかも知れんと恐れる日々をすごすこと三日目。朝、迎えにきた万作に「風邪をひいたようじゃ。これで玄翁を振ったらセリ矢をはずしてしまいそうじゃ。石が売り物にならなくなっちまう。今日は風邪で休むと伝えてくれ」と言付けを頼む。万作は「いい加減にしたほうがええぞ。伝えることは伝えるが、わしゃ知らんぞ」と冷たい視線と言葉を残して仕事へと向かった。その後姿を見ながら、潮時かも知れんと思った。どっちつかずでは両方に迷惑もかけるし、両方とも駄目になるやも知れん。

この日、和助の取り計らいで、定松と会うことになっていた。話をしてみて、できるのか、またいくらの金が必要となるのか聞いてみぬことには始まらぬではないか。

込み入った話になりそうなので、また他人(ひと)に聴かれてあらぬ誤解を受けても困るので、深川(ふかがわ)の末広(すえひろ)という茶屋のひと部屋を借り、そこで会うことにした。全ての出費は吾一が受け持つこととなった。喜んだのは和助。「このような話には、酒と料理は欠かせぬな」とご機嫌であった。和助の坊主修行もそろそろ終焉ではないかと吾一は思った。煩悩が凝り固まったような、しかもこのように流されやすい人間は、僧侶に不向きである。

おずおずとやってきた定松は四十代半ばの小柄な男であるが鍛冶職人らしく火焼けした顔に大きな手が目を惹(ひ)いた。お互いに不作法な挨拶を一通り済ませると、吾一のほうから本題を切り出した。

「大体の話は六念（和助）から聞いてると思うが、銛を撃つような砲筒はできるものかね？」

定松は吾一の顔をまじまじと見据えてはっきりと答えた。

「できるにはできますわ」

「いくらかかる？」

定松は茶を啜(すす)ると口元に力を込めて、なにから話していいか迷うような素振りを見せた。そして、思い切ったように口を開いた。

「金の相談をする前にいくつか聞いておかなあかんことがあるんやが……吾一さんといいよりましたな、あんさん、鉄砲を撃ったことはありますかな？」

「いや」と吾一はあっさりと首を振った。

「あんさんが撃ちたい銛というのは、重さはどれほどありますかな？」

「おおよそ八百匁（三キロ）じゃ」

「それを撃ち出す気ですかな？　知っているかどうか知りませんがな、阿波筒という鉄砲があるんやが、この鉄砲には弾が五十匁（約百九十グラム）あるものがありますわ。これはな、玄人でも撃つのが難しい代物ですわ。下手をすれば肩の骨が砕けます。素人やと、とても話にならんですわ。鉄砲というのは撃つとその撃ち出す力と同じ力が撃った己に跳ね返ってくる。そのことを知っておりますかな？」

「知らん。できるかどうかを、わしは聞いておるんじゃ」

「まだわからんかな？」と定松は首を傾げながら和助を見た。和助は一人で酒を飲みながらドジョウ鍋を突き、足らぬところを付け加えた。「八百匁の銛を撃ち出す鉄砲というのは鉄砲でなくて大筒なんじゃ。人の力で押えきれるもんじゃねえというわけじゃな。定松どん」

「撃てるかどうか撃ってみねえとわからねえじゃねえか。作れねえのか？」と吾一は拳を握って凄んだ。

「できるわ。どアホ」

定松は唾を飛ばして怒鳴った。

定松と吾一は黙したまま対峙し、しばらく睨みあったが、

「どアホってなんじゃ」と鼻の穴を膨らます吾一。初めて聞く言葉にいささか面喰らった。

「おまえさんのようなわからず屋のことを言うんや」

「わしはどアホか……それで結構じゃ。生まれてこの方どアホじゃ。これから死ぬまでどアホじゃ。それでええか」

「作ったところで、おまえさんが撃てるかどうかということや」

「撃ったらどうなる？」

「後ろへ吹っ飛ばされるか、背骨がへし折れるかのどちらかやろな」

「おもしれえ。そんな物騒なものなら尚のこと撃ってみたいものじゃ」

そこへ和助が口を挟んだ。

「吾一どん、八百匁というのはちょっと無理ではなかろうか。せめて四百匁（約一・

五キロ）くらいにしておいたらどうじゃろか」

「どアホ」吾一が力任せに怒鳴った。「権左に四百匁のような小便鉦が通用すると思うか？」

アホと赤子には勝てぬようじゃとでも言いたげな顔で定松は目前の吾一を見ていた。

「そこまで言うのなら作ったるわ。ただしや、三十両や。ビタ一文負けられへんで。しかもどうなっても責任は持たんで」

「三十両か？　ちと高いんじゃねえのか？　砂の型を作って溶けた鉄を流し込むだけじゃろ。そんなに高くなるわけねえ。さては足元を見たな」

「素人はこれだから困るわ。鉄砲作りというのは鍋や風鈴を作るのとはわけが違うんや。刀を打つのと同じなんや。刀鍛冶が鉄砲鍛冶に鞍替えしたのもそのせいや。真っ赤に焼けた鉄の板を鍛え、それを丸く曲げて筒にする。それに細い鉄を巻きつけて熱し、焼き固めるんや。そうやないと吹っ飛んでしまうのや。わかったかどアホ」

吾一は定松の目を見た。その目は嘘やはったりではなかった。

吾一は観念したかのように肩から力を抜くと「わかった。それでいい。じゃが、出世払いにしといてくれ。今は金がない」と懇願に転じた。

「出世払いやと……」定松の目が皿のように見開かれた。「無理やな」

「わしからも頼むわ」と和助がドジョウを口に入れながら口添えする。

「鍛冶場を借りねばならんし、砂鉄や石炭も買わねばならんのや。その金はどうするんや？」

「それもそちらで頼むわ」

無茶苦茶な話ではあるが、命の恩人からの頼みであれば無下にすることもできず、定松は渋々の承諾となった。

「その前に大事なことを忘れとるな。これを作るには鉄砲の技法を必要とすることや。つまりや、勝手に作ることはできんのや」

和助がドジョウを口いっぱいに頬張りながら言った。

「お上の許しを得なければならん」

「勝手に作るとどうなる？」

「遠島、いやいや、武器に関わるものなら、おそらく獄門じゃな」と和助。

「武器じゃねえ。クジラを取る道具じゃ」

「そんな理屈は通らないんだよ吾一どん。それならどんな武器でもクジラを取る道具じゃとか、熊を取る道具じゃとか、いくらでも言い訳はできるからな。これはちと厄介じゃが、とりあえず願い出てみるしかなかろう。わしが手本を書いてやるから、それを見て写せ。それを町奉行所へ持っていくんじゃ、な」と和助は子供を諭すように言うと爪楊枝をくわえた。

新規巧出し（発明）は織物、見世物に関する物を除き、世間を混乱させるとの理由から幕府によって厳しく制限されていた。許可なく作ると罰せられる。中でも武器に転用できるものに関しては厳しい処罰が科せられた。

吾一は和助によって書かれた「新規巧出しに関わる申請、新規巧出し名、鯨漁のための砲銛」と題された書類を、自分の手で書きなおし、恐れながらと奉行所へ持参した。

「許可は下りたか？　もう一月にもなるが」

和助は心配してか、只酒が飲みたいだけか、たびたび居酒屋へ現れては吾一に聞いた。

「まだじゃ。まだなにも言ってこん」

吾一は、一月の間、まんじりともせず待っていた。なにをするにしても気が入らず、仕事ではたびたび失敗を繰り返し、頭領の善吉から「吾一、おまえ最近ぼーっとして、なにやっとるんじゃ。どこぞの女郎に現を抜かしておるんじゃなかろうな。そんなことじゃ、ふぐりの毛まで抜かれるぞ」などと怒声を浴びせられることしばしば。

二月がたったころ、長屋へ奉行所からの遣いが来た。吾一が赴くと、直々に沙汰が下された。条件付きで免状が下されるとのことであった。

待ち望んだ沙汰ではあるが耳を疑い、次いで全身で喜びを味わった。沙汰が下るまでには以下のような経緯があった。

武器、火薬の取り扱いに関しては御定書によって厳格に決められており、たとえ世間に有益である新規巧出であっても簡単に認められることはない。吾一の提出した申請書は奉行所から幕府へと上げられ、老中大久保忠真をはじめとする有識者の間で喧々囂々の議論がなされた。たとえ有益であるにせよ、悪用されれば幕府存亡に関わることとなりかねぬとの意見が出れば、そのような狭い了見では我が国の進歩繁栄に支障を来しかねぬとの意見が拮抗対当し、口角泡を飛ばす議論となった。しかし、やがて後者の意見が押し始めた。近年、クジラの減少から鯨漁は疲弊し、それに伴う年貢、運上金の収入も激減していることに頭を抱えていたことが背景にあった。今、広く行われている漁法では小型のクジラを取ることが精いっぱいで、いずれそれらのクジラも取れなくなるのではないかとの懸念が前者の意見を駆逐することとなった。

「条件とはどのようなことでございましょうか？」

吾一は恐れながらと問うた。

「この新規巧出しによって、少なくとも一頭のクジラを取ることである。それがこの巧出しを認める条件となる」

「もちろん、わしもクジラを取るために砲銛を作るわけでございますから承知いたします」

「それならよかろう」

奉行は思わせぶりに口元を歪めて笑った。気になった吾一は再び問うた。

「もし、取れなかったらどのようなことになるのでございましょうか？」

「取れなかったらか？　問題はそれじゃ。もし取れねば吾一、そのほうを、幕府を謀ったとした者として斬首の上、獄門に処す」

「獄門というのは簡単にいうと、打ち首かの？」

奉行は重々しく頷いた。

打ち首と聞いてさすがの吾一も震え上がった。しかし、期限さえ決められていなければなんとかなろうと腹を括る思いで「承知いたしました」と力強くも安易に返事をしたところ、「そうか、ならよい。期限は、六月のうちじゃ。三月のうちに完成させ、その後、三月のうちに捕鯨することである」と付け加えられ、吾一は息を飲んだ。

「よいか、心してかかれ」と締めくくると奉行は吾一に御免状を下し、座を立った。

吾一は御免状を手にしたはいいが、胸の内で「六月」という二文字が膨らみ重く伸しかかった。

御免状には巧出しの内容と期日が記され、文末に老中大久保忠真の名と花押があった。確かなものである。確かなものということは、今日より半年以内にクジラを少なくとも一頭取らなければ吾一の首は確実に胴体から離れるということである。吾一は首に手を当て、汗を拭った。

そのことを和助に話すと、「なるほど、そういうことか。しかし、お上もよく承諾してくれたものじゃ。これほどあっさりと進むとは思いもしなんだ」と諸手を挙げて喜んだ。

「クジラが取れなんだらわしの首はなくなるんじゃ」

首を刎ねられると、首の方が痛いじゃろうか、それとも胴の方が痛いじゃろうかと妙な疑問が湧いたがすぐに消えた。

「おまえでも命が惜しいか？　では、奉行所に出向いて、今回のことはなかったことにしてくれとお願いしてみたらどうじゃ？　今なら遠島くらいで許してくれるかも知れんぞ」

「それも嫌じゃ」

「ここまで来たんじゃ、腹を括れ。意外と往生際の悪い男じゃな。人はいつか死ぬ。早いか遅いかの違いだけじゃ」

「そんな言葉が慰めになると思うか。生臭坊主め。もう少し気の利いたことを言わんか」

「そんな言い草はなかろう。わしだっておまえのために散々骨を折ってやってるんじゃ。ちっとは感謝せんか。おまえが獄門になったらあとはわしに任せろ。丁重に弔ってやる」

「おまえが妙な鉄砲鍛冶など見つけて来なけりゃわしは長生きできたかもしれんのじゃ」

「今更、ようもそんなことが言えるもんじゃな。おまえもあのときは喜んでおったじゃろ。金輪際おまえなんぞの面倒は見んぞ」

「薄情モンが。わしが死んだら、おまえだって只酒が飲めんようになるんじゃぞ」

「それは困るのう」と和助は薄ら笑いを浮かべながら猪口（ちょこ）の酒を啜（すす）った。

吾一は和助の赤ら顔に小銭を投げつけてやろうかと思ったが、湧きあがる短気をぐっと飲みこんだ。

「定松の方はどんな塩梅じゃ？」

奉行所からどんな沙汰があるかわからないが、とりあえずなにがあろうと責めは吾一が負うという約束で砲銛の制作を進めるよう頼んでおいた。

「さあ、どんなもんじゃろうか？　最近はとんと顔を見せん。鬼子母神裏のネズミ長屋に住んでいるんじゃが、何度訪ねても留守じゃ。ひょっとすると夜逃げしたかも知れん」と和助は大口を開けるとタコの足が挟まった歯を見せて笑った。もし、それが事実なら吾一はもはや、死んだも同然である。

定松に直接会って確かめるべく向かった。人に聞きながら、鬼子母神裏のネズミ長屋にある定松の住まいを訪ねた。ネズミ長屋と呼ばれるだけあって薄暗く悪臭漂う長屋であった。吾一の住まう長屋のほうがはるかに上等であろう。

「定松さんの住まいはここかい？」

井戸端で蚊を払いながら米を研ぐ四十絡みの女に尋ねると「ああ、そこだよ」と指さしたところは四軒並ぶ長屋の一番奥の、厠の向かいであった。

「いるかい？」

「いないよ。ここ三日ほど姿を見てないね」

吾一は試しに障子戸を叩いてみたが、中からは人の気配は感じられなかった。障子の隙間から饐えた臭いが洩れてくる。ひょっとすると中で屍骸となって朽ち果てておらんとも限らない。

「どこへ行ってるかわかるかい？」

「さあね。鍛冶職人とは聞いたがね、どこへ奉公してるかまでは聞いてないがね」

ここで待っていても、いつ帰って来るかわかったものではない。今日か明日か十日後かと考えている最中、女が「ああ、定松さん」と指をさした。見ると髪が解れ月代が伸び、無精髭で覆われた定松がふらつく足取りで路地を向こうからやってきた。

「昼間から酒を飲んでおるか」と怒鳴り声が出かけた。酔っ払っているようにも見えたが、どうやらそうではないらしい。遊び呆けてはいないようなのでほっと胸を撫で下ろした。吾一は二つの意味で「しめた」と思った。ここで会えたことと、あの窶れ具合から想像するに、相当に根を詰めている様子であると見た。

「定松さん、その様子を見ると、だいぶ進んでいると見たが？」

定松は吾一を見ると、隈のできた眼を眩しそうに細め、首を傾げた。

「おいおい、しっかりしてくれ。わしじゃ。吾一じゃ」

定松は無言で吾一を押しのけると、建てつけの悪い障子戸をがたごとさせながら開けて住まいへと入った。

「仕事の進み具合が気になったもんだから、出向いてきたんじゃ。惚けてもらっちゃ困るぞ。出世払いとは言え、三十両で引き受けたはずじゃ」

「その話なら、ちゃんと進んでますわ」と定松は妙な具合に口元を歪めた。

吾一にはその意味はわからなかったが、「その進み具合を聞きてえんじゃ。お上から巧出しのお許しが出た」

「ほんまでっか、そりゃよかったやないか」と口先で薄っぺらに言った。

「で、どうなんじゃ？」

「昨日、ようやく鍛冶仕事ができそうな家が見つかったわ。四谷のはずれの空き屋ですわ」

「家が見つかった？」

「そうや。なんか不服ですかね？」

真顔から薄ら笑いを零しながら定松は平然と言い放った。

その言い草に吾一の腸が煮え繰り返りそうになり、この場で首根っこをつかんで振り回してやりたい気分になったが、ここで事を起こしてはならじと己に言い聞かせた。だが、吾一の鼻息は荒くなる一方であった。

定松はその腹を読んだらしく「あんさん、なにもわかっとらへんな。ええか、よく聞きや、吾一どん。わいが飲まず食わずで上方からやってきて、途中で行き倒れになったことは知ってまんな」定松は吾一の頷く様子を見た。「そしてや、日雇いをしながらこの貧乏長屋に転がり込んだわけや。わいだって、生きるためには食わんとあかんし、食うためには働かんとあかん。あんさんが出世払いと言えば、出世するまでは金が入らんということっちゃ。わいはどうすりゃいいんや?」

「そんなことはおまえさんの方で考えてくれんか。わしにはおまえさんの暮らしまで面倒見られん」

「そうでっしゃろ。ていうやさかい、わいはわいのやり方でやらせてもらうことにしたまでや。ここを見てみんさい。江戸へ来て三月、敷きっぱなしの布団の上に埃が積もっておるやろ、着物も褌も洗濯もせんと着たきり雀や」

台所は刻んだ野菜が腐って饐えた臭いを放ち、ハエが集っていた。

「あんさん、わしが約束を忘れて遊び歩いていたとでも思うかね?」

確かに吾一は自分のことで頭がいっぱいで、定松の事情など考えてもやらなかった。

「しかし、そんな悠長なことは言っておれんのじゃ。いつできるんじゃ」

「そうやな……早くて半年、仕事が立て込めば一年というとこやな」

「駄目じゃ。それじゃ、わしの首が無くなってしまうわ。二月(ふたつき)で作ってもらわんと……」

そこで吾一は奉行所から突き付けられた条件を伝えた。完成までに三月ということであったが、試し撃ちや手直し、場合によっては作り直しということを踏まえて、あえて二月という条件とした。

「今になって言われても困るわ。鍛治に使う道具も買い揃えんとあかんし、その金もこれから工面しなあかんし、とても二月じゃ無理やな」

「もし、わしの首が無くなったら、おまえさんのところに化けて出てやるからな。毎晩夢枕に立って、おまえさんの顔を覗き込んでやるわ」

「冗談やあらしまへんで。そんなこと言われても無理ちゅうもんや」

吾一と定松の睨み合いがしばらく続いた。そこでふと吾一の頭に閃(ひら)めいた。

「なあ定松どん、おまえさんもひとりじゃなにかと大変じゃろ」と一転してにこやかに吾一は踏み入れた。

「だから大変やとさっきからゆうておるやろ」

「そうじゃろそうじゃろ」

「なんや？　気味が悪うなったで。背中が寒うなったで」

「女子(おなご)の手があるとええんじゃないかと思ったんじゃが……そうでもないか？」

「女子の手やと？」

定松の目の色が変わった。定松は飲む・打つ・買うに目がないと和助から聞いていた。そのなかで一番金のかかるのは「買う」である。身近に女がいれば仕事に身が入るようになるのではないかと一計を案じたのである。

「掃除洗濯だけでも手が省ければ都合がええんじゃないかと思ったんじゃが。余計なお世話というのであれば謝るが」

「謝らんでええ……でもな、女子とゆうても、まさか五十、六十の婆やないやろうな。わいはな、器量にもうるさい方やで。おへちゃならごめんこうむるさかい」

「年は二十歳(はたち)。別嬪(べっぴん)というわけではないが、そこそこじゃと思う。しっかりした女子じゃが、どうじゃ？」

「おまえさんとはどういう関係なんや？　遊び飽きて捨てる女を押しつけられても困

るんやが……」

「とんでもねえ。わしとはそのような関係ではねえ。簡単に言えば幼馴染じゃ。今はいろいろなことがあって身の振り方を考えてやっておるところじゃ」

定松は腕組みをし、この吾一の話に乗るべきか、ただ上手く乗せられて扱き使われるだけか、断るべきか受けるべきか、そのせめぎ合いの中でしばし煩悶しているようであったが、「じゃがな、二月というのは無理やぞ。いくら女手があったとしても、鍛冶の手伝いはさせられんからな」

「じゃあやめるか？」

カヨを探さねばならん。

岡場所から逃げ、実家へも帰ることのできない女が、どこへ身を寄せるものか、吾一にはとんと見当がつかなかった。旅籠を一軒一軒回ることもできぬ。再び岡場所へと戻っているかも知れんと思い、吾一はカヨのいた根津町の見世を訪ねてみたが、見世には戸板が打ちつけられて中に人の気配はなかった。咄嗟に思いついて出た話ではあるが、今となって迂闊だったかと思い始めていた。しかし、話がまとまらず、ここで定松に臍を曲げられても困る。さてと吾一は考えた。江戸には岡場所と呼ばれる処が今でも三十か所近くある。一つ一つ足を運んで探すことなど到底無理である が、とりあえずいくつか岡場所を回ってみた。だが、やはりカヨの姿は見当たらな い。岡場所から逃げた女が自らの意思で再び舞い戻ることなどないのかもしれぬと頭 を抱えて帰路につき、伝通院脇の森に差しかかった。

湿った風が股座を吹き抜けたかと思うと「吾一、待ったぞ」と木陰から般若の形相 で現れ、包丁を構えていたのはカヨであった。

カヨにしろ和助にしろ……うっかりしていた。カヨは吾一をつけ狙っていたのであ るから、ここへ来れば向こうから現れることにどうして気づかなかったのじゃろうか ……。

「わしもおまえを探しておったのじゃ。包丁を仕舞ってくれんか。そんな錆びだらけ の包丁をどこから持って来たんじゃ。しかも菜切り包丁じゃねえか。そんなんじゃ人 は刺せん。出刃包丁くらいは用意せんといかんぞ」

「大きなお世話じゃ。おまえのふぐりくらいは切り落とせるわ。少々手間はかかる が、鋸のように引いたり押したり、四半時(約三十分)もあれば切り落とせるわ」

「四半時もわしはじっとしとらんといかんのかの?」

「わしは四年も待ったんじゃ。それくらいじっとしておっても罰はあたらんじゃろ」

「とにかく仕舞え」

カヨは不服そうな顔で渋々懐へ包丁を仕舞うと「なんじゃ、わしに用って」と草むらに尻を置いた。

「おまえ、今どこでなにしておるんじゃ」

「わしはここで座っておるわ。見ればわかるじゃろ」

「どこで寝泊まりし、どのようにして飯を食っているかを訊いておるんじゃ」

吾一は思わずカッとなり森に響き渡るほどの声で怒鳴った。

「そんなことわかっておるわ。ちょっとからかっただけじゃ。怒鳴るな。……どこといって決まったところはないわ。橋の下で寝ることもあれば、銭が手に入れば宿に泊まることもある。帰るに帰れんからの、だれかさんの親父のせいで。いや、おまえのせいじゃ」

「なんでわしのせいなんじゃ。いつからわしのせいになったんじゃ」

カヨは、夜鷹のようなことをすることもあれば、かっぱらいやスリをして口に糊(のり)する毎日で、自分でも情けなく哀れで、気丈であろうとするも、つい涙が滲んだ。岡場所で見世に出ることと変わらなかった。いや、それ以上に荒(すさ)んだ暮らしかもしれない。語ることなど到底できやしない。吾一も察し、それ以上は訊かなかった。

「……わしの知り合いに女手がほしいという者がいるんじゃが、どうじゃ？　悪い話ではないと思うが……」

「わしを人身御供にする気か？　どうせおまえのことじゃ、三つも四つも魂胆があるんじゃろ」

　さすが幼馴染だけあって吾一の性格をよく心得ている。内心、どきりとしたが、かろうじて顔色は保った。

「話だけ聴いてやるわ。早よ話せ」とようやくカヨは耳を貸すに応じた。吾一の魂胆に飛び乗るのは癪であったが、いまの状況を変えることができるのであれば野良犬の話にでも乗りたい気分であった。半時ほどかけて吾一は権左を仕留める目論みを包み隠さず話した。カヨは訝しげな眼で見ていたものの、吾一が支度金として差し出した一両に、飛びつくようにして受け取ると、翌日にはその金で髪を結い直した。そして、身をきれいにし、その翌日には古着屋で着物を買い揃え、鬼子母神裏の定松を訪ねた。

# 勧進相撲

待つ身の二月（ふたつき）は途轍（とてつ）もなく長い。一月（ひとつき）が経ったころには、吾一は、一月先まで生きていられるか不安であった。十年先を見据えているような気持ちであった。

時々、定松の長屋へ出向いてみるが、定松が居たためしはなかった。姉さんかぶりで女房気取りのカヨが拭き掃除をしながら「なんじゃおまえか、なにしに来た？」と邪険に迎えるばかりである。

「うまくやってるようで安心したぜ」

「大きなお世話じゃ。わしはおまえに礼など言わんぞ」

「そんなこと言われたらふぐりの裏がむず痒くなって踊り出さんといかん。こっちからごめんこうむるわ」

険悪な空気が流れ始めたころ、珍しく定松が帰ってきた。

「来ておったか。用はなんじゃ？」とわかりきったことを訊く。

「砲銛の塩梅はどうかと思ってきてみたんじゃが、どうじゃ？」

「ぼちぼちじゃ。できたらこちらから使いを出すさかい、それまで首を長うして待っといてんか」

「この首が、斬られんうちにしてもらわんとな」

「斬られりゃいいんじゃ。切り刻まれりゃいいんじゃ。わしが膾にして食ってやるわ。美味くはなかろうが、無理して食ってやるわ。それで腹こわして死んでも本望じゃ」とカヨは糠床を掻き回しながら毒を吐く。

吾一が石切りの準備をしていると小助が呼びに来た。頭領の善吉からなにか話があるらしいので建屋の二階へ行けとのこと。珍しいことがあるものだと思うも、ひょっとすると仕事の身の入れ方がなってないと小言でも言われるのか、まさか、暇を出されるのかと思いを巡らせた。

善吉が煙草盆を前に煙を燻らせていた。吾一の姿を見るとにっこりと笑って座るよう促した。

「どうじゃ、調子は？」と善吉は唐突に訊いた。

「なんの調子で？」といろいろなことを巡らせながら吾一は訊き返した。砲銛のことは石切場の者はだれも知らないはずである。

「いろいろじゃ。仕事のこととか体のこととか……」

「はあ、ぼちぼちです」

「なんじゃぼちぼちというのは？　のんびりじゃと困るんじゃぞ」

定松の使う上方言葉がうっかり出た。

「……実は、おまえに相談があってな、来てもらったんじゃが」とやたらと前置きが長いので、吾一は不安になってきた。「おまえさん、相撲が強いそうじゃな。……いや、聞いておるぞ。辻相撲で関取に勝ったそうじゃな」

「へえ、ですが、あれはまぐれみたいなもので。しかも元関取で……」

「元でも大したもんじゃ。見ていた者が、力で競り勝ったと褒めておった」

「へえ、そうですか」内心では当然じゃと思っている。

「今度、勧進(かんじん)相撲があるんじゃ。出てみる気はないか？　伝通院の勧進相撲じゃ。辻相撲とは訳がちがう。幕府の許しをもらった正式な相撲じゃから警動が入ることはねえ」

「相撲で勝ったからと言ってなんになるんで？」

「一等になれば五十両の金がもらえる」

金なら一文だって欲しいところであるが、金に靡(なび)く男と思われたくないという見栄もあったので吾一は断ってみた。

「金には興味ねえです」とんでもない嘘である。

「五十両あれば花魁だって買えるぞ」

花魁も悪くねえかと思ったがシノの横顔が浮かんだ。自分にはシノ以外の女はいないと思っていた。

「花魁にも興味ねえです」

心は揺れるが、ぐっと堪える。しかし、一度くらいは……。

「じゃあ、こう言えばどうだ？ 岡場所女郎くれえなら落籍できるぞ。女郎を買い取ることよ。女房にするもよし、自由にしてやるもよし。吾一、おまえ岡場所の女郎に入れ揚げてるんだってな。噂は耳にしてるぞ」

シノは吉原に移ったからとても五十両では無理じゃろうと思った。しかし、気持ちが引かれる話であることに違いない。

「隠すんじゃねえ。いいんだ。とにかくおまえの好きなように使えるんやぞ」

「五十両全部、わしのものになるのか？」

「それは忠兵衛様に訊いてみねえといけねえが、きっと悪いようにはされまいよ」

それを聞いて吾一の心が動いた。

突然、襖が開き、襖の向こうで気を潜めて聞いていた主の忠兵衛が熱り立った形相で踏み込んできた。

「丸美屋宇平抱えの十四郎も出るんじゃ」

以前、左門で出会った三人組が働く丸美屋である。普請があれば最初に声がかかるのが丸美屋で、これにはいろいろと裏があり、他の石屋からは不平が噴出していた。つい先日の寺社奉行役宅の石垣普請も丸美屋に横取りされてしまい、忠兵衛は煮え湯を飲まされたばかりであった。

「十四郎を相撲で負かせば、賞金の五十両はそっくりくれてやる。それに加えて、わしの懐からもう五十両くれてやる。全部で百両じゃ。わしは宇平の鼻をあかせばそれでええ。おまえは辻相撲で若幸山に勝ってるそうじゃな。若幸山というのはなかなかの関取じゃった。そいつを負かしたんなら十四郎くらいわけはねえ。だから出ろ。出て勝ってくれ」

「じゃが、勝てるとは約束できんですわ。勝負は時の運ですわ」

「駄目じゃ。勝て。勝てなんだら、ここにはおられんと思え」

無茶言いやがると思っても奉公人の吾一にはそれを断る術はないし、また断る理由もなかった。取りあえず勧進相撲に出てみるしかないと思った。勝てば百両が転がり込む。こちらから頼み込んでも出たいほどの魅力のある話である。

勧進相撲とは神社などの改築、増築の資金を集めるために開催される相撲のことである。御定書によって禁止された辻相撲とは違い、お上の許しを得て行われる。今回の勧進相撲には現役の力士は出ないが、近隣に住む力自慢、相撲自慢がこぞって出ることになっていた。その中でも十四郎は気の荒さと怪力で抜きんでており、一等候補であった。腕の太さ、足の太さ、胸板の厚さは吾一の比ではなかった。大木から彫り出した仁王像のような男であった。

「日ごろなにを食うとああなるかわしにはわからんが、ええか、吾一、相撲というのは力だけの勝負じゃねえ。技と閃きじゃや。そこのところを肝に銘じておけ」と忠兵衛の直々の忠告であった。

仕事の合間を見て吾一は相撲の稽古をすることとなった。まわしを締め、四股を踏み、塩を撒く。勧進相撲とはいえ正式な相撲の形式を踏襲したものである。

五月晴れに恵まれ、澄んだ日差しが降り注ぐ中、伝通院の境内には土俵が作られ、朝から大勢の観客が詰めかけていた。序盤は子供相撲である。出場する子供たちの親が勝負のたびに悲鳴や歓声を上げ、盛り上がりを見せていた。

お天道さまがちょうど頭上へ来るころになると大人が出場する相撲が始まる。西、東に分かれる本堂裏の支度場所では準備万端整えた力士が大相撲さながら大木に向かって鉄砲を食らわせながら出番を待っていた。

「吾一、出番じゃ」付け人役を買って出た亀助が呼ぶ。「相手は三国屋の大工、松七じゃ。あいつは大酒飲みで有名でな、酔うと手がつけられんが素面なら大したことねえ。じゃが気を抜くな」と吾一の身体から滲み出る汗を拭う。緊張などしていないつもりであったが、体は素直に応え汗を滲ませる。しかし、吾一はそれが心地よくもあった。

呼び出しを受けた吾一は土俵に上がり、蹲踞の体勢で相手を見据えた。松七は身体こそ大きくはないが、均整の取れた見事な体軀であった。その目付きからも一筋縄で行きそうにない気迫が見て取れた。こんなところで負けるわけにはいかぬとケツの穴に力を入れた。

行司軍配は返る。見合い、呼吸を計ると両者は勢いよく立った。はっけよいのこったのかけ声で否が上にも活気づく。松七は突進するといきなり張り手を打ってきた。吾一の噂を聞いていたに違いなかった。若幸山に勝った男として巷では密かな噂となっていた。がっぷり四つに組めば到底敵わないと踏んだのだろう。

　松七は張り手を吾一の胸元に浴びせかけた。胸元がみるみる赤く染まった。吾一が怯むことはなかったが、つかみどころのない相手に責めあぐねていた。

「なにをやっとるんじゃ吾一は、こんな相手に手こずってちゃ、話にならん」

　苛立ちを隠しきれぬ忠兵衛は貧乏ゆすりしながら酒を呷った。酒が口元から零れて膝を濡らしたが一向に構わず叫ぶ。

「吾一、負けたら向こう十年モッコ運びじゃ」

　吾一は張り手の隙に付け込み、潜り込むと、相手のまわしを取った。

「よし、取った」

　忠兵衛が興奮のあまり跳ね上がった。

　しかし、松七の腰も重い。大工仕事で鍛えた足腰はただならぬ粘りがあった。土俵際まで追い詰めるも、そこから押し出せない。壁に押しつけているような気さえした。

「持ち上げるんじゃ」と忠兵衛が己の尻を持ち上げる。

　その声が聞こえたかのように吾一は体勢を低くし、潜り込もうとするが松七もそうはさせじと体勢を低くする。

　何度か繰り返すうちに吾一の足が流れた。同時にその身体が傾く。松七はここぞとばかりに投げを打ってきた。

「堪えろっ」

吾一は辛くも持ちこたえ、投げの体勢に入った松七に足を掛けると、今度は吾一が力任せに投げを打った。すると松七は体勢を崩して土俵下へと転がり落ちた。

吾一以上に、息が上がっていたのは忠兵衛であった。

「最後までわしの心の臓はもたんかも知れん」

二番、三番と吾一は危なげなく勝ち進み、四回戦では再び若幸山と対戦することとなった。若幸山の目が雪辱に燃えているのが吾一にもわかった。辻相撲で負けた若幸山は胴元から暇を出されたと風の噂に聞いていた。今はどこでなにをしているかはわからぬが、親の仇を前にしたかのようなその眼光は尋常ならざる激しさで吾一を貫いていた。

「ああ、あの様子なら吾一は大丈夫じゃ」とすでに勝敗を予見したかのように忠兵衛は言った。

両者が勢いよく立つと、吾一は素早く身を躱し、腕を摑んで捻った。若幸山はつんのめり、つっかい棒を失くした俵のように呆気なく土俵の外へと転がり落ちた。

「どうじゃ、わしの言ったとおりじゃ。あのように力んでいては駄目じゃ。目の前の相手が見えんようになっておる。よい素質を持っておるがの。大相撲で大成せんかったのはそのせいじゃな」と忠兵衛は得意げに語るとひとりうんうんと頷いた。

丸美屋の十四郎も危なげなく勝ち残っていた。その日の取組はそこまでで、五回戦、決勝戦は翌日となる。

「吾一、今日はようやった。じゃが、本番は明日じゃ。明日勝たねば意味はない。吾一のことじゃから大丈夫とは思うが。今日は充分に身体を休めておいてくれ。席を用意してある。明日に障らんように飲んでくれ。女遊びは駄目じゃぞ。足腰の踏ん張りがきかんようになるからな」と言い残して忠兵衛は帰っていった。

吾一と取り巻き、付け人は近くの料亭で労をねぎらうこととなった。

伝通院界隈では相撲の話でもちきりとなり、だれが一等になるか賭け事も行われていた。

取組は朝四ツ（午前十時ごろ）の始まりとなっていたが、一時も前から客席は見物客で溢れかえるほどであった。

「どうした吾一、顔色が悪くないか？」

本堂裏へ様子を見にやってきた忠兵衛は吾一の顔をみるや否や心配そうに顔を覗き

込んだ。

「へえ、それが、どういうわけか腹の具合が……」と吾一は腹を押さえた。

「馬鹿野郎。飲み過ぎるなとあれほど言ったじゃろ。ただでさえおまえは酒に弱いんじゃ」

「それが、そんなには飲んでねえんで。ほんの徳利二本ばかりで……」

いくら酒に弱いとは言え、もはや子供ではない。徳利二、三本などでは酔いの口であるが、吾一は腹を押さえながら苦しそうに喘いだ。そこへ来たのは亀助である。やはり青い顔で腹を押さえている。

「みんな、同じなんで。朝から厠へ入ったり出たりを繰り返しておりまして」

「なんじゃと、料亭の料理に中ったというのか？　こんな大事な時に……」

「ですが、わしらだけなんで。ひょっとすると一服盛られたやも……」

ピンと来た忠兵衛は客席を見回した。砂かぶりの席に丸美屋宇平が陣取り、その疣だらけの皺顔をこちらへと向けてしてやったりとばかりに笑っていた。

「奴に間違いない。笑っていやがる。悪い奴ほどよく笑うとは正当のようじゃな。わしとしたことが迂闊じゃった。あいつがどんな手段を講じて来るか予測できたものを……」

「どうするんで？」と亀助が忠兵衛に訊いた。

「どうするって、なにがじゃ？」

「こんな汚ねえやり方されて黙っておるんですか？」

「じゃあ訊くが、問いただせば『わしらが一服盛りました。すんまへん』とでも白状すると思っておるか？『なんのことでありんしょう？』とありんす言葉で科を作って惚けられるのがおちじゃ。あいつは吉原狂いのスケベジジイじゃ」

「しかし、このままでは……」

「あたりまえじゃ。勝って、勝つんじゃ。そうでなけりゃ奴の胡坐鼻は明かせん。吾一、大丈夫じゃな」

「そうでもないやも知れん。うっかり気を抜くとケツからなにかが出ようとするんじゃ。わしの気持ちではどうにも押さえられん。腹の中に巣食った蟒蛇（大きな蛇）がわしから出ようとしておるみたいじゃ。ましてや力みようものなら四方八方にまき散らすことになるやも知れん」と吾一は尻を押さえた。

「出すときにはあやつの顔めがけて放ってやれ。そうじゃ、おい亀助、膏薬と酒樽の栓を調達してこい」

「へっ？ 膏薬と栓なぞ、なににお使いになるんで？」と呆気に取られた亀助。

「ケツの穴に栓をして膏薬で塞ぐんじゃ」

「そりゃ名案じゃ」と亀助。

「そんなもんじゃ間に合わん」と吾一。

「とにかく探してこんかい。ないよりましじゃ」

名案か珍案かはわからぬが、亀助も危うい尻を押さえたまま探しに走った。

五回戦で取り組むことになっていた豆腐屋の三太は怪我のために欠場となり、吾一の不戦勝となった。

「しめた。あとひとつじゃ。ひとつ勝てば一等じゃ」と忠兵衛は小気味よく手を鳴らした。

十四郎も順調に勝ち進み、決勝へと残った。なにかに導かれるように吾一との対戦が決まった。この一番が最大の難関となる。

十四郎は吾一より三寸（約九センチ）ほど背丈があり、五貫（約十九キロ）ほど目方がある。しかも吾一と同じように石を運んで培った強靭な足腰もある。吾一といえど、まともにあたって敵う相手ではない。加えて今の吾一の体調を考えると不利であること極まりない。

「なにか妙案はないかの」と忠兵衛は眉間に皺を寄せて黙考するも妙案の欠片さえも

浮かばない。そうこうしているうちに吾一の出番となった。

「吾一の様子はどうじゃ」と客席の忠兵衛が伝令役の亀助に訊いた。

「へえ、言われた通り、ケツに栓をして膏薬を貼りましたが、どうもケツがヒリヒリして落ち着かねえと言っておりましたが……」

「そのくらい我慢させえ」

呼び出しを受けた十四郎と吾一は土俵へと上がった。両者の気迫は見るからに違っていた。十四郎の肌は色艶が良く闘志が漲っているが、吾一の肌は青白く、張りがない。

十四郎は蹲踞すると、豪快に四股を踏むが、吾一は尻を庇っているので足が上がらない。無理に足を上げると膏薬が剥がれかねない。

「どうした吾一、腹でもこわしたか」とその様子を見た客が野次を飛ばす。同時に笑いの渦が湧き起こる。吾一は「そのとおりじゃ」と、胸倉を摑んで怒鳴りつけたい気持ちであった。

刻限となり土俵中央で両者が睨み合った。が、吾一の視線は定まらなかった。

「吾一、一時、辛抱せんか。ここがおまえの踏ん張りどころじゃ。人生には必ず幾度かの踏ん張りどころがあるんじゃ。そこで勝ち残ったものが勝者となるんじゃ」

客席の忠兵衛の思いが届くかどうかわからぬが、吾一に向かって叫んだ。

両者、蹲踞し、手を付く。見計らうように十四郎が立つと、一拍おいて吾一も立った。

吾一は突進すると身を低くして十四郎の懐へともぐり込んだ。

がっぷり四つとなったが、刹那、吾一が押され始めた。踏ん張りが利かず、あっという間に土俵際まで追い詰められる。やむなく吾一は俵に沿って回り始めた。

「そうじゃ、回れ、回れ。奴に力を使わせるんじゃ。時をかければおまえに分がある」

吾一は俵に沿って二周、三周と回るが、十四郎もそうはさせじと先回りをしようとする。

次第に吾一は追い詰められ、動きがぴたりと止まった。

追い詰めたところで十四郎は渾身の力を振り絞ると、吾一に伸しかかった。

吾一は上体を反らして耐えたが、足の踏ん張り、尻の踏ん張りが利かず、徐々に押されはじめた。

しかし、十四郎もうっちゃりを警戒し、つかんだまわしに力を込めた。

十四郎の押しと、吾一のうっちゃりの勝負となった。

時が止まったように両者の動きが止まった。

やがて、両者がそのまま傾いた。吾一は渾身の力で身を捻った。絡んだ二匹の蛇のように固まったまま二人は土俵から転がり落ちた。

行司軍配は吾一であった。

「吾一じゃ。吾一が勝った」

忠兵衛が諸手を挙げた。同時に歓声が上がった。

だが、即座に審判が立ち上がった。物言いである。

「なんで物言いなんじゃ。吾一の勝ちじゃろ」と忠兵衛が亀助の頭を叩いた。

土俵上では四名の審判が顔を見合わせ、首を縦に振ったり、横に振ったり、指をさしたり、うっちゃりの体勢をとったりとしばらくの間協議が続いたが、そこへ一人の男が上がり、首を横へ振る審判になにかを渡し、耳打ちした。

「やりやがった。袖の下をつかませたんじゃ。丸美屋は相変わらずやり方が汚ねえ」

その直後、両者同体との判断が下され、取り直しとなった。

穏やかならざる顔で忠兵衛は亀助を走らせると、吾一の様子を伝えさせた。話を聞くと弱り目に祟り目か土俵から落ちた時、十四郎の膝が吾一の右の足首を潰し、ひどく腫れあがっているとのこと。

「駄目じゃ。吾一は足を怪我(けが)しておる。まともに立っておれんくらいじゃ」

「じゃあ、戦わずして負けるのか？」

「吾一がそんなことするわけねえです」

「そうじゃろ。よいか、わしの言うことを吾一に伝えろ」と、一計を案じた忠兵衛が亀助の耳を引っ張るとそこへなにやら耳打ちをした。

急いで吾一の元へと駆けつけそのことを伝えると、「わしもそれしかないと思っておったところじゃ」と腹に力を据えて開き直った。

しばらく休憩が入り、支度が整うと、取り直しの一番となった。

蹲踞も四股も、まともにできる状態ではなかったが、吾一の気迫は十分であった。時が来て、土俵上で両者が睨み合った。この間、一瞬であったが吾一にはひどく長く感じられた。すべての動きがとまっているようであった。

次の瞬間、両者、呼吸を合わせて立った。

同時に吾一は右足の痛みと尻の葛藤を堪えて素早く前へと出た。

十四郎も応戦すべく突進し、四つに組もうとする。

刹那、吾一は体を低くし、肘(ひじ)を振り上げた。渾身のかち上げを食らわせたのである。

吾一の肘は十四郎の顎を捉えた。歯が何本か折れて口から飛び出した。同時に十四郎が天を仰いだ。

十四郎は白目を剝くとそのまま前のめりに倒れた。

行司軍配は吾一へと上がり、忠兵衛と白鳳堂一同は歓喜に沸くこととなった。

吾一の腹の具合は、翌日にはよくなった。右足の腫れが引くにはそれから四日ほどかかったが、三日目には辛抱堪らず、その足を引きずって吉原へと向かっていた。こんなときばかりは痛みを感じないのが不思議じゃと吾一は思った。

「吾一どん、えらい人気でありんすな。吉原でも瓦版でも吾一どんの評判で持ちきりでありんす」と如月は瓦版を見せた。

「わしのことが瓦版に載っておるか?」

如月の膝に顔を埋めていた吾一は驚きとともに見上げた。自分がどのように書かれているか興味があった。瓦版には、かち上げを食らわした吾一と、土俵上に翻筋斗(もんどり)打つ十四郎が誇張された表情で描かれていた。十四郎の苦痛に歪んだ顔はともかく吾一は己の顔を見て憮然とした。

「なんじゃ、こりゃ、わしに全然似とらん。わしはこんなブ男かのう?」

如月は口元を隠し、吹き出しそうになるのを堪えた。

「いいえ、本物の方がずっと男前でありんすな」

「そうか。そうじゃろ。わしほどの男前はそうそうおらんじゃろ」と吾一は得意満面であった。吾一は如月を押し倒すと「今日はおまえと三番勝負じゃ。音を上げるんじゃねえぞ」と耳元で囁いた。

一番済んだところで、吾一は如月の横顔を見た。紅潮した如月はうっすらと汗ばみ、満足げな笑みを浮かべていた。

「どうしました？　吾一どん」

「おまえは、いつまでここにおらんといかんのじゃ？」と吾一は唐突に訊いた。

途端に現実へと引き戻されたかのように、如月の笑みは沈黙した。

「そのことでありんすか……三年のご奉公ということになっておりんすが、ここにいるだけで借金は増える一方。とても三年で出られる保証はありんせん。納得しようが、しまいが、わっちにはどうしようもありんせん」

「おまえをわし一人だけのものにするにはどうしたらええんじゃ？」

「そのように思ってくれるのは身に余るほど嬉しいですが、夢みたいなことは考えない方が吾一どんのためです」

「なんでじゃ？」吾一は飛び起きると如月に向き直った。あきらめる如月に腹が立ってしかたがなかった。「なぜ、なんとかしようと思わんのじゃ。わしは必死に生きて来た。わしのことは話したじゃろ」

「わっちには吾一どんのような力も勇気もありんせん。吾一どんが羨ましい」

「どアホじゃ」

「わっちはこれがさだめと諦めておりんす。人は生前の行いによって、死んだあと、地獄へ行くか極楽へ行くかさだめられると思っておりんしたが、身を売るようになってそうでないことがわかりんした。地獄か極楽かは生きているうちにさだめられるんじゃと。なんの因果でこのような地獄へと落とされたかはわかりませんが、前世でよほどの悪さをしたのか……間違いなく、ここが地獄。この地へ落とされたのはさだめじゃと……」

無言で如月の目を見ながら聞いていた吾一だったが、言わずには腹の虫が治まらぬらしい。

「だがな、地獄があるんなら、ちゃんと極楽もあるってことじゃろ。地獄は極楽の隣にあるかも知れんぞ。障子戸の向こう側に極楽が広がっておるかも知れん。諦めたらおしまいじゃ。いや、おまえが諦めてもわしは諦めんぞ。なんとかしてみせる。わしに逆らうな。逆らわなければ幸せにしたる」

すっかり良くなった腹は酒をことのほか欲した。その勢いでその後、二番、三番と腹いせのように事を進め、如月を仕落ちまで導いた。吾一は、満足の極みを味わった。しかし、満たされないものの影が吾一の心の隅に引っ掛かっていた。

酒と懐の温まり具合から気持ちが大きくなっていた吾一は、帰り際、遣手部屋の障子を荒々しく開けた。遣手とは遊女たちの上役の女である。

遣手のお梅がびっくりして吾一を見上げた。三畳ほどの遣手部屋で一日の仕事を熟して、一息ついていたらしく、徳利が三本転がっていた。

「ちょっと話がある」と、ほろ酔いのお梅の前にどっかり腰を下ろすと、吾一は親の仇でも見るような目つきで睨んだ。「率直に訊くが、如月を身請けするには、いくら用意すればいいんじゃ？」

お梅は笑いかけ、すんでのところで止めた。

「いきなり、なんでしょう？　酔いがさめちまいましたよ」

「酔いがさめたところでもう一度訊くが、如月の身代金はいくらだ？」

お梅は吾一の顔をしばらく見つめながら考えていたが、「申し訳ありません。わたしの一存では決めかねますので……」と立ち上がると「楼主様に直接お伺いを立てられてはいかがでありましょう」と手招きした。

楼主の笹屋儀衛門は一階の座敷に設えられた結界の中に座していた。ここで妓楼の様子や女郎の働きぶりを見張っていたのである。

お梅が儀衛門の耳へ今の話を注ぐと、儀衛門の顔は俄かにほころんだ。

「あなた様が今評判の吾一様で……ご武勇は耳に届いております」

「前置きはいい。今すぐというわけにはいかないんだが……三年以内だ」

「三年ですか？　そうですな、如月は、ゆくゆくは花魁に昇格させようかと考えているほどの女郎でございまして」

花魁とは少女の時代から禿、新造を経て芸ごとや教養を身につけた遊女のみが出世できる位である。

「花魁だと？　冗談だろ。二十歳で岡場所から送られてきた女が花魁になるなんて聞いたことがねえ。しかも、ここは小見世じゃねえか。足元を見たに違えねえ」

本来、花魁は、大見世、中見世までが抱えられることになっていた。

「いえいえ、大見世、または中見世に鞍替えということもありますから」と儀衛門は言い訳とも聞こえることを顔色も変えず言った。「如月は確かに二十歳でここへ参りましたが、素性も確かで、習い事、芸事を修めております。花魁として素質は十分と見込んでおります」

儀衛門は吾一の顔を見ていた。儀衛門にしても吹っ掛けるか、適当に折り合いをつけるか迷うところであった。長く働かせれば金を稼がせることはできるが、長く働けるとは限らない。病に倒れることもあれば心中沙汰を起こすことも、足抜けを企てることもある。早く元を取れればそれに越したことはない。儀衛門は吾一の顔を見て腹を決めた。

「では、こうしましょう。一年以内に身請けしてくださるのであれば三百両ということで、いかがでございましょう？」

一年以内？　三百両……。年に十五両を稼ぐが精々の吾一に、三百両という大金を都合することなど到底できる話ではない。百両そこそこでなんとかならぬものかと遣手部屋へ押しかけてみたのだが。

「ふっかけやがったな」もう少し飲んでいたら飛びかかって首根っこを掴んで引きずり回していたところである。

「高うございましょうか？　そうは思いませぬが。ですから吾一様もそれだけ入れ揚げておられるのではございませんか？」と惚れた弱みに付け込むようでもありながら到底反論できぬ一言で儀衛門は仕留めた。

噴き出しそうになる失望と驚きを押し隠し、「……三百両だな。お梅、おまえも聞いたな。一年で三百両だな。忘れるんじゃねえぞ」と吾一は強がって見せるのが精いっぱいであった。

見透かし小馬鹿にするかのような笑いを嚙みしめ、お梅はにこりと微笑み、頷いた。

今、賞金が懐にある。十両ばかり使ったので残りは九十両ほどである。一晩で全部使い切ってやろうかと思って持ち出した金であったが、思いとどまってよかった。冷や汗が噴き出した。ここ三日で仲間たちに酒や料理を奢った十両がなんとも惜しいが悔やんでもしかたのないことで、この先のことを考えねばならぬ。さて、あとの二百十両をどう工面するかと考えてみたものの、その算段がつくわけもない。博打で稼ぐことはあきらめ、辻相撲は手入れが入ってお開きとなり、勧進相撲も当分は開かれそうにないとのこと。雪隠詰めにされたようで嘆息が洩れるばかり。

夢現の中で、吾一は如月とくんずほぐれつ絡み、腰を宛てがい、のの字、のの字を書き、ここぞというとき、戸を叩く音で自分の部屋へと引き戻され、艶然とした如月の顔がくもの巣の張った天井板へと変わった。

「なんぜ、あとちょっと待ってくれなんだ？　だれじゃこんな朝っぱらに」と不機嫌を顔に張り付け、褌を締め直しながら戸を開けると十歳くらいの小僧が吾一を見上げていた。小僧は仏頂面の吾一を見ながら畏縮しながらもはっきりした口調で言った。

「定松さんからの言付けじゃ。頼まれてた物ができたので四谷の一本松まで見に来いとのことじゃ。わかったか」

いきなりのことでなんのことかわからず吾一は寝惚けた頭を二度三度回し、じっと小僧の顔を見た。途端に目が覚めた。

「そうか、よい知らせじゃ。礼を言うぞ」

「じゃあ、一文おくれ。言付けを伝えれば一文くれると定松さんがゆうておった」

「本当にゆうておったか？　定松からも一文もらったじゃろ。両方からもらう気か？」

　小僧は図星を射抜かれて引きつった顔を見せた。

　吾一は笑うが、「ちょっと待っとれ」と紙入れから一文を取り出すと小僧の額に貼り付けた。小僧は弾けるような笑顔を見せると兎のように走っていった。中断された如月との営みも忘れ、吾一は朝からこの上なく気分が良かった。

# いざ、海原

## 砲銛(ほうせん)

「風邪をひいた」とか「腹をこわした」という言い訳は既に何度も使った。さて今度はどんな言い訳をするかと思案するもなかなかいい案が浮かばない。そんなとき、ふと和助の顔が浮かんだので和助の案を拝借することにした。「お釈迦(しゃか)様が夢枕に立たれてな、今日は鬼子母神様へ参るようにと言われたので休むで」と万作に言付けを頼み、仕事を休んだ。信心深い善吉のことだからなにも言うまいが、万作は訝(いぶか)しげな顔をして仕事場へと向かった。それにしてもこれはなかなか上手い手じゃと思った。三度くらいは使えそうじゃと思いながら吾一は、火の付いた尻を蹴飛ばされたような勢いで四谷のはずれの、一本松までやってきた。大きな松が目印とのことで、そこはすぐに見つかった。

古い農家を改修しただけの粗末な作業場である。中では物乞いかと見まごう形(なり)の定松が勝ち誇ったように立っていた。その前にあるは砲銛一式。砲身とそれを乗せる銃床(じゅうしょう)、そして銛(もり)である。

「それにしても臭いのう」

「なにがや？」

　砲身は、長さ二尺八寸（約八十五センチ）、口径一寸（約三センチ）、重さ十二貫三斤（約四十七キロ）の黒鉄の一物であった。

「どや。見事なでき栄えやろ。ここまでの代物をこれだけの期日でこさえるのは江戸広しと言えど、わいくらいのもんや」定松は誇らしげに胸を張った。「この黒光りする得物は、あんさんのもんより数段立派やろ」

「おまえさん、わしのを見たことがあるのか？」

「ないわ」と定松は歯茎までむき出して笑った。

　吾一は砲身を手に取ると臭いでも嗅ぐかのようにまじまじと見、上へ向けたり下へ向けたりを繰り返した。砲身を銃床へ乗せると抱えてみる。己の立ち姿を思い浮かべて、なかなかのもんじゃと悦に入る。

「銛もできておるで。火薬で飛ばすから火銛やな。どや」

「火銛か……」

　手にするとその強度、撓り具合を確かめるが吾一の顔色が曇った。

「砲身はおまえさんが本職じゃから間違いはなかろうが、銛はどうかわからん」

「なんやと？　わいの腕が信用できへんとでも言うか？　わしらの技は刀鍛冶から受け継いだ古（いにしえ）の技や」

「わかっておらんのう。刀と銛はちがうんじゃ。まあよいわ。砲身も火銛も、まずは撃ってみんことにはわからん。手直しはそれからじゃ」

「その前に、もらわんとあかんもんがあるんやが」定松はニヤリと黄色い歯を零した。知っておるぞという顔である。「おまえさん、先日の勧進相撲で一等になったそうやな」

「そうじゃ。わしは江戸中で人気者じゃ」と吾一は冗談半分に蹲踞の姿勢をして見せた。「四股を踏んで見せてやろうか？」

「わいも、おまえさんのような人気者と知り合いで鼻が高いわ」

「で、なにが言いたいんじゃ？」

「あんさんは見事に出世したわけや。でもな、わいは、おまえさんの人気なんてどうでもええんや。一等の賞金は五十両やったそうやないか。ということは代金の三十両は今すぐ払えるということやないか」

　吾一はわざとらしく大口を開けると項（うなじ）を叩いて笑った。

「無理じゃ。使ってしもうた。全部使ってしもうた。一等になると、なんやかんやで取り巻きが多くなってな、気分良くなってみんなに奢ってしもうたわ。江戸っ子は宵越しの金は持たねえというじゃねえか」

「あんさん、江戸っ子やないやろ。安房国の勝山生まれやないんか」

定松は期待が大きかった分、裏切られたことの腹立たしさは尋常ではなかった。飲まず食わずでここまで仕上げたにもかかわらず、「使ってしもた」などとひょうひょうと言ってのける吾一を苦渋の思いで睨みつけていた。

吾一にとっては、後々、金が要り用になることはわかっているので、そのために残しておきたかった。取りあえず定松への支払いは後回しである。

「それにしても臭いのう」

「なにがや？」

大八車に砲筒と火銛、縄、火薬を乗せ、人目に付かぬよう筵を掛けて隠し、人気のない山間までやって来た吾一と定松は汗を拭いながら周囲を見渡した。

「この辺りでええやろ」

「もっと奥の方がええ。人に見られると面倒じゃ」と吾一。

「お上の御免状があるんやろう。なにをそんなに恐れておるんや？」

「真似されたら困るわ」

「真似などだれにできるんや。こんなもん作るやつも、作らせるやつもどこにもおらんわ」

更に奥へと進み、一反（約九百九十平方メートル）ほどの広さの空き地を見つけると、人目のないことを確認し、さっそく試し打ちの準備に取りかかる。

重さ十二貫三斤の砲筒は、吾一とて軽々と扱えるものではない。持ち手となる銃床部分は申し訳程度のもので、ほぼ砲身といっていい。手元の太さは三寸（約九センチ）弱で、先端にゆくほどゆるやかに細くなる。手元には火皿と火蓋が設けられ、その上に火縄を挟む火挟みが取り付けられている。

「基本は鉄砲と同じや。肩まで上げるか、抱えるかのちがいや。ちがうのはこれはそこらの鉄砲とは比較にならんほど大きいというだけや」

吾一は自ら砲身に火薬を注ぎ込むと、火銛を押しこんだ。火銛を押しこむと重心は先へと移動し、重さは倍ほどにも感じられた。

「ほんまやったら火薬と弾を入れて槊杖で押し固めるんやが、これは火銛を挿し込んだときに火薬が押し固められるからその必要はないわ」

「わかっておるわ」と吾一は初めてとは思えぬように手際よく準備を進めた。

火挟みを持ち上げて火蓋を開けると火皿に口薬と呼ばれる細かい火薬を注ぎ、火蓋を閉じる。そして火の付いた縄に二度三度息を吹きかけ、火挟みに挟む。

「準備はできたようやな。ほんなら」と定松は辺りを見回した。手ごろな木を見つけると「あの木がよさそうや。あの木に縄で縛りつけるとええ」

「おい、定松。下がっておれ」

「なんやと？」

定松は耳を疑った。

「下がっておれと言うておるんじゃ」

「気は確かでっか？　試し撃ちなんやで。なにが起こるかわからんのやで。吹っ飛んでもわいは知らんで」

「信じておるわ」

「信じられても困るんや……」

聴く耳を持たぬ様子で吾一は構えた。

これが八百匁の火銛か、さすがに重いと思った。

顔には出さぬが、不安が過った。長く構えることもできそうになかった。

定松は耳を塞ぎながら木陰に身を転がした。その途端、山が消し飛ぶかと思われるほどの轟音が鳴り響いた。

一帯は黒煙と硝煙の臭いに包まれた。遠くの山々まで轟音がこだまし、早朝の山肌にしみ込んだ。

しばらくして煙が風に流されたが、構えていたはずの場所に吾一の姿はなかった。砲銛も見当たらなかった

「吾一どん、どこや？　吹っ飛んでしもうたかいの？」

跡形もなく消えることなどあろうはずは無い。いくらなんでも血と肉片くらいは散らばっているはずである。ナンマンダブ、ナンマイダブと唱えながら吾一の痕跡を探していると、後ろの茂みからのそのそと這い出してきたのは吾一であった。吾一は引き金を引き、銛を放ったと同時にその反動で転がって後ろの楠の幹に頭をぶつけたのであった。

「三回転がったところまでは覚えておるが、その後のことはわからん。わしの目からも火が出たぞ」と目をパチクリさせて頭を振った。

「無事やったか？」定松は途端に顔色を変えると捲し立てた。「だから言ったやろ。わいの言うことを聞かんからや。あわや死ぬところや。死んだら三十両はだれが払うてくれるんや」

「なんじゃ、金か？」

火銛はどこへ飛んだかと探すと二十間（約三十六メートル）ほど離れた楠の根元に突き刺さっていた。吾一は歩み寄ると、それをつかみ、左右に揺らして引き抜こうとした。すると、先端から三寸ほどのところでポキリと折れた。

「どうじゃ。これが刀の鍛え方じゃ」

「あたりまえや。そんなことをすれば折れるに決まっておるわ」

「漁のときに使う銛には縄が結わえてある。クジラに刺さった銛は縄によって引かれるんじゃ。このように折れては困る。粘りが必要なんじゃ。ぐにゃりと曲がらないかんのじゃ」

定松は吾一の言葉の意味がようやく理解できた。

「わかったわ。作り直すわ」と定松は素直に応じた。「他には？」

「飛んだ距離は申し分ねえが、狙いが定まらん」

「あたりまえや。台座をつけねば撃ったときの反動で跳ね上がるからの」

「船に台座など取りつけられん。わしが抱える」

「あかん。海へ弾（はじ）き飛ばされるのが落ちやで。できんのなら火銛を軽くするしかねえわ」

吾一は躊躇（ためら）ったが、定松の言葉に渋々折れた。

「しかたが無い。火銛をもう少し軽くして反動を抑えるしかないらしい」

「多少、反動が少なくなっても、三回転がるのが二回になるくらいや」

「慣れれば一回で押さえられそうじゃ」

「それでも海の底やないか？」

「踏ん張れば船が動いてくれるじゃろ」

「なるほど……」

「銃床をもう少し大きくしてくれ。すれば少しは安定するじゃろ。そして砲身に持ち手がほしい」

火銛の重さを八百匁から六百匁（約二・二キロ）に変更し、その他にもいくつかの改良点を見つけた。その後、何度も試し撃ちをするうちに命中精度は格段と向上することとなった。

そして吾一も、こつを摑んだことによってどうにかこうにか踏ん張りきることができるようになった。

「大したもんやな。こんな化物（ばけもの）銃を手撃ちするんやからな」

「あたりまえじゃ、わしをだれやと思っておるんじゃ。勝山の吾一じゃぞ」

「わかっておるわ。おまえほどのどアホは日本広しといえど、そうそういるもんではない。だが、あまり調子に乗らんほうがええ。まあええ……そうじゃ、これを教えておかねばならんかった」そう言うと気味が悪いほどに相好を崩し、「作っているときによい案が浮かんでのお。銃身と同径の小さな筒の中に一発分の火薬を入れてな、その前と後ろを油紙で閉じたものを作ったんや。銃身に押しこむと中で紙が破れるよう細工してあってな、中で口薬に触れるようになっておる。これだったら中へ押し込むだけや。つまり、火薬が湿気ることもないし、準備も格段に早ようなる。ただし、一発撃ったら空は取り出さんといかんがな。どうや？　わしの巧出しもなかなかのものやろ」と定松は語尾を強めた。「これを仰山作って売れば、ひと儲けできそうや」と頭の中では皮算用が始まっていた。

納得の行く仕上がりを見せたのは奉行所が期限とした三月までに、あと三日と迫った日であった。

奉行所へ出向いた吾一は「見事に完成しました」と砲銛一式を見せた。

奉行は目の前に置かれた砲筒と火銛をちらりと見ただけで、手に取って確かめもせず、「そうか、ならよい」と、期待外れとでも言いたげな顔を見せた。

「後は、期日までにクジラを少なくとも一頭、取って参ることじゃ」それだけ言うと「必ず」という吾一の返事も聞かず、そそくさと退座した。

あの奉行、わしの首を斬りたいのかもしれん。どこかで知らぬうちに恨みを買うようなことがあったんじゃろうかと吾一は心の片隅で勘繰りを入れずにはいられなかった。

「聞いたぞ、完成したそうじゃな。今日はたまたま托鉢の帰りに、ここを通りかかってな、お祝いがてらご相伴に与ろうと思ったんじゃが……」

和助が居酒屋左門の前で吾一を待ち伏せていた。

「たまたまではなかろう。まあよいわ。入れ。話したいこともある」

いつものように奥の席を陣取り、酒と磯納豆を二人前注文した。顔を向かい合わせるや否や和助は喉まで出かけていたと言わんばかりに問うた。

「最後に大きな心配事じゃ。確かに望みどおりのものが完成したはよいが、おまえさんは石屋じゃろ。今から勝山へ戻って突船に乗れるのかの？ 乗らんことには話にならんじゃろ」

酒が運ばれるまで吾一は口を噤んでいた。考えていた。酒が運ばれると、無言のまま手酌で呷った。そのままだんまりを貫くかと思ったころ固い口元からぽつりと言葉が零れた。

「わしにもわからん」

そして吾一は苛立ちをごまかすよう、立て続けに杯を重ねた。

「おまえのがんばりを、わしは認める。わしが一番よう知っておる。ようやってきたと思う。だが、詰めが甘いのう」

「最初からあれやこれやと気を回してちゃなにもできん。進んでぶち当たったとき、そこで考えるしかなかろう。人生なぞなにがあるか分からんのじゃから」

吾一にも、勝山から出るときからそこに大きな壁が立ちはだかっていることはわかっていた。勝山へ帰ることはできる。しかし、帰ってどうしたらよいか皆目わからない。村を一度離れた者が掟の厳しい鯨組に戻ることができるとは到底思えなかった。ましてや村八分の身。

「どうするんじゃ？　わしは真剣に心配しておるんじゃぞ。先の目処も立たぬ鯨漁師などに戻るより、とっとと石屋になったらどうじゃ？　石屋を続ければ生きていける。おまえなら立派な石屋、しかも頭領になれる器じゃ。わしの目は案外と節穴ではないぞ」

吾一は黙ったまま酒を飲んだ。喉を通る酒の味はわからなかった。確かに生きてはいける。だが、雪辱を果たさずして生きてなんになろうか。いつも権左の影に追われるばかりでないか。ふと我に返った。

「なにを今さら言っておるんじゃ？　もう、引くに引けないところへ来ているんじゃ」と吾一は首をぺたぺた叩いた。

和助にもそれは重々にわかっていた。そこまでの覚悟があるのならこれ以上、なにも言うまいと思った。

「だがな、最近、わし、よく夢を見るんじゃ」と吾一は語尾を細め、つぶやくように言った。

「わしはな、一段高いところからすすき野原を眺めとるんじゃ。風に靡くすすきをぼんやりと眺めておるんじゃ」

「風流ではないか。月でも出とれば最高じゃが」

「出とるぞ。じゃが、まん丸お月さんじゃのうて三日月なんじゃ」

「それでも眺めながらの一杯は格別じゃ。正夢になったら、ぜひわしも呼んでくれ」

「呼ばんでも、おまえはわしの前に現れるんじゃ」

「ほお、わしもなかなか鼻が利くの」

「おまえは、わしの前で数珠を片手に経を読むんじゃ」

「わしがおまえさんの前でか？　なぜじゃ？」

猪口を口へ運ぶ和助の手がぴたりと止まり、視線が吾一に向いた。

「わしはな、四尺（約一・二メートル）の獄門台に乗っかっておるんじゃ。首だけじゃ」

「胴体がくっついていては乗りにくかろう。首だけじゃから乗るんじゃ。ちゃんと泥で台座をこさえてくれるそうじゃ」と和助は肩をゆすって笑った。「……逆夢(さかゆめ)というものもある。気にするな」そう言うとなにかを思い出したように懐や袖をごそごそと探りはじめた。そして一枚の紙切れを引っ張り出した。「三日前の瓦版じゃ。ちょっと読んでみろ……といってもおまえは読めなんだな。情けないのう。勝山に帰る前に字くらい読めるようにしておいたほうがええ。わしが教えたる」

見るとクジラらしき絵が描かれている。クジラの周りを十数艘の鯨船が取り巻いているが、その中の何艘かは転覆したり、宙へ放り出されたりしていた。海面では無数の漁師が助けを求めている。

「では、説明してやろう。ここにはこう書いてある……」

肥前(ひぜん)の海に頭から尾の先まで十二間（約二十二メートル）はあろうかと思われる巨大クジラが現れた。この海を漁場とする吉田(よしだ)組総勢二百名はこのクジラを捕獲するため半日をかけて網に追い詰めた。そして銛を打つこと二百数十本。しかし、巨大クジラは一向に怯まず、怯むどころか船を蹴散らし、転覆させた。死者、行方不明者二十数名。巨大クジラはなにごともなかったかのように悠然と姿を消した。

「権左か？」

「そりゃわからん。権左は日本中の海を旅して回っておるのか？」

「なぜ巨大クジラを取ろうとしたんじゃ？」

「知らん。おまえの親父さんと同じじゃなかろうか？」

「おまえはこれをわしに見せてなにが言いたいんじゃ？」

「別になにが言いたいわけでもない。ただ、おまえさんがどんな顔をするか見たかっただけじゃ」

クジラの数が減少し、不漁が続けば危険を冒さねばならぬのはどこの鯨漁師も同じことであろう。

酒のせいかクジラのせいか、吾一の身体が熱くなった。

「どうした？　この話を聞いて刃刺の血が騒ぐか」と察した和助が案の定とばかりにほくそ笑んだ。

「ほっとしたわ」

吾一はぐいと酒を流し込んで、ごくりと喉を鳴らした。なぜほっとしたのかは自分でもわからなかった。親父と同じ思いで巨大クジラに挑んだ者がいたからなのか、巨大クジラが逃げたからなのか判然としないが、様々な思いが入り混じることは間違いなかった。

「紀伊国（きいのくに）でも同じようなことがあったらしいが……」

もはや吾一の反応はなかった。宙の一点を見つめ、己が取ることだけを考えていた。

五日後、石切場に和助が汗だくになりながらやってきた。悪臭を放つ乞食坊主がやって来たと皆が眉を顰（ひそ）めたが、和助はなんら臆することなく、「吾一はどこじゃ？勝山の吾一はどこじゃ？」と詰め寄りながら石切場を回って歩いた。

「わしならここにおるが、どうした和助」

吾一を見つけてようやく一息つくと和助はぶら下げていた吸筒から水を一飲みした。

「やっぱり知らんようじゃな。こんなところでのんびり石を切ってる場合じゃないぞ」

「なんのことじゃ？」と吾一は玄翁を下ろすと、どっかりと石に尻を据えた。「手短に話せ」

さすがの和助もその無神経で横柄な態度に頭を殴られたような気になった。

「おまえどんどん偉そうになっていくな。わしはおまえより七つも年上じゃ」と思わず怒鳴った。

「だからなんじゃ。わしは忙しいんじゃ。おまえのように物乞いをしながら生きておるわけではない」

「物乞いではなく托鉢じゃ」

「話なら早くせい。暇じゃないんじゃ」

「……そのことについてはあとでゆっくり話そうではないか……ええかよく聞け石頭。お上が褒美を出すそうじゃ、わかったか」

「なんの褒美じゃ？」

「クジラじゃ。なんの話をしとると思っておるんじゃ。お上は高札を出した。十一月末日までに最も大きなクジラを取った者に褒美を出すと」

吾一の尻が思わず浮いた。浮き上がった尻を押さえるのに必死であった。押さえていなければ五尺六尺は飛び跳ねていたかもしれぬ。

「いくらじゃ?」

吾一は和助の胸倉を摑むと揺さぶった。

「せ・ん・りょ・う・じゃ」

「千両……千両か。天はわしに味方してくれたんじゃ」

「相変わらず馬鹿じゃのおまえさんは。天ではない。おまえの首の期限と捕鯨の期限がぴたりと同じじゃ。よいか吾一、お上はおまえに機会をくれたんじゃ。その意味がわかるか?」

「意味はわからんが、やらねばならんことはわかるわ」

「それで十分じゃ」

吾一は、遥か彼方の勝山の方角に目を遣った。保田(ほた)村が見えるような気がした。村人が動くのがわかるような気がした。その向こうで権左が潮を噴いた。

「待っておれ。今、行くからの。権左」

いても立ってもおられぬ吾一はその場で石切りの仕事を切り上げると、頭領の善吉のところへ赴いた。その場で勝山へ帰らねばならぬことを話すと、善吉は煙管の吸い口を嚙みながらひどく残念がった。ここへ来た時には十五のふて腐れたガキであったが、体格、面構えといい、見違えるような男になっていた。ここで石切りの男たちを率いてほしいと思っていたが、しかし、いつかこのような日が来るのではないかとも思っていた。

「しかたなかろう」煙管の灰を叩いた。「おまえはいつまでも石を切っているような男じゃねえ。おまえはやっぱり海が似合う男じゃ。やるだけやってみるといい」

吾一は、育ての親でもあり、命の恩人でもある善吉に溢れる感謝を込めて頭を下げた。

早々に石切場の仲間との別れを済ませると、吾一はその日のうちに石切場を離れた。

どういうわけか和助もついてきた。付き添いじゃと言うが、その腹は読めていた。

「和助はわしのおっ母の尻を拝みたいだけじゃろ。スケベ坊主め」

和助は真っ赤になってまくし立てた。

「とんでもねえ。わしは仏に仕える身じゃ。そんな色事に興味は……」

「ないか？」

「ないこともないが……人とはそういうものよ。切ないのお……」と言葉を濁した。

江戸を離れる前に、如月に会って言っておきたかった。行き急ぐ足を曲げて吉原へ立ち寄ると紅柄格子の向こうの如月に「江戸を離れる前に、もう一度抱きたかったが、今はその暇がねぇ。必ず戻って来るから、それまで達者でいろ。振れる客は振れ。振れねぇ客は適当にあしらえ」と言い、頷くのを見届けると吾一は、和助と共に勝山へ向かった。

## 帰郷

五月も末となり、穏やかな日差しが降り注いでいた。時折吹く風は江戸から勝山へ吾一の背中を後押しするような心地よい風であった。

大八車に砲筒と五本の火銛、弾薬などを積むと、それを曳(ひ)く馬子を雇い四日を要して勝山へと戻った。馬子に金を払うと、村へは和助と二人で入った。

五年ぶりの故郷であった。吾一に疲れはなかった。それどころか心身ともに充実し、あるはずの不安など微塵(みじん)もなかった。なにかが強い支えとなっていることは確かである。吾一は高台から保田の漁村を眺め、その空気を体の隅々まで行きわたらせるかのように吸い込んだ。

「なにも変わっておらん。昨日のことのようじゃ」

「変わっておらんということは、いいのか悪いのか」

「せっかくの気持ちに冷や水を浴びせるか？」

「現実は厳しいぞ」と和助は見通したような苦言。

海岸べりの小道を行くと、向こうから知った顔がやってきた。忠太（ちゅうた）である。重吉が突組頭領を張っていたときには二番船艫押しを任されていた。文五郎が頭領になると二番船の刃刺へと昇格した男である。忠太は吾一に気づくとぎょっとして立ち止り、しばらくその顔を凝視し、忘れたころにようやく「吾一か？」と震えるような声で聞いた。

「そうじゃ、わしは吾一じゃ。悪いか」

吾一は不敵な笑みさえ浮かべていた。どちらに分があるか言わずと知れる。

「おどかすんじゃねえよ。重吉が化けて出たのかと思ったぜ」

「なぜ、そんなに驚くんじゃ？　親父がおまえさんのところに化けて出なきゃならねえわけでもあるのかい？」

吾一はここぞとばかりに探りを入れてみた。

「人聞きの悪いことを言うんじゃねえよ。あんまりにも似てたから驚いただけじゃ」

と忠太は吾一を振り返りながら逃げるように離れて行った。

「あいつ、なにしに帰って来たか聞かなかったな。気にならんのかの」と和助。

「驚くだけで精いっぱいのようじゃった」

吾一の家の屋根には草が生えていたが、それ以外は出て行ったときと変わらぬ佇(たたず)まいを残していた。煙が立ち上り、生活の匂いと人の気配があった。家族が生きていたことに安堵するが、どんな暮らしをしていたか気掛かりでもあった。

戸を開けると懐かしい匂いが溢(あふ)れ出てきて吾一を包み、心を過去へと引き戻した。

「吾一が帰ったぞ」

母親のイトと三人の妹弟が囲炉裏(いろり)を囲んで飯を食っていた。四人は呆気に取られ、箸を止めて戸口に立つ吾一を見た。

「おっとうじゃ。おっとうが帰ってきた。生きておったんじゃ」と弟の与吉が跳び上がらんばかりに叫んだ。吾一が家を離れた時は五つであった。今は九つになっている。しかも五寸（約十五センチ）ばかり背が伸び、腕白を謳歌するような顔つきとなっていた。

「馬鹿たれ。わしじゃ、吾一じゃ。おまえの兄貴じゃ」

イトが駆け寄ると飯粒を飛ばして叫んだ。

「吾一か？　本当に吾一か？　手紙の一通もよこさんでどこでなにしとった」

「石屋に奉公すると言っておいたじゃろ。手紙は仕方ないわ。字が書けんことくらい知っておろうに」

「だから寺子屋くらい通っておけっていったんじゃ。読み書きくらいできんでどうする」

「その話はええ」

イトは吾一の顔を撫でまわした。涙ぐむ目は親父が死んだときの目と重なった。

「ほんまじゃ、吾一じゃ。生き写しじゃな。与吉が間違えるのは無理ないわ」

女らしくなった妹のトミ、ミツも吾一を取り囲むと抱き付いた。

「チチもケツもでかくなったな」

吾一は笑いながら妹二人の尻をぺたぺた叩いた。

生活は楽ではないようであったが、皆、元気そうであった。

ようやく背後に佇む汚らしい坊主の存在に気づいたイトが「なんじゃ、坊主に用はないぞ」と塩でも撒きかねない勢いで邪険に追い払おうとすると、坊主は「わしじゃ、わしじゃ」と網代笠を上げてにっこりして見せた。

「和助か？　スケベの……なぜ坊主になった？」とイトに問われて、ここぞとばかりに和助の話は長々と続いた。

勝山鯨組の総元締である七代目醍醐新兵衛に会わぬことには先へ進むことはできぬと、一服する間もなく吾一は新兵衛の屋敷へと出向いた。こんなときには手土産の一つでも持参するものじゃろうかとの思いも頭を掠めたが、どの面で差し出せばよいかもわからず、性に合わぬと首を振った。鯨油と鯨骨で財を築いた新兵衛の屋敷はことのほか立派な佇まいであった。石垣と漆喰壁（しっくいかべ）に囲まれた、武家を思わせる屋敷である。吾一は腹を括（くく）ると、門を潜った。

下男に案内され、座敷へ通された吾一を迎えたのは、やはり新兵衛の驚嘆ぶりであった。

「ご無沙汰しております。新兵衛さまもおかわりなく」との挨拶を用意していた吾一より先に、その容貌を目にするや否や「若い者が成長する様（さま）を見るのはええものじゃ。それにしても重吉に生き写しじゃのう」と畳（たたみ）かけた。

親父と生き写しといわれても嬉しいものではない。聞き飽きた感もあり、吾一は聞き流した。新兵衛の驚嘆の顔は、やがてにこやかな表情へと変わった。

「背丈はどれほどある？」

「六尺一寸五分（約百八十五センチ）あります」

「重吉は六尺（約百八十センチ）じゃと言っておった。背丈は一寸五分（約五センチ）超えたわけじゃな。村にも図体のでかいのはおるにはおるが、皆、のっそりしてお前さんのような体つきの者はおらん。……酒はどうじゃ？　飲めるか」

「わしは、親父ほど酒は強うないですが」

「重吉もさほど強うなかったわ。五合も飲んだら青くなっておったわ。そんなところも似ておるのか」

新兵衛は恵比寿天のような大きな腹を揺すって笑った。五合であれば吾一と大して変わらない。親父は、酒は強くなかったのか。酒豪であるとばかり思っていた。今更ながら自分のしらない親父の横顔の一片を見た気がした。強く見せる、虚勢を張らねばならぬ長（おさ）の宿命を吾一はそこで感じた。

「あんなことが無ければおまえも立派な頭領になっておったじゃろうな。おまえは村を捨てたとばかり思っておったが、なぜ戻ってきた？」

新兵衛は一転、笑顔を沈黙させると口調を濁らせ、本音を露わにした。戻ってきては困ると言わんばかりの口ぶりであった。

「捨てたわけではないです。ここにおっても生きる術がなかったのでやむを得ず出たまでです。いつか戻ろうと思いながら江戸で生きておりました」

新兵衛はふんと鼻を鳴らしながらも吾一の腹の底にあるものを探ろうとした。

「もう何年になる？」

「四年と半年になります」

「ほとぼりが冷めてもよいころと思ったか？」

「そういうわけではないですが、理由(わけ)あって、わしは船に乗らんといかんのです」

「おまえの勝手な都合につきあってはおれんな」

眉を寄せると新兵衛は煙管に煙草を詰め、火をつけてくわえ、視線をあらぬ方向へと向けた。時を稼ぐようにゆっくりと長く煙を吐いた。

「わしは権左を仕留めるために戻ってきた。新兵衛さまも知っておろう。最も大きなクジラを仕留めた者にお上が千両の褒美を下されることを」

「知っておる。じゃが、あのような戯言(ざれごと)に付き合ってはおられん。本気でそのようなクジラを狙う者などここにはおらん。おまえも勝山の生まれじゃろ。鯨漁がどれほど危険なものか知っておろう。そのような浮ついた勝負ごとにつきあうほど暇ではない」

吾一は己のすべてを否定されたかのように聞こえ、思わず体が熱くなった。

「それでも鯨組の総元締か。聞いて呆れるわ。他の鯨組は命を張って大きなクジラを取ろうとがんばっておるのに、危険だから、怖いからと勝負せんなどと、笑いものじゃ。勝山もおしまいじゃ」

「よくもそのようなことが言えたもんじゃな。おまえの親父はどうじゃった？　そのような浮ついた気持ちから掟を破り大勢の仲間を死なせたんじゃぞ。死んだ者の家族がどうなったか知らんのか」

重吉を含めて十二名が死んだ。稼ぎ手を失って離散した家族、吉原や岡場所へ売られた女もいる。聞くに最も辛い言葉であったが、ここで怯(ひる)んではいられんと吾一は気迫を押し出した。

「悔しくないのか？　わしは悔しい。侍なら仇打ちじゃ。わしはその気持ちを胸に今日まで江戸で生きてきた」

吾一は膝の上で握り拳を作ると歯ぎしりし、震えた。

新兵衛は灰落としに雁首(がんくび)を叩きつけると、また煙草を詰めた。火をつけると一口大きく吸い、天井へ向けて煙を吐くと、落ち着いた口調で言った。

「わからんでもないが……わしらは侍ではない。漁師じゃ」

「日本中の鯨漁は不漁続きじゃそうじゃ。新兵衛さまも知っておろう」

新兵衛は、思いを吐き出すかのようにゆっくりと頷いた。

「このままでは鯨漁は終わってしまう。もっと大きなクジラを取らねば成り立たんのとちがうか？」

「その通りじゃ」

「だったら」

「それができんから手をこまねいておる。その歯痒さがわからんか？」

「わしに妙案がある」

吾一は伝家の宝刀でも抜くかのように口角を上げた。

その奥に潜むものを探ろうとするかのように新兵衛は吾一の顔を見つめた。話を聞けば吾一の手に落ちることとなるやも知れんと躊躇いも生じた。しかし、聞かずに済みそうもない。吾一もこのままでは帰りそうもない。

「なんじゃ妙案とは？」と新兵衛は合いの手を打つかのように灰落としに雁首を打ちつけた。

「今、ここで話すわけにはいかん。新兵衛さまから村の者を集めて話をしてもらいたい。そのときわしの妙案を披露する」

自信ありげな吾一の気迫に新兵衛は一歩ゆずった形となった。

「わしが、村の者を集めてなんと話せばよいのじゃ？」

「吾一を頭領とする鯨組を組織する。八十名の者を募ると」

「たわけっ」

新兵衛の表情が一変し、手にした煙管を投げつけた。口から飛んだような煙管は吾一の額を打った。それでも吾一は微動だにせず、それどころかその眼は新兵衛を突き刺していた。

「わしは本気じゃ」

「おまえのような素人に村の者の命を預けられると思うか」

「それは村の者が己の気持ちで決めることじゃ」

「わしは許さん」

「クジラを取り、そのクジラが最も大きなクジラであれば千両の褒美が下される。それが権左であろうとなかろうと構わん。わしは褒美のうちの二百十両をもらい受ける。それだけでいい。新兵衛さまは骨と油じゃ。運が良ければ抹香（まっこう）も手に入るはずじゃ。悪い話ではないはずじゃ」

吾一は懐から風呂敷包みを取り出すと目の前に置いた。

「ここに九十両ある。もともとは百両あったが十両は使ってしもうた。じゃがわしの血と汗の結晶であることに変わりはない。この九十両を新兵衛さまに預ける。一等になれなければ新兵衛さまのものじゃ。もし、わしが一等になれば、この九十両と褒美の中から二百十両、合計三百両をもらい受けたい」

新兵衛は口をへの字に曲げたまま吾一の一挙手を見ていた。

「わかっておる。わしが総元締という立場であれば、そんなことは許さんところじゃ。しかし、わしだったら、命がけのその目を見て、話だけはするはずじゃ」

新兵衛は腕を組んで吾一の目を見据え、わずかな間に様々なことに思い巡らせていた。

「吾一は、親父よりは口が達者なようじゃな。……煙管を返してくれ」

畳の上に転がる煙管を拾い上げると吾一は新兵衛に手渡した。

「もう投げつけんでくれ。わしだって痛いんじゃ」

新兵衛は物思いにふけるように新しい煙草を詰め始めた。

納屋場に勝山鯨組の衆が集められた。三百名近い男たちが集まった。新兵衛から全ての男に声がかかることは滅多にないことで、皆、一様になにごとかと顔を見合わせていた。前列には刃刺が並んだ。その後ろには幸吉の顔もあった。あのころとは比較にならぬほど体格もよくなり、漁師らしく日焼けした幸吉であった。

鯨組衆の対面には新兵衛と、その横に吾一が座していた。幸吉は腕を組み、無言で吾一を睨みつけていた。

「皆、集まったかの。そろそろ始めるが」との新兵衛の声にざわついていた場が見事なまでに静まった。「わしの横に座っておるのは吾一じゃ。皆も知っておると思う。重吉の倅じゃ」との言葉から始まった。

ざわつく中、新兵衛は、吾一からの申し出をそのまま鯨組に伝えた。

話し終わらないうちに罵声が飛び始め、帰り支度を始める者もいた。

一人の罵声「なにをゆうておるんじゃ。素人が頭領じゃと。海を舐めておるのか」というのが総意であった。

吾一は我慢できず立ち上がると渾身の声で怒鳴った。

「まだ話は終わっておらん。最後まで聞かんかっ」

その一声で、一旦は、場が静まり、衆の挙動も掻き消えたが、しかし、次第にざわめきは再燃した。

「聞くまでもないわ」と数人が立ち上がった。

「このままではクジラは取れんようになる。ましてやツチクジラより大きなクジラはこの勝山では取ることができん。わしには秘策がある。その秘策を見てから、聞いてから決めたらどうじゃ」

「じゃあその秘策とやらを早う見せ。早う聞かせ」

帰りかけた者たちは、また腰を落ち着けたが、その顔には乗り気でない表情が滲み出ていた。吾一は外に待たせていた和助に声をかけた。

「和助、中へ入れてくれ」

和助は、縦横二尺、長さ四尺ほどある木箱を引きずりながら「わしは人足でも吾一の家来でもないんじゃがの」とひと言ふた言零しながら吾一の前までやって来た。皆が訝し気に覗きこむ中で吾一はおもむろに箱を開けた。幾重にも包まれた油紙を開くと黒光りする砲身が現れた。

「なんじゃこりゃ？」

一番間近で覗きこんでいた新兵衛が皆の疑問を代弁した。

吾一はここぞとばかり自慢気に言い放った。

「これは砲銛じゃ。わしが作った。わしの巧出しじゃ」

その場の空気が凍りついたように静まった。しかし、それは砲銛というものを初めて見たことに対する驚きでないことはわかった。吾一は予想通りの反応に満足し、そして語り始めた。

「勘のよい者なら、察しはつくはずじゃ。これは火縄銃のように火薬で銛を飛ばすものじゃ。おそらくこの国で初めて作られた物じゃ。六百匁の銛なら二十間（約三十六メートル）飛ばすことができる。人力の三倍じゃ。どうじゃ。これがあればマッコウでも仕留めることができる」

しばしの沈黙の後、

「吾一、気は確かか？」と頭領の文五郎が呆れたとばかりに口を開いた。

「気が振れたようにでも見えるかの、文五郎どん」と吾一は怯むことなくその目を見た。

「じゃあ教えてやろう。おまえがこれをどのようにして拵えたかは知らん。ここまで拵えたことは褒めてやらんことはない。じゃが、このようなものを作ってただですむと思うか？」

吾一はわざとらしく首を傾げて見せた。

「よいか、火薬を使うようなものを勝手に作ってただですむと思うか？　今、わしの部下が番屋へ走ったぞ。すぐに役人が駆けつけるはずじゃ。おまえの親父は掟を破ったが、おまえは天下の御政道を破ったことになる」

「新兵衛どん、あんたこんなやつを頭領に推挙しようとしたんですかい？　総元締といえどもただではすまねえかもしれねえですよ」と二番刃刺の忠太が強い言葉をぶつけた。

「待て、わしは知らなかったんじゃ。こんなものを拵えておったとは聞いておらん」と新兵衛は慌てふためいて言い訳をした。

吾一は立ち上がると一同を睥睨するように見まわし怒鳴った。

「騒がねえでくだせえ。話はまだ終わっちゃいねえ」

一同は吾一の度量の大きさに圧倒された。その吾一の放つ威勢の中に、かつての重吉の姿を見た者はひとりふたりではなかった。重吉に見据えられたときの身の竦むような感覚を思い出した者もいた。

「新兵衛さまには、このことは話しておりません。驚かせて申し訳ねえです」と申し訳程度に頭を下げると、吾一は懐から書状を取り出して新兵衛に手渡した。

新兵衛はいまだ不信感を拭いきれない様子で書状を受け取ると震える手で開き、読み始めた。しばらくすると新兵衛の顔に血の気が戻り、にわかに表情も緩んだ。

「なるほど。大したものじゃ。江戸というところは人を大きく成長させるところらしい。わしらの想像以上に吾一は大きくなっておる」

「なんじゃそれは、新兵衛どん」と文五郎が訊いた。

「これはな、この砲銛とやらの御免状じゃ。お上が吾一にこれを作ることをお許しになった証じゃ」

文五郎は、新兵衛の手から書状をひったくるようにして取ると目を通し始めた。

「大事に扱え。粗末に扱うと首が飛ぶぞ」と和助が脅した。集まった取り巻きが一歩あとずさった。吾一は愉快であったが、自分の首が一番危ういことを思い出して我に返った。

「不服か？　文五郎どん」

文五郎の手から書状を取り上げたのは番屋から駆けつけた役人であった。

書状を読み終えた役人はおもむろに言った。

「なるほど、老中大久保忠真様の花押。まさしく真物じゃ。わしらの出る幕はないようじゃ。異存なければ引き取るが」

無論、引き止める者はなかった。

その後、納屋場には妙な空気が満ちた。

手投げの銛には所詮限界があることは皆、わかっている。小型のクジラならばともかく、マッコウクジラのような皮の厚い大型のクジラには歯が立たない。二百本、三百本と銛を打ち込んだとしても動きを止めることはできない。動きを止めなければ剣で腹を裂くこともできない。時をかければ反撃の機会を与えることにもなりかねない。捕鯨の方法を変えなければ、いくら誇り高い鯨組であっても滅びるは明白。

「こんな物を使うなど刃刺の名折れじゃ」という声と、「たしかにこれを使えばマッコウでも取れるかも知れん。生きていけるかも知れん」との声が拮抗した。気概だけでは食っていけないことは皆わかっている。

「ほんとうにこれで取れるんかい？」という素朴な声も聞こえた。

「わしの腹は決まった。わしは吾一に船を貸してもええと思っておる。あとは船に乗る者じゃな」と新兵衛が言った。総元締が許可すれば百人力を得たも同じである。

「わしは千両の内の二百十両をもらう。あとは皆で分ければええ」

「取れんかったらどうする」と一人が訊いた。

「取れんかったらなにもない。なにもないどころか、わしの首が獄門台に晒されることになっておる。弁当を持って見物に来るもよし、首に唾を吐きかけるもよし。無理にとは言わん。あまり人が多くなると分け前が減るから、八十人までと思っておる。船と浮子、縄などもろもろの経費を差し引くと、ひとり九両の分け前となる。一等でなければ肉だけじゃ。鯨組としては不服あるまい」

九両と言えばこの村での一年分の稼ぎに相当する額である。

「八十人でマッコウを取るのか？　それが権左であっても取る気か？　二百でも無理じゃというのに」と一人が言った。

「言わずもがなじゃ。今までの漁なら二百人だろうが五百人だろうが無理じゃ」

「わしは嫌じゃな。吾一が頭領などごめんこうむる。どこでなにをしておったか知らねえが、ど素人じゃねえか」と言ったのは幸吉であった。

「そうか、だったら帰れ」

「権左に銛打つことならずという掟はどうなるんじゃ？」

「今回だけは封印じゃ」

「勝手なところは変わっておらんな」

幸吉は唾でも吐き捨てそうな顔で背中を向けると、嫌がらせのように荒々しい足音を立てて出て行った。それについて数人も出て行った。

「今ここで決めろとは言わん。三日待つ。わしと船に乗ってもいいという者は家(うち)へ来てくれ」

　吾一は、乗組員が決まらぬまま、出漁の準備を始めていた。期限が迫っているため、一日も無駄にできぬとの焦りからであった。一人でも行かねばならぬのである。砲銛で少なくとも一頭を仕留めなければ吾一の首は胴体から離れ、四尺高い台に乗ることになるのであるから、その心持は尋常ではなかった。

　本気じゃろうか、と吾一は今更ながら思った。奉行の薄ら笑う顔が浮かんだ。「冗談じゃ、あれは冗談じゃぞ吾一。本気にしておったか？　おまえも初心じゃの」と笑って不問に付すか？　いや、侍は、わしらの命などなんとも思っちゃいないし、御政道や権威を重んじる輩であるから、冗談であるわけなかろう。吾一から深い溜息が一つ漏れた。

　新兵衛の方から、出刃組の頭領久治へ、船、銛、縄など鯨漁に関わる道具を一式貸し出してほしいとの申し入れがあった。久治としても、一旦、村を離れた吾一に貸し出すことは心中穏やかならざるものがあったが、総元締の申し入れとあれば断るわけにはいかず、渋々と折れることとなった。その後押しをしたのが彦六であった。

「爺い、頼むわ」

「まさか、おまえが頭領とは」

　彦六は世も末だと言いたげに呆れながらも笑った。あのときと同じ顔がそこにあった。彦六の計らいで上質の銛が用意された。

「勝山の名を全国に轟かすためじゃ。他の鯨組に一等を取られたら末代までの恥じゃ。吾一のためじゃねえ、勝山のためじゃ」と彦六は久治に迫った。そして、突船六艘、持双船二艘、銛二百四十本、三十丈縄十五束などが揃えられた。それらを頭領である吾一が一つ一つ検分した。

「焦るんじゃねえぞ。まだじゃ」と彦六は目前に権左が姿を現したかのように炉の火を睨みながら言った。「権左は、いつも同じ時季に同じ海へ来る。そこを狙うんじゃ」

その話は四年半前にも聞いた気がした。年寄りは同じ話を繰り返すものであることを親父から聞いたことがあった。はて、死んだ婆さんからだったか？

「わかっておる。館山と三浦岬を結んだ真ん中辺りの三里四方じゃろ。十月の下旬から一月の間じゃろ」

彦六はばつが悪そうに頷いた。

「じゃがな、それをあてにしすぎても駄目じゃ。クジラは往々にして気まぐれじゃ」

和助は吾一の家で待っていた。吾一を頭領とする突組の船に乗りたいという者がやって来るのを。しかし、いまだ一人として申し出る者はなかった。

「大丈夫かの？」和助は酒をちびちびと舐めながら待っていた。「だれも来なんだら、吾一は一人で行く気か？　相撲ならそれでもええが、相手はクジラじゃ。少々でかすぎやしねえか？」

納屋場では、文五郎の目を盗んだ者たちが集まっては話し合いが持たれた。

「どうする？　わしは吾一の船に乗ってもええと思うんじゃが……文五郎の目もあるし、迷うとる」

「今回きりじゃが、それで文五郎の機嫌を損ねても困るしな」

「わしはどうせ嫌われとる。重吉頭領が死んだときに四番以下に落とされた。わしは吾一の船に乗るぞ。このままじゃどうせ先は見えとる」

重吉が死んで、頭領が文五郎に替わった直後はよかった。続けざまに捕鯨が叶い村は活気づいたが、その後はからっきしであった。続けて二頭が取れたのはまぐれじゃと陰口を叩く者も現れた。今の鯨漁は最盛期の三分の一となっていた。重吉が頭領だったときに比べ、クジラも小さくなっていた。これればかりはだれのせいでもないが、生活は苦しくなるばかりであった。

「わしは乗る。吾一が納屋場で怒鳴ったとき、その後ろに重吉頭領の姿が見えたんじゃ。胸が熱うなったわ。あのころのちびりそうな鯨漁をもう一度味わえるかもしれん。わしは吾一に賭けてみようと思っておる」

「わしもじゃ。権左を取って文五郎の鼻をあかしてやるわ」

和助は待ちくたびれ、盗み酒の飲みすぎもあって、大鼾を掻いて眠っていた。吾一が帰ったことにも気づかず、足を蹴られてようやく目を覚ます始末である。

「おまえはここへなにしに来たんじゃ」

只飯を食われ、只酒を飲まれ、さすがに吾一は苛立ちを覚え、嫌味を丸めてぶつけてみた。

「暇じゃ、しかたなかろう」と和助は口元の涎を袖で拭う。

「来たか？」

期待はしていないがとりあえず訊いてみた。

「来ん。猫の子一匹来んわ」と当然のごとくの顔を見せた。

「猫の子は追い返してくれよ」

「ええんか？」

「どアホ」と言いながらも吾一は何度目かの深い息をついた。駄目かも知れんと吾一の頑強であったはずの自信が揺らぎ始めていた。

弟の与吉が「あんちゃん、だれも来なんだらわしが乗るぞ。わしも刃刺の倅じゃからな」と言ってくれたことは強い味方を得たようで嬉しかった。

二日後、朝、吾一の家の戸を叩く者がいた。吾一が戸を開けると二十人ほどの男たちがそこにいた。戸を叩いたのは重吉の下で二番刃刺をしていた仁平であった。

「わしで良ければ乗る。こいつらも乗るそうじゃ」

そこにいたのは、かつて一番から三番の船に乗っていた者たちで、頭領が替わってから降格させられた者ばかりであった。

「やっぱり重吉頭領の方がよかったわ。大きな声では言われんが、今の頭領はふぐりが小せえわ」

「そうじゃろ、ウチのおっ父の方がデカかったじゃろ。それはわしが一番よう知っとる」とイト。

「おっ母は引っ込んでおってくれんか。ややこしくなる」

吾一はしゃしゃり出てくるイトを家の中へと押し込んだ。

次第に大きくなる吾一組に、吾一の心は震えた。しかし、まだ足りない。

その後、ひとり、またひとりと志願する者が現れ、三日目には六十五人が集まった。

「ここまでじゃろうか？」

しかし、その後、「まだええかの？　迷っておったが、来てみたんじゃ」という者たちがぽつりぽつりとやってきた。

「よいよい、期限なんてあってないようなものじゃ。来てくれればそれでええ」

四日目の昼過ぎには八十名が揃った。今の頭領に対する不平から志願したものがほとんどであった。それでもよいと吾一は思った。文句を言えば罰が中ろう。

## 雪辱船

作事場の準備も滞りなく進み、意気も充実し、いざ出漁というとき、なんの因果か海が荒れ始めた。この時季、台風が接近することが多く、出漁できなくなることがある。吾一は勝山から離れていたせいで天気のことを忘れていた。あまりにも迂闊。出鼻を挫かれた形となった吾一の苛立ちは極限に達しようとしていた。期限は残り正味一月である。

「駄目じゃ、待ちじゃ」

こんなときに権左が沖を通るかもしれぬと思うと、いても立ってもいられず、吾一は夜な夜な鯨見台に立ち、真っ暗な沖を眺めることとなった。

吾一には闇の向こうに、その姿が確かに見える。

権左じゃ。奴がわしを呼んでおる。早よ来いと。わしと勝負せい。討てるものなら討ってみよとばかりに潮を噴く。

しばらく眺めていると暗闇(くらやみ)の水平線の上あたりにシノの笑顔が浮かんだ。

おまえのことを忘れておった。おまえもわしを待っておってくれるんじゃなと思わず顔が綻(ほころ)んだ。わしはやっぱりスケベか？

四日目。海が静まりようやく出漁できる機会を得た。あと二、三日続いたときには気が触れるやもしれんと思った。

八艘から編成された吾一組は出漁の手筈となった。一番船刃刺はもちろん頭領である吾一で、その艫押しには仁平を置いた。中堅の刃刺として経験が豊富なだけでなく、吾一は父の代から付き合いのある仁平をあえて艫押しとして傍(かたわら)に置くことにした。相談役として、参謀として打ってつけである。

出漁に際しては、神主による祝詞(のりと)が上げられ、安全祈願の御神酒(おみき)が船に捧げられ、全員に振る舞われた。港を出ると、まず港内を一周し神社に向かって一礼してからの出陣である。

朝日に向かって吾一組船団は進撃した。朝日に照らされる吾一の顔は紅潮し一層赤く見えた。全身は武者震いと脈動に満たされた。

「親父も頭領としての初陣はこんな気持ちじゃったじゃろうか」

記憶の中の親父の姿と己の姿が重なった。

村では吾一組の成功を祈る者と失敗を祈る者とがその出漁を見送っていた。

波は穏やかである。潮風は冷たいが頬に心地よかった。

一艘の船には一人の刃刺と八人の水主、艫押しが乗る。刃刺が舳先へと立つと、針路を決め、合図を受けた艫押しが舵を取る。突船は穏やかな湾内の小波を切り裂くように進んでいった。小気味よく艪が軋み、船底を波が叩く。懐かしさが蘇る。

しばらく進むと外洋へと出る。途端に波は大きくなり、船底に大波を受ける。

進むうち、吾一は異変に気づいた。生唾が溢れ、胃の中から込み上げるものがあった。四年半もの間、海から離れていたせいで身体が波に慣れるまでには少々の時を必要とするらしい。情けなく思ったが、この程度のことで折れるわけにはいかない。

「どうした、頭」と異変に気づいた艫押しの仁平が訊いた。

「なんでもねえ……」

言い終わらぬうちに口から、今朝食ったものが溢れ出、波間に吐き散らすこととなった。

「大丈夫け？　わしらの頭領、船酔いで吐いとる」

「これがわしからの挨拶じゃ」

「そんな挨拶あるけ」

船上に笑いが溢れたが、すぐに静まった。つかの間の笑いであった。

「ほんとうに吾一で大丈夫なんじゃろか？」と皆の胸中にその思いが湧いた。

吐けばすっきりする。吾一は口元を拭うと西へと針路を取った。

館山沖の潮の流れに船を乗せると艪を止めさせた。

ここらが権左の出没する海域である。重吉が最後の漁を行ったのもこのあたりだったはず。吾一は地平線の先まで見渡した。クジラの姿はどこにもない。風と船を叩く波の音だけである。その日は、力なく帰港することとなった。

二日目、三日目とクジラの影を見つけるまでには至らなかった。もっとも、それほど簡単に巨鯨に出会えるとも思ってはいない。気長に待つしかないと吾一は腹を括った。

四日目、館山沖の波間に噴きあがる潮を見た。二番船の刃刺が叫んだ。

「クジラじゃ。吾一、ツチクジラじゃ」

しかし、吾一はその潮には動かなかった。仁平が不動の吾一へ奇異の目を向けながら言葉を待った。

「なにを勘違いしておるんじゃ？　わしらが狙ろうておるのは大物じゃ。あんな雑魚ではない」

吾一はさらなる沖を見ていた。

「じゃが、手ぶらで帰るよりはええじゃろ。行きがけの駄賃じゃ」と仁平。

「駄目じゃ。そんなところで力を使ってどうする。その間に権左が現れたらどうするんじゃ？」

乗組員には不平を洩らす者もいたが、頭領の言うことには逆らうこともできず、渋々口を噤むこととなる。その後も、幾度となく潮噴きを目撃するも吾一は不動を貫いた。

「もったいない話じゃ。ツチでも三頭も取れりゃ豊漁じゃぞ」と皆の不満が募るも吾一は意に介さず。吾一は何者かに試されているような気がしてならなかった。

十五日目、十六日目、十七日目と雑魚にさえ出会うことなく日は流れた。その頃になると、再び天候が怪しくなり、海が荒れ始めた。

吾一の日には権左しか見えなかった。

「吾一は権左だけを狙うておるようじゃが、権左が現れるとは限らんぞ。それでいいのか？」とある者が仁平の横顔に囁いた。

「仕方なかろう、最初からそのつもりであることはわかっていように。納得尽くで吾一の船に乗っておるのじゃろ」

「そうじゃが、よう考えたら、権左なんて、あのときに現れたきりじゃ。そんなものを待ち伏せるなんて、無謀じゃなかろうか」

乗組員の中には吾一のやり方に不信感を抱く者が出て来た。

「早まったかもしれんな。まだ半月じゃ。今なら文五郎組に戻れるかもしれん。早い者勝ちじゃぞ」

「それを内股膏薬（うちまたごうやく）っていうんじゃ。あっちに付いたりこっちに付いたりしやがって……勝手にせい」と怒鳴ったものの仁平の心も揺れていた。

五日間、漁へ出られない日が続いた。六日目にようやく海は穏やかになった。

そのころには八人が吾一組を去っていた。吾一はなにも言わず、人員の配置を換えた。

二十三日目の巳（み）の刻（こく）（午前十時ごろ）のことである。

「吾一、見ろ。潮噴きじゃ」

仁平が叫んで指をさした。

そちらへと目を移したとき、噴きあがる潮を見た吾一は全身の血が逆流するほどの興奮を覚えた。

「あれはなんじゃ?」

「マッコウじゃ。あの潮はマッコウクジラに間違いねえ」

波間に見え隠れする背は山のようであった。

「さすがにでかいわ」

吾一の呼吸と鼓動は抑えようもなく荒ぶった。最初で最後の機会であろうと思った。この機会を逃してはならじと砕けんばかりに奥歯を嚙みしめた。

「皆の衆、漕げ。心してかかれ」

吾一はあらん限りの声で叫んだ。その命令は伝令により後方の船へと伝えられた。不信は一掃され、それまで溜まっていた鬱憤が一気に艪漕ぎの原動力へと移行した。

船の速度を上げ、鯨影の主の全貌を目視するまでに近づくと、それはまさしくマッコウクジラであった。黒い巨体、突き出た額、蝶のように広がった尾鰭、それを見たとき吾一の腹の底が震えた。命に代えても仕留めねばならんと思った。

仁平は吾一の顔を見た。

「取るのか、取らんのか？」

権左であろうとなかろうと吾一の心は決まっていた。

「囲めっ」

吾一のがなり声が伝令を通じ、こだまするように後方へ伝えられると、吾一組は雄叫びを上げた。

八艘の船は右と左とに分かれると、クジラの前へ回り込むべく舳先を向けた。マッコウクジラの泳ぐ速度はそれほど速くない。先回りをして行く手を遮るのは造作もないことである。艪の調子が皆の心臓の鼓動に合わせるかのごとく最速となった。

ふと、その姿を見失った。クジラも逃げようと泳ぐ速度を上げたり、方向を変えたりし、そして潜って姿を隠すが、長く潜ることはできない。長く潜るにはクジラとて全身に空気を巡らさなければならぬため、時を要する。であれば近くにいるはずと仁平は直感した。

突如、吾一の乗る一番船の目と鼻の先の海面が盛り上がると、その海面が破れてマッコウクジラが姿を現した。巨鯨の起こした波に船が煽られ、吾一の足元が揺らいだが、危ういところで踏みとどまった。

「これが権左の挨拶か？　じゃあ、今度はわしからじゃ」

吾一は手にしていた萬銛を渾身の力で投げつけた。銛は背に刺さり突き立った。

「刺さったが浅いぞ。あれじゃ痛くも痒くもないぞ」と仁平が言った。

マッコウクジラの皮はツチクジラとは比較にならぬほど厚い。

「ほんの挨拶じゃ。本番はこれからじゃ」

クジラは、吾一をちらと見ながらも嘲（あざけ）るように悠然と波間を縫った。

一番銛が打たれたのを見ると、他の突船からも次々に銛が打たれた。刺さる銛もあれば、跳ね返される銛もある。ツチとはまるで勝手が違う。

「怯（ひる）むな、勝山鯨組の男気を見せてやれ」

吾一が全霊をもって発破をかける。

クジラの左へと回り込んだ三番船の刃刺が「権左じゃ」と叫んだ。左目の後ろに三日月の傷を見極めた。

「強運じゃのう、吾一。因縁に違いねぇ」と仁平。

吾一は行けると思った。すべての流れは己にあると確信した。吾一の胸はいやが上にも高鳴った。

クジラは十数本の銛を刺し、幾本もの縄と結わえられた浮子を従えながらも悠然と泳いだ。

「奴はわしらを舐めくさっておるようじゃ。見とれ」

こうでなければここまでやってきた甲斐がないというもんじゃ。思わず笑みが零れた。吾一は油紙で覆われた箱を開くと素早く砲銛を取り出した。箱の中では既に火の付いた火縄が燻っている。吾一は火縄を手にすると、ふっと息を吹きかけた。火縄は赤く輝いた。

「左じゃ、左に回れ」

砲身に火銛を差し込む手はわずかに震えた。目の前に権左がいる。震える手に言い聞かせ押さえ、クジラの動きを見ながら手早く仕込む。砲身の中で早合の油紙が破れたことを確認し、口薬を載せるが、揺れる船の上では思うようにはいかない。なんでここも工夫せなんだ？

「揺らすな」

「無理じゃ」

権左、待ってろ。吾一は心中で叫んだ。

口薬が火皿に載ると火蓋を閉め、火挟みに火縄を挟む。

——準備万端整いましてござい。——

吾一は胸の高鳴りを抑えるに必死であった。この瞬間をどれほど待ち望んだことか、夢見た日々が一瞬で蘇り、消えていった。吾一はすべての思いをぶつけるように大きく息を吐いた。

「わしが吾一じゃ」

「権左の左目につけろ。距離を保て。もっと前じゃ」

仁平に指示する。経験の豊かな仁平にはその意図がわかった。慎重に舵を操る。船は意図したところにぴたりと着いた。

「そこじゃ。よいぞ」

砲銛を抱えると吾一は最善の時を待った。

「わしの火銛じゃ。少々手荒いぞ。恨むな」

吾一は狙いを定めると、その時を計った。波が上下する間を見極め、調子を取る。

刹那、クジラがちらり吾一を見た。径が一尺ほどもある漆黒の瞳で吾一を見たとき、吾一は引き金を引いた。察してか、クジラは敵意を剝き出したかのようにカッと目を見開いた。

轟音が海原に響き渡った。海面が一瞬静まったようであった。

火銛は一直線に突き進み、蛇のようにうごめく縄がその軌跡を追った。尻をついてあわや撃った衝撃で吾一は危うく船から転げ落ちそうになったものの、尻をついてあわやのところで踏ん張った。揺れる船の上での試射を行うべきであったと今さらながら思った。吾一はしばらく波の上下に身を委ねた。尻をつきながらも吾一の目はクジラへと注がれていた。

火銛はクジラの左目の後ろ五尺（約一・五メートル）のところへ突き刺さった。深さは十分であった。

「わしはもう一尺上を狙ったんじゃが」

しかし、吾一は満足であった。

一拍置いてクジラはカッと目を見開いた。かと思うと、蛇のように身をくねらせた。山のような波が巻き起こり、その煽りを受けてクジラの横に着けていた二艘の船が転覆した。乗員は花弁のように海へと散り、波に揉まれた。

「六番、七番、落ちた者を助けろ。あとの者は銛を打て」

吾一が腹の底からがなり立てた。喉の奥から血の味が染み出た。

「さすがじゃ。吾一の銛は効いておるぞ。権左は苦しんでおる」

仁平が子供のようにはしゃいだ。

苦しいか、すぐに楽にしてやる。

吾一は二本目の火銛を手に取った。

クジラは吾一が手にする火銛を見たのか、吾一が乗る一番船を海中から持ち上げようとする。

船は波と共に傾き、火銛が入った箱がずり落ちて海へと転がった。箱の中にはまだ三本の火銛が残っていたがそれは海中へと消えた。

「やりやがったな。やることがいちいち小賢(こざか)しいわ。さすが権左じゃ、噂に違(たが)わぬ化物じゃ」

幸い、手に取った一本だけは残った。

「吾一、鰭(ひれ)の後ろ一間（約一・八メートル）のところを狙え。そこにマル（心臓）がある。そこを狙うしかねえ。だめでも吹腸(ふきわた)（肺）をやれる。吹腸をやればもう潜ることはできん」仁平が船縁にしがみつきながらがなり立てた。

マルまで届くかどうかわからぬが、そこを撃つしかないと吾一も思った。

吾一は空の早合を取り出すと、手にある最後の早合を押し込んだ。そして砲身に火銛を差し込むと、火蓋を切った。この一本にすべてを懸(か)けるしかない。吾一の腹は決まっていた。

船はゆっくりとクジラの左へと着いた。クジラはただならぬ気配を察してか、眼光鋭く吾一を睨みつけた。

「離れろ。煽られるぞ」仁平の声に船は一旦クジラから距離を取った。

――ここが正念場じゃが、ここで落ち着かんといかん。肝心なところで焦るのがわしのいかんところじゃ。――

吾一は一度大きく息を吸った。そしてゆっくりと吐いた。一転、周囲の波が静まったかのように、吾一の心も静まった。

「仕切り直しじゃ」

しかし、クジラも危機を予感しているらしく、幾度となく身を捩った。

「よいよい、わしは気長に待つぞ」

しかし、焦りは否めぬ。五回目の機会が来た。陽が暮れようとしていた。早く仕留めなければ狙いが定まらなくなる。船をクジラの腹の横へ着けたとき、うまい具合に身を振り腹を見せた。

「そのままじゃ。そのままじゃぞ」

祈るように言い、息を止め、足を踏ん張る吾一。

櫓を操る仁平が船を位置に着ける。

二発目の轟音が響いた。

火銛はクジラの脇腹へと吸い込まれるように突き刺さった。

「寸分たがわず狙い通りじゃ。さすがわしじゃ」

クジラは、刺さった銛を渾身の力で振り払おうとし、巨体を激しく揺すった。

海面がうねり、渦を巻く。巻き込まれまいと船はいち早く離れた。

「ありったけの銛を打て」

吾一は叫んだ。声とともに口から血飛沫(ちしぶき)が飛んだ。

「銛はもうねえ。打ち果たした。あとは権左の体力がなくなるのを待つだけじゃ」

「見ろ、吾一の撃った銛の横から泡が出ておる。マルではないが、吹腸(ふきわた)に中(あた)ったんじゃ。もう海には潜れん。あとは待つだけじゃ。根競(こんくら)べじゃ」

「根競べならこちらに分がある」

クジラは時折潮を噴きながらゆるりと漂った。既に日は落ち、水平線上の赤い空に鯨影を浮かびあがらせた。

「鼻を切れるか？」

吾一が視線をクジラに据えたまま仁平に訊いた。

「まだじゃ。奴は隙を窺っておる。権左は妙な芝居をするから厄介じゃ」

「日が暮れるぞ。このままでは二日がかりとなるやもしれん」

「わしは、とうにそのつもりじゃ。吾一も腹を括れ」

船の上で篝火を焚くと、その夜は海の上で過ごすこととなった。

特双船に備えられていた非常用の食料、干し芋と餅が各船に配られた。皆、残り少ない水で流し込む。吾一以外は皆、慣れたもので、狭い船の上でもうまい具合に雑魚寝し体を休めていた。幸い、海へ投げ出された乗組員は皆、助けられて無事であった。

「苦しみを長引かせたくはないが、どうしようもない。許せよ権左」

吾一だけでなく、そこにいる一人一人の願いであり苛立ちであった。

「どうじゃ権左の様子は」

夜中近くになり、吾一が仁平に訊いた。

「こう暗くてはようわからん」

うっかり近寄ろうものなら一撃を食らいかねない。むやみに近づけぬ理由であった。

時おりクジラは顫動し、銛に結わえられた縄で船を揺さぶる。うとうとする者を揺り起こす。

「夜明けとともに引導を渡す。腹を裂いて海水を入れる」

空の端がうっすらと青みがかる。やがて東の水平線に赤みが差し、人の影を映し出す。空気は冷えているものの、気が張っているせいか、吾一は寒さを微塵も感じなかった。それどころか身体の芯は煮えたぎっているようで、全身の穴という穴から今にも血が噴き出しそうであった。

吾一はクジラの様子を見た。明らかに弱ってはいるが、いまだ生への執着を断ち切れぬ目をしていた。根競べでは分があるとはいえ漁師たちの体力にも限界がある。決着は早いに越したことはないが、焦って仕損じることだけは避けたかった。

「鼻切包丁を取れ」との吾一の声に刃刺たちは一斉に「おう」と返す。みなの意気がいささかも衰えていないことが吾一には心強くもあった。

周囲が明るくなり、クジラの様子が確認できるようになると、刃刺たちは吾一の号令を待った。

「わしはクジラを打つのは二度目じゃ。一度目は子供の流れクジラじゃったからのお。いつ鼻を切ればええのかようわからん」

「情けない頭じゃのう」

「しかたなかろう。仁平どんが声をかけてくれ」

仁平は呆れたように笑った。しかし、その機を見定めることは経験を積んだ者とて容易なことではない。しかたなかろうと思った。

仁平はしばらく様子を見ていたが、機は熟したと言わんばかりに「かかれ」と号令をかけた。

下帯姿の刃刺達は水主たちの喊声に後押しされ、鼻切包丁を口にくわえると一斉に海へと飛び込み、クジラまで泳ぎ始めた。そして垂れ下がる縄を手繰り寄せ、我先にとクジラの背中へ這い上がった。

二人三人と這い上がるも、そこで一番に這い上がったのは四番刃刺の滝松であった。

滝松は鼻と呼ばれる生臭い息が噴きあがる噴気孔へ歩み寄ると、その横に立ち、一番乗りの宣言をした。

「わしが一番じゃ。鼻切役を仰せつかったぞい」

四番船から歓声が湧き上がった。

滝松は息を殺して機を窺った。

やがて滝松はその時が来たとばかりに鼻切包丁を構えると、噴気孔に刃を当てた。だが、そのとき巨体が大きくのたうった。

クジラの上で滝松の様子を見守っていた刃刺たちが一瞬のうちに海へと滑り落ちた。だが、滝松は片手で縄をつかみ、すんでのところで止まった。

「わしは大丈夫じゃ。ここで逃すわけにはいかんでの」と照れたように笑いを嚙みしめた。

再び這い上がると、滝松は苦々しくクジラを見つめ、噴気孔に包丁の刃を当て、大きく息を吸い、敵でも討つように一気に差しこんだ。クジラはびくんと震えた。

「よし、でかした」吾一が叫んだ。

切った鼻に素早く縄を通す。もうクジラは逃げることはできない。力の消耗を待ち、息絶えるのを待つこともできるが、刃刺としては一刻も早く、成仏させてやりたかった。

「仁平、腹を切れ」

吾一の声に素早く反応し、仁平は剣を持つと舳先に立った。六尺(約百八十センチ)の柄に二尺(約六十センチ)の剣先が付いた、権左のために誂えた特別な剣である。クジラのすぐ横に船を着けさせると、仁平はその腹に剣を当てた。

いざ。

だが、その瞬間、またもやクジラはあがきを見せた。寝返りを打つかのようにぐるりと身を反転させ、腹を見せた。

どよめきが起こった。鯨組衆のどよめきか、海のどよめきか、天地が反転したかのようなどよめきが起こった。

「彦六爺(じい)が言っておったのはこのことか。尾の一撃だけではないようじゃ」

縄につながった船がそれに引かれて浮き上がり、逆側の船は海中へと引きずり込まれた。水主や刃刺が、海原へと投げ出され、また海中へと引きずり込まれた。

しかし、クジラには一転するほどの力は残っていなかったらしく、そのまま元の体勢へと戻った。突船の数艘はその波をまともに食らったが、危ういところで持ちこたえた。

クジラは力を使い果たしたらしく喘(あえ)いでいるようであった。

「往生際(おうじょうぎわ)のようじゃ」と水主の一人が言った。

「往生際の悪さはわしによう似ておる。皆、無事か？　海に落ちた者を捜せ」

吾一が声を荒らげた。

「大丈夫じゃ。みんな無事じゃ。はよう引導を……」と声がかかった。

「仁平っ」

吾一の声に、剣を構えた仁平はクジラの気配を窺いながら一気にその腹を引き裂いた。

夥しい血が噴き出し、辺りの海を赤く染めた。吾一は四年半前のコビレゴンドウに引導を渡したときの光景を思い出していた。

真っ赤な血の泡が湧いたかと思うとそれは次第に小さくなり、やがてクジラの腹へと水が吸い込まれはじめた。肺や内臓が海水で満たされると呼吸ができなくなり、クジラはやがて死に至る。腹を裂かれたクジラが衰弱しつつあることは誰の目にも明らかであった。

わずかながらも生気を残すクジラは小刻みに震えていた。振動が海面を揺らし、吾一の船までも震わせた。

「まだか権左。早く成仏してくれ。これで終わりにしてくれ」

吾一は奥歯を嚙みしめ、天を仰いだ。祈りであった。

しばらくするとクジラはこの世の不条理を嘆くかのように何度も尾鰭で海面を叩いた。その動きもやがて小さくなった。そして、末期とされる雄叫びを放った。千頭の牛が同時に鳴くような声とも言われるすさまじい雄叫びであった。

刃刺や艫押し、水主たちは耳を塞ぎ念仏を唱えた。しかし、吾一はクジラの最期を見届けようと、奥歯を噛みしめ拳を握りしめ、その声をしっかと聞いた。最期の姿を脳裏に焼き付け、最期の声を聞くことが鯨組頭領の責務であるような気がした。

雄叫びが鳴りやむとクジラの動きは止まった。波だけが動いていた。漆黒であった瞳から光は消え、飴細工のような冷たいものとなった。

取ったか？ へたな芝居などわしには通用せんぞ。

吾一の心中では、確信はまだ芽生えなかった。

波とともに時が過ぎた。吾一組の皆がクジラを見、そして吾一を見ていた。

クジラは波に煽られて漂うばかりとなっていた。

そしてようやく吾一は確信した。

次の瞬間、

「取ったーっ」

吾一の拳は天へと突きあげられた。

一同から大海原の果てまで響くような歓声が湧き起こった。

吾一は歓喜するとともに安堵した。

緊張が支えとなっていたらしく、それが切れた途端、足腰から力が抜けてその場へとへたり込んだ。

「なんじゃ、一頭取ったくらいで、そのざまか」と仁平は歯をむき出して笑った。

鼻を切った滝松が乗る四番船が注進船として、捕鯨を成したことを知らせる役目を担(にな)った。

村では、昨夜から帰港せぬ吾一組を心配して、沖を眺める者と、凶報を望む者がそれぞれの思惑を胸に集まっていた。

一人の子供が水平線の下になにかを見つけ、指さした。既に辰の刻（午前八時）となっていた。

「どうした。なにか見えたか？」

彦六も沖を見たが、よく見えぬ。

「なにか見える……船じゃ」

子供たちが口々に言う。

「あんちゃんが権左を仕留めたんじゃ。間違いないわ」と与吉が叫んだ。

「まだわからんじゃろ」と彦六。

やがて船影は大きくなり、はっきりとその姿を現した。

「早船か？　吉報か凶報かどっちじゃ？」と手をかざした彦六が興奮して口から泡を飛ばした。

「旗じゃ。旗が見えるぞ。大漁じゃ大漁じゃ」と子供たちが飛び跳ねた。

「やっぱりわしのあんちゃんじゃ。わし、おっ母に知らせる」

船にはまさしく大漁旗が掲げられていた。船上の滝松は、わしの目に狂いはなかったとでも言い張るように、誇らしげに旗を指さしていた。

四番船が入港すると滝松は船の上から叫んだ。

「吾一組が権左を取ったぞ。わしが鼻を切った。村の衆を集めろ。轆轤の支度をせい」

沖を眺めていた者たちは一斉に散らばると村中へと知らせた。権左捕鯨の知らせは瞬く間に広がり、新兵衛にも伝えられた。

村人が集まり、一時（約二時間）もし、待ちくたびれたころ、ようやく吾一組の船団が現れた。巨大な黒いクジラを取り囲んだ小さな船団であった。それは互いに誇張しあい、クジラを一層大きく、船団を一層小さく見せていた。

入港したマッコウクジラを目の当たりにすれば、今までに見たことないほどの巨鯨であった。

「縄をかけろ、轆轤を回せ」

吾一が歓喜を表すかのように船の上から叫んだ。

二つの轆轤に縄をかけ、その縄の先にクジラを結わえる。轆轤を回すと縄が巻き取られて海の中のクジラが引き寄せられて陸へと揚げられる。

「権左じゃ。わしが取った」船を飛び降りた吾一が己一人で取ったかのように自慢げに叫んだ。だが、だれもそれを咎める者はいなかった。「これでわしの首もつながった。生きた心地がせんかったぞ」と命冥加な身の上に思わず本音が漏れた。お上に申し渡された期日まで二日を残すのみとなっていた。

巨大なクジラを引き揚げるのは容易なことではなかった。動員された村の衆が轆轤を回し、引けども引けどもクジラは動かなくなった。半分ほど頭を浜へ引き揚げたかと思うと、そこからは頭を砂へ潜らせるばかりで、轆轤が盛りのついた馬のように悲鳴を上げた。

「吾一どん、これ以上は無理じゃや、轆轤が壊れそうじゃや。しかたねえので、ここで捌かんといかん」

出刃組の頭領久治が大包丁を振り回しながら、困った顔をしながらも相好を崩した。

クジラの体が半分ほど海水に浸かったまま捌くこととなった。クジラは波に揺られ、ときに生きているように身をくねらせた。

「まさか本当に取るとは思わんかった。吾一は昔からホラ吹きで有名じゃったから、わしは本気にはしとらんかった」

新兵衛が興奮冷めやらぬ吾一に声をかけた。

「本気にしとらん割には、よう船を貸してくれたもんじゃ」

「金に目が眩んでしもうただけじゃ」と新兵衛は呵々とばかりに腹をゆすった。

「さもあらん。わしも同じようなものじゃ。じゃがこれで千両はわしらのものじゃ」

「なぜそうと言える。他の鯨組とてマッコウを追っておるはずじゃ。ナガスクジラを仕留める組がおるかもしれん」

「どこの鯨組もこれほどでかいクジラは狙わん。だれでも命は惜しい。たとえ網で追い詰めても手投げ銛では動きを止めることはできん。動きを止めねば腹を裂くこともできん。どうやって引導を渡すんじゃ？　そうじゃろ。わしが一等じゃ」

「どこの組にも奥の手というものがあるもんじゃ。わしらが知らんだけかもしれん」

「そんなもんか？」

「何百年もの間、受け継がれる技があるのなら、奥の手があっても不思議ではなかろう。それが伝家の宝刀と呼ばれるものじゃ。だが、おまえさん、もっと大事なことを忘れてはおらんか？」

「大事なこと。なんじゃ？」と吾一は真顔で新兵衛に向き直った。

「わざわざ取りに行かんでも向こうから来ることもあるじゃろ」

吾一はそこでようやく気付いた。

「流れクジラか？」

「そうじゃ。もし、どこかの湾にナガスクジラでも漂着していたら、千両はふいになるでな」と新兵衛は肩を揺すって笑った。吾一にそこまでの思慮はなかった。

「吾一らしいな。わしは知らんぞ。約束は約束じゃ。九十両は返さんぞ」

こんなところでどんでん返しされたのでは堪ったものではない。吾一は神に祈ることとなった。

知らせを聞き駆けつけた役人によって頭の先から尾の先、胴回りなど、クジラの体長が測られた。全長は十間二尺三寸（約十九メートル）と記録された。通常のマッコウクジラは八間（約十五メートル）ほどであるから見た目では二回りも大きく、比較にならぬほどの巨鯨であった。

それが済むとクジラの解体が始まった。骨と油は新兵衛が受け取ることが慣わしとなっていた。骨は簪、笄、櫛などの細工物の材料として、油は灯油として重宝されるため高値で業者へと卸される。もし、クジラの腸から、マッコウクジラの名の由来ともなる龍涎香という香料が取れれば収益は申し分ないものとなる。

クジラは海岸に係留されると、皮に縄を掛け、轆轤で引きながら剝いでいく。分厚い皮には無数の刺し傷、切り傷だけでなく、数十本の銛が刺さっていた。いつ刺されたかわからぬような古い銛もあり、引き抜きながらの作業であった。

「権左も大したものだ、化物と呼ばれるだけのことはあるわ。これだけの銛を背負って悠然と泳いでおったんじゃからな」と出刃組の三治が言う。「そして、吾一も立派なもんじゃ。親父さんの敵を取ったわけじゃからな」

彦六は解体の始まったクジラをまじまじと見て回った。やがて腹に溜めたものが堪えきれなくなったかのように、彦六は眉を顰めるとつぶやくように言った。

「こりゃあ、権左じゃねえ」

小さな声であったがその言葉はそこにいる皆の耳に響いた。全てを覆すかのような一言に一同が顔を見合わせた。

「権左じゃねえと？　じゃあ、このクジラはなんじゃ？」とその中の一人が訊いた。

「なんじゃやと聞かれてもな……知らねえよ。とにかくこれは権左じゃねえ」

「実はわしも、そうじゃねえかと思っておったんじゃ。水を差すようで悪いと思って黙っておったんじゃが……」と、遅まきながら口を出したのは出刃組の長老八十吉（やそきち）であった。八十吉も若いころは刃刺で、権左とは二度遭遇しながらも打つことは叶わなかった。

「左目の後ろにある傷が、昔見た権左のものとは違う」

「確かにこのクジラの傷も三日月ではあるが、欠けた部分が前の方を向いた月じゃ。だが、権左は欠けた部分が後ろの方へ向いた月じゃ。他にも理由はあるぞ、このクジラは、わしの見立てではどう見ても四十ほどの年齢（とし）に見える。権左なら六十以上でなければ数が合わん。どう見ても若すぎる」

「権左じゃなかったか」と吾一は言いながら、意外にもさばさばとした気持ちであった。心が萎（な）えることはなかった。権左であろうとなかろうと、もはやどうでもよかった。ひょっとすると己が追っかけていたのは権左ではなかったのかもしれんと思った。

わしは何を追いかけておったんじゃろか？

新たな問いが浮かんだ途端、ふと親父の顔が過った。追いかけていたのは親父。その背中だったのかもしれんと思った。刃刺であり頭領である親父を尊敬するも、恐れ、勝気でひねくれた心が、それを素直に認めさせず、権左の姿へと変化させていたのかもしれんと思った。吾一にはようやくわかった。親父に自分を男として、勝山の男として認めさせたいという執念が権左へと駆り立てていたに違いないと。吾一には重吉の背中がうすぼんやりではあったが見えた気がした。

「四年と半年前、重吉が捕鯨を指示したのは間違いではなかったということになるが」と彦六は蒸し返すべくだれへともなく向けた。

「権左じゃなくとも大勢死んだことに違いはなかろ」と三治が応戦した。

「掟を破ったかどうかということじゃ。重吉が掟を破っておらんかったら、吾一の家族はここまで辛い仕打ちは受けなんだろ」

「では訊くが、このクジラがあの時のクジラだと、なぜ言える。重吉が打てと命じたのは権左だったかもしれん」と三治。

「おう、クジラの背中に古い銛が刺さっておるぞ」と半助が言った。

「銛が刺さっておるだけでは、そうとは言い切れん」とまた別の者が口を出した。

「銛に菊次と刻んである。菊次はどこにいる?」と半助。

遠巻きに眺めていた菊次が呼ばれた。話を聞いてみると、菊次はちょっと躊躇うような顔を作ったが、口まで出かけた言葉を押し出した。

「確かにあの漁のとき、わしは萬銛を打ち込んだ。後にも先にもマッコウに銛を打ったのはあの時だけじゃ。頭領に打てと命じられたんじゃ。なんぞ悪いかの？　わしの銛じゃ、返してもらえんか」

菊次の銛は、持ち手の部分は朽ち果ててはいるものの、黒鉄の銛先はフジツボが取り巻きながらも錆びることなくそこに突き刺さっていた。

「彦六爺ぃの鍛え方がええんじゃな。まだ使えるとええんじゃが」と菊次。

半助が萬銛を力任せに引き抜いたとき、銛の先端がなにかを引きずり出した。それを見た出刃組衆は顔を見合わせた。その瞬間に皆は全てを悟った。

「菊次、おまえの銛じゃ。受け取れ」と三治が投げ渡した。

菊次はそれを受け取ろうと手を伸ばしたが、その銛が貫いたものを見て思わず後ずさると顔面を蒼白にして腰を抜かした。落ちた銛は砂浜に突き刺さった。

「おまえの銛が誰ぞのシャレコウベを貫いておるぞ」

クジラの傷が癒えるとともに銛が貫いていた頭蓋骨を皮が取り巻き、皮の中へと取り込んでいた。

「おまえ、誰を突き刺したんじゃ？」

「このシャレコウベの主は誰じゃ？　鯨組のだれかにちがいねえ」

皆が菊次を取り囲み口々に問い詰めた。

菊次は慄きながら「知らん。こんなものは知らん」と今さらのように惚け、抜かした腰を必死に持ち上げようとするが、抜けた腰はおいそれと持ち上がらない。

「このシャレコウベは、重吉どんじゃ」と一人が言うと間違いねえと周りからも声が出た。

「この前歯に見覚えがあるぞ。この欠けた歯に煙管を挟んで、うまそうに吸っておった」

「菊次が重吉どんを刺し殺したんじゃな。よくも今まで騙してくれたもんじゃ。二番刃刺じゃと？　のうのうと甘い汁を吸いおって」

「わしらの頭領を刺し殺したんじゃ。袋叩きにし、簀巻きにしてフカに食わせてやれ」

菊次は暴れ喚きながらもその場で取り押さえられると、縄でぐるぐる巻きにされて転がされた。

「勘弁してくれ。わしも頼まれたんじゃ。文五郎じゃ。すべて文五郎が仕組んだんじや」

それを聞いた者、数名が一斉に逃げ出した。文五郎直属の部下である。

吾一はそれを遠巻きに見ていた。すべての痞(つか)えが取れた気がした。

「吾一、こいつを刺し殺してもええぞ。わしらが許す」

「やっちまえ」と矢のごとく煽(あお)る声に意外にも冷静であることが、吾一は自分でも不思議であった。

「番屋に突き出してくれ。それが世の掟じゃ」

吾一はシャレコウベを拾い上げると、それをまじまじと見た。シャレコウベは皆同じに見えるが、なぜかこのシャレコウベが親父に見えるのは不思議であった。親父が嬉しそうに笑っているように見えた。生前は親父の笑った顔など見たこともなかった。親父も笑うんじゃなと思った。

波に漂っていた荒縄を丸めると、クジラの血と脂を海の水で洗った。

あらかたきれいになったシャレコウベに向かうと吾一は言った。

「じゃ、帰るとするか。皆が親父の帰りを待っとるでな。与吉も大きくなった。トミも女子(おなご)らしゅうなったぞ」

水を軽く払うとそれを懐へ入れ、吾一は家へと急いだ。重吉のシャレコウベが吾一の懐でカタカタ鳴った。

家ではイトとトミ、ミツ、与吉が吾一の帰りを待っていた。

戸口を入ると吾一は懐から取り出したシャレコウベを高々と上げ、イトと妹弟たちに向かって叫んだ。

「おっ父のお帰りじゃ」

それを見たトミとミツは顔をひきつらせ、目を剝いて悲鳴を上げ、与吉は小便を漏らして泣きだした。

解体が終わるころ、納屋場の隅では宴(うたげ)が始まっていた。吾一組でない者も吾一組の初陣を祝し、近頃にない盛り上がりとなった。

一方、縛り上げられた菊次は番屋へと引っ立てられ、シャレコウベを貫いた銛という動かぬ証拠が見つかればもはや逃げ切れぬと観念したらしく、そこで全てを白状した。菊次が捕まったと聞いた者の中には家財道具を残したまま泡を食って逃げ出した者もいた。その中には文五郎の姿もあった。そしてそれを追う捕方の姿が十数名。

菊次によると、全ては文五郎が仕組んだ謀(はかりごと)であった。重吉によって不利益を被る者とともに漁の最中、重吉を亡(な)き者にしようと企てたのであった。

広い海原では波もあり、水主のほとんどはクジラを背にして艪(ろ)を漕(こ)ぐため、人の目は刃刺と艫押しのみであった。クジラによる死角もでき、重吉を亡き者とするには打ってつけであった。微塵の証拠も残ることはないと考えたのであった。

クジラを見つけたとき、運は文五郎に味方をした。一番船に乗っていた重吉はクジラの右側へと回り、左側へ回った四番船の文五郎に確認した。

「権左か?」

「違う。権左じゃやねえ」

文五郎は、目の後ろの三日月の傷から権左であると確信していたが、重吉を陥(おとしい)れるために嘘を吐いた。文五郎も思い違いをしていたのであるが、重吉はそれを信じ、早銛を打った。それを合図として捕鯨の開始となったのである。

不漁続きの焦りもあったことは否めない。本来であればマッコウクジラを取るのは無理があったが、疲弊(ひへい)する村のためにあえて危険を冒すこととなった。

漁は困難を極めた。銛が尽きかけたとき、クジラが動きを止めた。

行けると判断した重吉は鼻切の号令をかけた。飛び込んだ刃刺の中で最初にクジラへ這い上がったのは藤八であった。藤八は鼻切の機会を狙い、「今ぞ」と仕掛けたとき、不覚にも掉尾(ちょうび)の一撃を食らったのである。そして多数の船が転覆することとなった。

　藤八はクジラの背に捕まりながらも耐えていたが、くねらすクジラの背中で無数の縄に搦め捕られ身動きできなくなっていた。重吉は藤八を助けるべく飛び込み、クジラへと這い上がった。

　文五郎にとっては好機であった。そして、菊次に打てと目配せした。機会があれば重吉を打つようにと事前に命じていたのである。

　菊次は人を殺める後ろめたさと、出世の欲の狭間に揺れ動きながらも重吉へ向けて銛を放った。

　幾人かの者はそれを目撃していたが、口には出せなかった。迂闊にも口に出た者が、発覚を恐れた文五郎によって次々に口封じされることとなった。茂吉、芳治、峰吉、作蔵であった。

　菊次の銛に後頭部から目を貫かれてクジラへと打ち付けられた重吉は、クジラとともに海へ消えたのであった。

　やがて重吉の肉体は朽ち、海の藻屑となったが、骨となった重吉のシャレコウベだけが残り、やがてマッコウクジラの皮に取り込まれて真実を伝える役を担ったのである。

十日が過ぎたころ、勝山藩から遣いがあった。吾一が取ったマッコウクジラが一等となったとの知らせであったが、詳しく聞いて吾一は肝が縮み上がる思いであった。肥前（長崎県）生月の鯨組と紀州（和歌山県）太地の鯨組でもマッコウクジラの捕鯨を成したとのこと。わずかな差で吾一が捕獲したマッコウクジラが勝ったとのこと。それにより吾一組には一等として千両の褒美が与えられることとなった。

「あまり調子には乗らん方がええということじゃな」と吾一は縮み上がった己の肝に銘じた。

しかし、生月も太地も三百名を超える鯨漁師をもって取ったことに比べれば、わずか六十八名で仕留めたことは快挙と言えるであろう。砲銛の威力が絶大であることを証明したことになろう。これからの鯨漁のありかたが変わることに確信を持った。吾一は満足であった。

新兵衛の屋敷を訪ねた吾一は正式にマッコウクジラ捕獲の報告をすることとなった。ささやかな宴が催され、良質の龍涎香も採取できた新兵衛はほくほく顔で酒を勧め、吾一は辟易することになった。

鯨漁に使用した砲銛は新兵衛に預けることとし、今後の使用に関しては新兵衛の判断に委ねられた。もっとも火銛を打ち果たしているため、すぐに使うことはできない。鉄砲鍛冶を探して火銛を作ることを勧めておいた。褒美の千両はまだ届いていないので、新兵衛が二百十両を立て替えてくれることとなり、約束通り、預けておいた九十両と合わせて三百両を手にすることとなった。三百両を手にしたからには一刻とて勝山へ止まることは躊躇（ためら）われ、気が急くばかりとなった。吾一の脳裏にシノの顔が浮かんだ。

## 再び江戸へ

翌日、吾一はシノの顔を思いつつ、旅支度を始めていた。

「吾一はこれからどうするんじゃ？」

和助が飯を掻き込みながら横眼で吾一を見ていた。

「江戸へ戻る。やり残したことがあるからの。和助はどうするんじゃ」

「わしはここへ残る」と飯粒を頬につけたまま和助はニヤリと笑った。「残って、おまえの家に住むことにしたわ」

「わしの家に居ついてどうするんじゃ？」と吾一は怪訝な顔を向けた。

「おまえのおっ母の面倒を見たる。ついでにおまえの妹と弟の面倒も見たる」

「面倒を見るとはどういうことじゃ」

「……そういうことじゃ」

「ようわからんが、仏の道はどうするんじゃ？」

「わしには仏の道は性に合わん。作事場で修業をすることにしたわ。彦六どんにも話をした。刃刺は無理じゃからのう」

「あたりまえじゃ。しかし、呆れたもんじゃな」

「こんな生き方もあるんじゃ。おまえもちょっとは見習え」和助は臆面もなく言った。

「なんでわしがおまえなんぞを見習わんといかんのじゃ。ようわからん」

吾一は首を傾げ、複雑な表情を滲ませながら草鞋の紐を結ぶと家を出た。

出たところに幸吉がなにか言いたげな顔で佇んでいた。丸太を持ってないことを確かめると吾一の方から歩み寄った。

「まだわしに恨み言か？」

「もう恨み言なぞ言うつもりはねえ。ただ、照れくそうてな。詫びを一つ入れとかんと後味が悪いからな。わしも騙されておったわけじゃ。皆もそうじゃ」幸吉は尻を掻きながらぎこちなく頭を下げた。「だが、わしはおまえの船には乗らん。これはわしのせめてもの意地じゃ。悪く思わんでくれ」

　吾一は笑った。

「乗りたくとももう乗れん。もう解散した。あれ一度きりじゃ。勝山組は新しく組み直される。新兵衛どんに任せた」

「そうか、安心したわ。わしも頭領をめざすんじゃ。そしてこの勝山を盛りたてるんじゃ」

「おまえならできるわ。妙に知恵が回るからの」

「なんじゃ、その言い方は。いつも上から見下ろしおって」

「わしはこれから江戸へ戻る」

「なぜじゃ？　ここでクジラを取ればええじゃろ。今なら戻れるぞ。だれも文句を言わぬはずじゃ。あの砲銛（ほうせん）の撃ち方をわしにも教えてくれ。あれがあればこの勝山も変わるじゃろ」

「おまえのような軟弱者には無理じゃ。あれはわししか撃てん」

「おまえはなぜいつもそうなんじゃ。なんでも自分しかできんと思っておる。驕（おご）りじゃ」

「そうかもしれん。じゃが、これがわしじゃ。わしにもそれはようわかっておる。どうにもならん。我が家の血じゃ。親父から受け継いでおる」

「吾一らしいわ。じゃが、今さら江戸へ戻ることもないじゃろ」

「やり残したことがあるんでの」

「なんじゃ？　やり残したことって？」

なんだか幸吉は自分だけが取り残されていくようで悔しかった。吾一だけが知らないところで知らないうちにどんどん大きくなるような気がした。

「江戸にクジラがおるんじゃ。わしを待っておる」

「江戸にもクジラがおるんか？」幸吉はニヤリと笑って吾一の腹の中を見透かした。

「そのクジラは紅を差しとるじゃろ」

吾一は頬を膨らませ「ああ紅を差しておる。ちゃんと潮も噴くぞ」と大笑した。

「またいつか戻って来るでな。その時は頼む。わしの中にはやっぱり刃刺の血が流れておるようじゃ」

「都合のええときだけ帰ってきて仕事にありつこうなんて、虫がよすぎるわ。わしの下でよければ口を利いてやらんこともないがの」

「それはお断りじゃ」

幸吉の顔を見て、大事なことを伝えようとしていたように思った。

「出そうで出んクソのようですっきりせんわ。なんじゃったかいの、おまえに言わにゃならんことがあったはずじゃが、忘れてしもうた」

「なんじゃ？　大事なことか」

「どうでもええことかもしれんが、ちょっと気になっておる。思い出したら、手紙を出すわ」

「悠長なもんじゃな」

幸吉に背を向けたとき、忘れていたことをようやく思い出した。

「そうじゃ、カヨのことじゃ」

「どうでもええことじゃねえじゃろ。姉ちゃんがどうした？　姉ちゃんのことを知っておるのか？　奉公先へ手紙を送ってもなんの返事もないんじゃ。梨のつぶてなんじゃ」

「カヨはもうそこにはおらん。今は鬼子母神裏のネズミ長屋におる。定松という男と所帯を持って、元気にやっておる。詳しいことは和助が知っておるから訊くとええ」

言いたいことだけを言い終えると吾一は三百両を懐に、腰に先導されるような勢いで江戸へと向かった。もはや吾一の目に映るのはシノの笑顔だけであった。シノが格子の向こうで待っているかと思うといてもたってもいられず、足が勝手に走り出す。

吾一の頭上には成し遂げた爽快感を映すかのような晩秋の空がどこまでも広がり、乾いた風が西から東へと吹いていた。その空、いつぞやのトビが二羽旋回していた。二羽は互いを鼓舞するかのように遥か上空まで舞い上がると、何度か甲高く鳴き、一羽は西へ、もう一羽は東へと飛び去った。

本書は二〇一五年に小社より刊行された単行本を
加筆・修正の上、文庫化したものです。

沖の権左(おきのごんざ)

志坂圭(しざかけい)

発行日　2021年 6月 30日　第1刷

Illustrator　宇野信哉
Book Designer　bookwall

Publication　株式会社ディスカヴァー・トゥエンティワン
〒102-0093　東京都千代田区平河町2-16-1
平河町森タワー11F
TEL　03-3237-8321(代表)　03-3237-8345(営業)
FAX　03-3237-8323
https://d21.co.jp/

Publisher　谷口奈緒美
Editor　藤田浩芳　志摩麻衣

DTP　アーティザンカンパニー株式会社
Printing　株式会社暁印刷




ISBN978-4-7993-2751-7